DIE AGAIN

再死一次

秦絲・格里森——著　尤傳莉——譯

TESS GERRITSEN

名家盛讚

泰絲・格里森以《再死一次》證明她依然是頂尖高手。我喜歡這個奇特而扣人心弦的故事，等不及想看下一本了。

——凱琳・史勞特（Karin Slaughter）

泰絲・格里森總是不令人失望，而本書是她最黑暗、最令人入迷的巔峰之作。《再死一次》最獨特的感染力，便是遍及書中的一個觀念：我們人類也是掠食動物。所以，如果發現獵人就在我們身邊，或許也不該太驚訝。

——威廉・藍迪（William Landay）

泰絲・格里森再度證明她在探索犯罪心靈和鑑識科學方面的大師級功力。《再死一次》描述瑞卓利和艾爾思調查一宗駭人的謀殺案，牽扯到多年前一宗大屠殺懸案，讓我讀得無法把書放下。這個故事不但令人震撼，而且聰明精巧。我敢說你一旦開始讀，就一定停不下來！

——詹姆士・羅林斯（James Rollins）

震撼人心！將波士頓的粗獷街頭與非洲的金色平原融合得天衣無縫。泰絲・格里森創造出一個磨練多年而技巧臻至完美的狡猾掠食者。然後瑞卓利和艾爾思登場，這兩位波士頓的頂尖高手與兇手展開智力上的殊死決鬥。這是格里森巔峰狀態的作品！

——麗莎・嘉德納（Lisa Gardner）

在這本令人滿足、讀得欲罷不能的小說中，泰絲・格里森出色地描繪了嚴酷、致命危機處處的奧卡萬戈三角洲，無論是長期的瑞卓利與艾爾絲粉絲，或是新讀者，都會同樣讀得很過癮！

——《出版人週刊》（*Publishers Weekly*）

泰絲・格里森技術高超地創造出一種不祥的氣氛——尤其是當場景轉移到波札那和那些驚駭的遊客身上時——同時生動地記錄、評論有關捕獵大型野生動物的道德準則。

——《書單雜誌》（*Booklist*）

獻給 Levina

1

波札那，奧卡萬戈三角洲

在黎明斜照的光線中，我看到了那個足跡，壓印在一片裸露的泥土地上，隱約有如浮水印。要是換了中午，非洲的陽光又熱又亮地直照下來，我可能就會完全沒發現；但是在清晨，就連最模糊的凹陷都會照出影子，於是當我走出帳篷時，一眼就看到了。我蹲在那腳印旁邊，忽然全身發冷，明白我們睡覺時，保護的屏障其實只有一片薄薄的帆布。

理查從帳篷的兩片門簾間鑽出來，站直身子伸了個懶腰，開心地輕歎著，吸入種種氣味：盈滿露水的青草芬芳、柴火燃燒的煙霧，還有營火上正在烹煮的早餐。非洲的氣味。這場歷險之旅是理查的夢：向來就是理查的，不是我的。我是有參與精神的體貼女友，預設模式就是我當然願意去，親愛的。即使這表示要搭二十八小時、換三種不同的飛機，從倫敦到約翰尼斯堡到馬翁，然後進入非洲荒野地帶，最後一趟是一架搖晃不穩的破舊小飛機，駕駛的飛行員還宿醉。即使這表示兩星期都要住在帳篷裡，隨時拍打蚊子，還得在野地裡小便。

即使這表示我可能會死掉。當我低頭瞪著那個離理查和我昨夜睡覺的帳篷才三呎處的足印，心裡就是這麼想的。

「聞聞這個空氣，米莉！」理查開心喊道。「別的地方都不可能像這樣！」

「有一頭獅子來過這裡，」我說。

「我真希望能把這個空氣裝在瓶子裡帶回家，那會是絕佳的紀念品。非洲荒野的氣味！」

他根本沒在聽我講話。來到非洲讓他太興奮了，他滿心沉醉在自己的偉大白人冒險家幻想中，因而任何事物都是太棒了和太美妙了，就連昨天那頓罐頭豬肉燉豆子晚餐，他也宣稱是「有史以來最棒的一頓晚餐！」

我又說了一次，這回更大聲了：「有一頭獅子來過這裡，理查。就在我們的帳篷旁邊。牠有可能跑進我們帳篷裡的。」我希望警告他，希望他說，啊我的老天，米莉，這事情嚴重了。

但結果他照樣開開心心地，朝著我們這群人裡面最接近的一個喊道：「嘿，過來看看！我們這裡昨天晚上有獅子來過！」

首先加入我們的，是兩個來自南非開普敦的年輕女郎，名叫席維雅和薇薇安，她們的帳篷就在我們的旁邊。兩位小姐的荷蘭文姓氏我不會唸也不會拼，兩人都是二十來歲，同樣有曬黑的皮膚和修長的雙腿，而且都是金髮。一開始我老是把兩個人搞混，直到席維雅終於火大兇我：「我們又不是雙胞胎，米莉！難道你看不出薇薇安眼珠是藍色的，我的是綠色的？」眼前這兩位小姐跪在我兩側檢查那個爪印，我發現她們聞起來也不一樣。藍眼珠的薇薇安聞起來像豐美的青草，是年輕人那種新鮮、未酸敗的氣味。席維雅聞起來像香茅乳液，她老是抹一大堆在身上驅蚊，因為敵避（DEET）有毒。這個你知道吧？她們蹲在我兩邊，像兩個金髮女神形狀的書擋，我無可避免地看到理查再一次盯著席維雅公然展示的乳溝，因為她的背心上衣胸口開得好低。對於一個這麼認真用驅蚊乳液把自己全身塗滿的年輕女郎來說，她也未免露出太多可以叮咬的皮膚了。

當然了，艾列特隨即就加入我們。他從來不會離這對金髮女郎太遠。自從幾個星期前他在開普敦認識她們兩位之後，從此就像一隻忠心的小狗似的黏著她們不放，期望能獲得一絲關注。

「那是新鮮的腳印嗎？」艾列特問，口氣很擔心。至少有另一個人跟我一樣提高警覺了。

「我昨天沒看到，」理查說。「這頭獅子一定是昨天夜裡經過的。想像一下，要是有人尿急了走出帳篷，結果碰上這個！」他輕吼一聲，一隻手像爪子般抓向艾列特，把他嚇得趕忙往後躲。於是理查和兩個金髮女郎被逗得大笑起來，因為艾列特是所有人打趣的對象，這個緊張兮兮的美國佬口袋鼓鼓的，裡頭裝滿了面紙和防蚊噴液、防曬油和殺菌劑、過敏藥丸、碘片，還有其他各種保命的所需物品。

我沒跟著他們一起笑。「有人搞不好就會死在這裡的。」

「可是真正的狩獵旅行就是會發生這種事，不是嗎？」席維雅開朗地說。「因為我們來到了荒野，就是會碰到獅子啊。」

「看起來不像是很大的獅子，」薇薇安說，湊近了審視著那個足印。「或許是母獅，你們覺得呢？」

「管他公獅母獅，反正都能咬死你。」艾列特說。

席維雅玩笑地拍了他一下。「哎喲，你害怕嗎？」

「不，不是的。只不過，我原以為強尼第一天告誡我們的那些話是誇張而已。待在吉普車上。待在帳篷裡。不然你就會死掉。」

「艾列特，如果你想確保絕對的安全，那或許應該改去動物園。」理查說，兩位金髮女郎聽了他的刻薄批評都大笑起來。萬歲，理查大哥大！就像他小說裡面的那些英雄，他是掌控一切、挽救大局的那個人。或者自以為是那樣。在這片荒野裡，他其實只是另一個搞不清狀況的倫敦佬，卻有辦法講得像是個野外求生專家。這是今天早上另一件惹我心煩的事情，除了我很餓、昨天沒睡好，而且現在蚊子又找上我了。蚊子總是能找到我。隨時一走出帳篷，那些蚊子就好像聽到了晚餐鐘響，這會兒我已經開始拍打著手臂和臉了。

理查朝那位專門負責追蹤野生動物的非洲追蹤師喊道：「克萊倫斯，快來！看看昨天夜裡有什麼經過我們營地。」

克萊倫斯原先跟日本來的松永夫婦坐在營火旁喝咖啡。這會兒他從容走向我們，端著他的馬口鐵咖啡杯，蹲下來看那個腳印。

「是新鮮的，」理查一副荒野專家的口吻說。「這隻獅子一定是昨天夜裡才來過。」

「不是獅子，」克萊倫斯說。他瞇起眼睛抬頭看著我們，烏黑的臉在晨光中發著微光。「是豹。」

「你怎麼有辦法確定？只有一個爪印而已。」

克萊倫斯在爪印上方比劃著。「你看，這裡是前爪。形狀是圓的，像豹的爪子。」他站起來察看著周圍。「而且只有一隻，所以是獨自出獵。沒錯，那就是豹了。」

松永先生用他巨大的尼康相機拍了好幾張腳印的照片，相機上裝著遠距鏡頭，看起來像是要發射到太空裡的儀器。他和他太太穿戴著同款的狩獵旅行外套、卡其長褲、棉圍巾、寬邊帽。所有服裝的細節都一模一樣。全世界的每個度假景點，都可以看到像他們這樣的伴侶，一身同樣的古怪裝束。害你忍不住心想：難道他們是某天早上醒來時決定，今天我們來逗全世界發笑吧？

太陽升得更高了，原先襯托出爪印的陰影也隨之減少，其他人趕緊搶時間拍照。就連艾列特也掏出他的隨身相機，但我想那是因為其他人都在拍，他不想落單。

我是唯一懶得拿出相機的人。理查拍的抵得上我們兩人份的了，他用的是佳能相機，《國家地理雜誌》攝影師也是用這種相機！我走到陰影裡，但即使沒有太陽直曬，我還是感覺到腋下流淌出汗水。氣溫已經愈來愈高。在非洲荒野的每一天都好熱。

「現在你們就知道，為什麼我叫你們晚上要待在帳篷裡吧。」強尼．柏司圖穆斯說。

我們的狩獵嚮導無聲無息地出現，我根本不曉得他已經從河邊回來了。我轉身，看到強尼就站在我後頭。他的姓柏司圖穆斯（Posthumus）❶聽起來很可怕，但他說這個姓在非洲部落間相當常見，而他就是部落居民的後裔。從他的五官，我看得出他那些健壯荷蘭祖先的血統。他一頭雜金色的頭髮，藍色眼珠，卡其短褲底下兩條樹幹似的雙腿曬得很黑。他好像不怕蚊子叮，也不怕熱，而且他沒戴帽子，也沒擦防蚊液。從小在非洲長大，讓他的皮變厚了，也對非洲的種種不舒服免疫。

「牠是黎明前經過這裡的，」強尼說，指著營地邊緣的一處灌木叢。「就從那個樹叢裡走出來，閒逛到營火邊，然後打量著我。很漂亮的母豹，高大又健康。」

❶ post-humus是指物質堆積腐爛、化為腐植質之後。

我很驚訝他竟然這麼冷靜。「你真的看到牠了？」

「牠出現的時候，我正在生火要弄早餐。」

「那你做了什麼？」

「就是我跟你們所有人交代過，在這個情況下該做的：我站得高高的，讓牠清楚看到我的臉。像斑馬或羚羊這類被捕食的動物，眼睛都在頭部的側邊，但掠食動物的雙眼則是對著前方。永遠要把你的臉面對著大貓，讓牠看到你的雙眼位置，牠就會曉得你也是掠食動物。這樣牠要發動攻擊之前，就會多想一下。」強尼朝周圍看了一圈，望著七個付錢雇他在這個偏遠地帶保住他們性命的顧客。「別忘了，好嗎？等到我們更深入荒野，還會看到更多大貓。要是你們碰到了，就站直身子，讓自己看起來愈大愈好。直直面對著牠們。另外，無論如何都不要跑。這樣你會比較有活命的機會。」

「當時你就在這裡，跟一隻豹面對面，」艾列特說。「你為什麼沒用那個？」他指著強尼老是揹在肩膀上的步槍。

強尼搖搖頭。「我不會朝豹開槍的。我不會射殺任何大貓。」

「但是你帶著這把槍，不就是要用來保護自己的嗎？」

「全世界沒剩多少大貓了。牠們擁有這片土地，我們才是入侵者。如果有隻豹朝我撲過來，我不認為自己有辦法殺了牠。就算為了要保住我這條命都不可能。」

「但是換了我們就不一樣了，對吧？」艾列特緊張地笑了一下，然後朝我們其他人看了一眼。「你會為了保護我們而射殺一隻豹，不是嗎？」

強尼露出諷刺的笑容。「走著瞧吧。」

到了中午，我們收拾好東西，準備要更深入荒野。強尼開著貨車，克萊倫斯則坐上了追蹤師的位置——在保險桿前方伸出的一個座位。我覺得那座位看起來很危險，晃蕩的雙腿毫無保護，任何獅子都可以輕易咬上一口。但強尼向我們保證，只要我們跟車子連在一起，就會很安全。因為掠食動物會以為我們是一隻巨大動物的一部分。可是只要離開車子，你們就成了晚餐。大家都聽到了吧？

是的長官。訊號收到。

這裡完全沒有路，只有一道青草被壓扁的模糊痕跡，是之前經過的車輪留下的。一輛貨車開過之後，大地損傷的痕跡有可能好幾個月都不會消失，強尼說，但我相信不會有很多貨車深入三角洲這麼遠。自從在那個荒野中的飛機跑道降落之後，至今我們已經開了三天車，一路上都沒看到其他車子。

四個月前，我坐在我們倫敦的公寓裡，看著雨水打在窗戶上，根本不會想到這片非洲荒野。當時理查坐在他的電腦前喊我過去，讓我看看他想跟我一起報名參加的那個波札那狩獵旅行介紹。我看到了獅子和河馬、犀牛和豹的照片，這些熟悉的動物，在動物園或野生動物保護區都看得到。當時我就是這麼想像的，一個巨大的野生動物保護區，有舒適的打獵旅館和道路。最少，總會有道路吧。根據那個網頁上的介紹，這個狩獵旅行中會有「荒野露營」，可是我想到的畫面是舒服的大帳篷，有淋浴設備和抽水馬桶。沒想到我花錢換來的，就是蹲在樹叢裡上廁所的特權。

這些折騰理查一點也不在乎。非洲讓他處於興奮的高潮狀態，比非洲最高峰吉力馬札羅山還高。車子向前行駛時，他不斷按著相機。在我們後方的座位上，松永先生的相機也相互呼應，快門聲一個接一個，但他的鏡頭比較長。理查不肯承認，但他看到別人有更大的鏡頭就會羨慕，等我們回到倫敦，他大概就會趕緊上網去查松永先生那些設備的價錢。這就是現代男人較量的方式，不是用長矛和刀劍，而是用信用卡。我的白金卡擊敗你的金卡。可憐的艾列特拿著他那個嬌小的美能達（Minolta）根本望塵莫及，但我想他並不在意，因為他又再度跟薇薇安和席維雅擠在最後一排。我回頭看了一下他們三個人，碰巧瞥見了松永太太堅定的臉。她是另一個有參與精神的伴侶。我很確定在野地裡大號，也不會是她心目中的美好假期。

「獅子！獅子！」理查喊道。「在那邊！」

隨著我們的車子駛近，相機快門聲按得更急了，我們接近得都能看到黏在那隻雄獅腰窩上的黑色蒼蠅。旁邊還有三隻母獅，懶洋洋趴在一棵風車木的樹蔭下。忽然間，我背後響起了一陣日語交談聲，我回頭看到松永先生半站起身。他太太緊抓著他的獵裝背部不放，拚命想阻止他跳出貨車拍照。

「坐、下！」強尼低沉有力地說，那聲音不管是人類或野獸都不可能沒聽到。「馬上！」

松永先生立刻往後靠坐回去。就連那些獅子好像都嚇到了，全都瞪著這個有十八隻手臂的機械怪物。

「記得我告訴過你的嗎，伊佐夫？」強尼斥責道。「要是你踏出這輛貨車，你就死定了。」

「我一時太興奮，就忘了。」松永先生喃喃道，歉意地垂下頭。

「聽著，我只是想保護你們的安全，」強尼吐出一大口氣，然後輕聲說：「很抱歉剛剛吼你。不過去年，有個同業帶著兩個客戶開車到保護區。他還沒來得及阻止，兩個客戶就跳出貨車去拍照。那些獅子一眨眼就搞定他們了。」

「你的意思是——他們被獅子殺死了？」艾列特說。

「獅子天生就會這樣的，艾列特。所以拜託，盡量享受美景，但是待在車子裡，好嗎？」強尼笑了一聲，想沖淡之前的緊張氣氛，但我們全都驚魂未定，像一群不乖的小孩剛被教訓過。現在按快門的聲音一點也不起勁，只是為了掩飾我們的不安而已。我們全都被強尼斥責松永先生的嚴厲給嚇到了。我瞪著右前方強尼的背部，還有他脖子上有如粗藤般浮凸的肌肉。他又發動引擎，我們離開了那群獅子，繼續往下一個營地行駛。

日落時分，烈酒拿出來了。五座營帳架設好、營火點燃之後，追蹤師克萊倫斯就打開那個在貨車後方晃動了一整天的鋁製雞尾酒箱，拿出一瓶瓶琴酒和威士忌、伏特加和阿瑪魯拉。尤其我近年特別喜歡的阿瑪魯拉（Amarula），是一種非洲瑪魯拉樹（marula tree）的果實所製成的奶油香甜酒，嚐起來像是酒味很濃的咖啡和巧克力，就像小孩子會趁媽媽背過頭去時偷喝一口的那種。克萊倫斯朝我擠了一下眼睛，把酒杯遞給我，好像我是一群小孩中的搗蛋鬼，因為其他每個人喝的都是成人的酒，比方琴酒加通寧水，或純威士忌。每天的這個時間，我就會心想，沒錯，來到非洲真好。白天的種種不舒服和蟲子和我跟理查之間的緊張氣氛，全都消失在一種愉快的、微醺的薄霧中，我可以安頓在一張折疊椅上，看著太陽西沉。此時克萊倫斯準備了燉肉和麵包和水果所組成的晚餐，強尼則在營地周圍拉起防護細線，上頭懸掛著小鈴鐺，以防萬一有什麼野獸逛進營地時，可以警告我們。我注意到強尼在夕照中的側影忽然定住不動，然後他抬起頭，好像嗅著空氣，吸入一千種我根本不曉得的氣味。他就像一隻野獸，身處這片荒野大地有如回家般自在，搞得我簡直覺得他隨時會像獅子般張嘴大吼。

我轉向克萊倫斯，他正在攪拌那鍋冒泡的燉肉。「你跟強尼合作多久了？」我問。

「跟強尼？第一次。」

「你以前沒當過他的追蹤師？」

克萊倫斯俐落地在燉肉裡撒上胡椒。「我表弟亞伯拉罕才是強尼的追蹤師。但這星期他得留在村子裡忙一個葬禮，就要我來幫他當追蹤師。」

「那亞伯拉罕怎麼說強尼的？」

克萊倫斯咧嘴笑了，白牙齒在暮色中發亮。「啊，我表弟說了很多他的故事。很多。他認為強尼應該生來就是尚干人，因為他根本就跟我們一樣。只不過有一張白人的臉。」

「尚干？就是你們的部落？」

他點頭。「我們的家鄉是林波波省，在南非。」

「之前我偶爾聽到你們交談的那種語言，就是尚干語？」

他不好意思地笑了一聲。「有時候我們不想讓你們知道我們在講什麼。」

我想那些話絕對不是在恭維我們。我看著圍坐在營火旁的其他人。松永夫婦開心地檢視著相機裡白天拍的照片。薇薇安和席維雅穿著低胸背心懶洋洋坐在那兒散發出費洛蒙，搞得可憐的艾列特不知所措，又跟往常一樣伺候著想博得她們的注意。兩位小姐冷嗎？要不要我去幫你們拿件毛衣？再來一杯琴酒加通寧水吧？

理查換了一件乾淨的襯衫，鑽出我們的帳篷。我旁邊有張空椅子，但他經過時沒有稍停，改在薇薇安旁邊坐了下來，開始施展魅力。你們喜歡這趟狩獵之旅吧？你們去過倫敦嗎？等我那本《黑傑克》出版時，我很樂意送你和席維雅一本簽名書。

當然了，現在他們都知道他是誰了。行程剛開始時，跟其他團員才認識沒幾個小時，理查就巧妙地提到他是作家理查．倫威克，創作了一系列以英國情報員傑克曼．崔普為英雄主角的驚悚小說。很不幸地，其他團員都沒聽過理查或他的小說，搞得他第一天特別暴躁易怒。不過現在他已經又恢復正常，做著他最拿手的事情：迷倒觀眾。他太賣力了，我心想。實在太過頭了。但如果我事後抱怨，我很清楚他會說什麼。作家就是非得這樣啊，米莉。我們得去跟人交際，吸引新讀者。好笑的是，理查從來不會浪費時間在老祖母型的讀者身上，他只跟年輕、討人喜歡的美女交際。還記得四年前，他到我工作的那家書店辦《殺戮抉擇》的簽書會，就曾對我施展同樣的魅力。當理查充分發揮時，真的會令人無法抗拒，而現在我看到他望著薇薇安的眼神——他已經好多年沒這樣看著我了。他把一根「高盧女子」牌香菸放進雙唇間，身體前傾，一手護著他純銀打火機冒出來的火焰，就像他筆下的英雄傑克曼．崔普一樣，帶著男子氣概。

我旁邊的空椅子感覺上像個黑洞，吸走了我心中的所有愉悅。我正準備起身回帳篷時，強尼忽然坐進那張椅子。他什麼都沒說，只是看了全團人一圈，好像在打量我們。我想他老是在打量我們，很好奇他從我身上看到了什麼。我就像其他聽話的老婆或女友那樣，被拖來這片荒野，只為了滿足自己男人的夢想嗎？

他的目光讓我不安，我只好找點話來講。「那些防護細線上的鈴鐺真的有用嗎？」我問。「或者只是要讓我們安心而已？」

「那些鈴鐺會發出第一個警訊。」

「昨天晚上那隻豹進入營地的時候，我沒聽到鈴鐺響。」

「我聽到了。」他身體往前湊，朝火裡丟了幾根柴火。「我們今天晚上大概還會聽到鈴鐺響。」

「你覺得附近還有其他豹？」

「這回應該是鬣狗。」他指著我們這圈火光之外的一片黑暗。「現在大概就有半打正在看著我們。」

「什麼？」我凝視著黑夜，此時才看到有映著火光的眼睛也在朝我們看。

「牠們很有耐心。等著要看有沒有吃剩的肉可以搜刮。如果你單獨走出去，他們就會拿你當大餐。」他聳聳肩。「這就是你們雇用我的原因。」

「好讓我們不要變成別人的大餐。」

「要是我失去太多客戶，就沒人會花錢雇我了。」

「太多是多少？」

「加上你就是三個。」

「你是開玩笑的，對吧？」

他笑了。雖然他年紀跟理查差不多，但曬了一輩子的非洲太陽，讓強尼的雙眼四周有深深的皺紋。他一手安慰地放在我胳膊上，讓我嚇了一跳，因為他不是那種沒事愛動手動腳的人。「沒錯，是在開玩笑。我從來沒有失去過客戶。」

「我很難判斷你是不是認真的。」

「我認真的時候，你會曉得的。」他說，此時克萊倫斯跟他說了些尚干語，他轉過頭去。「晚餐準備好了。」

我看了理查一眼，想看他是不是注意到強尼在跟我說話，把手放在我胳膊上。但理查全神貫注在薇薇安身上，根本看不到我了。

「作家就是非得要這樣啊，」不出所料，那天夜裡，我們躺在帳篷裡，理查又這麼說了。「我只是要吸引新讀者。」我們用氣音悄聲說話，因為帆布很薄，各個帳篷間又離得很近。「何況，我覺得應該要保護她們。她們兩個女生無依無靠，自己跑來這片荒野。才二十來歲，膽子還真大，你不覺得嗎？這點你不得不欣賞她們。」

「艾列特顯然就很欣賞她們。」我說。

「只要有兩個X染色體的，艾列特都會欣賞。」

「所以她們不完全是無依無靠。艾列特為了陪她們，也報名參加了這趟旅行。」

「老天，她們一定煩死了。有這麼個人隨時黏在身邊，老是癡情看著她們。」

「艾列特說，是那兩個女生主動邀他來的。」

「那是出於憐憫。他在某個夜店跟她們聊天，聽到她們要去參加狩獵旅行。她們大概說，嘿，你應該考慮跟我們一起去！我很確定她們根本沒想到他真的也會參加。」

「你為什麼老是貶低他？他人好像滿好的。而且他很懂鳥類。」

理查嗤之以鼻。「這樣的男人還真有吸引力呢。」

「你是怎麼回事？為什麼脾氣這麼壞？」

「你才是呢。我只不過跟年輕小姐聊聊天，你就受不了。至少那兩位小姐懂得開心享受。她們對一切都興致高昂。」

「我是很想樂在其中，真的。但我沒想到這裡會這麼原始。我還以為——」

「鬆軟的毛巾，枕頭上放著巧克力。」

「給我一點公平的評價吧。至少我來了，不是嗎？」

「然後一路都在抱怨。這趟狩獵旅行是我的夢想，米莉。你不要搞破壞。」

這會兒我們已經不再是耳語，我很確定其他人如果醒著，就會聽得到。我知道強尼沒睡，因為他負責前半夜的守夜。我想像他坐在營火旁，聽著我們講話的聲音和愈來愈緊張的氣氛。但他一定早就發現了。強尼・柏司圖穆斯是那種不會漏過任何蛛絲馬跡的人，所以他才能在這個地方生存。在這裡，聽到防護線上一個鈴鐺的輕響，就能逃過一場死劫。他一定覺得我們好無能又好膚淺。他目睹過多少婚姻破裂，多少自大的男人來到非洲變得卑微？這片荒野不光是一個度假地點而已；來到這裡，你會明白自己其實有多麼渺小。

「對不起，」我低聲說，然後伸手去摸理查的手。「我不是故意要破壞你的興致。」

雖然我的手指環繞著他的，但他並沒有同樣握住我。他的手毫無反應，像是一塊死肉。

「所有一切都被你搞得很掃興。聽我說，我知道這趟旅行不是你嚮往的，但老天在上，你擺臭臉也擺夠了吧。看看席維雅和薇薇安多麼樂在其中！就連松永太太都設法參與，保持風度的。」

「或許都是因為我在吃的那些防瘧疾藥丸，」我虛弱無力地說，「醫師說這些藥會害你沮喪。他說有些人甚至會精神失常。」

「唔，那些克瘧錠對我沒有副作用。兩位小姐也吃了，她們照樣很開心啊。」

又是那兩位小姐。理查總是拿我跟她們比，她們比我小九歲，也多了足足九年的纖瘦和新鮮感。在同一戶公寓裡生活、共用同一個廁所四年，任何女人怎麼可能依然保有新鮮感？

「我不該再吃那些藥了，」我告訴他。

「什麼？然後染上瘧疾？啊，真是太明智了。」

「不然你希望我怎麼做？理查，告訴我你希望我怎麼做吧。」

「我不曉得。」他歎了口氣，轉過身去，背對著我。他的背部就像一道冰冷的水泥牆，包圍著他的心，把我阻絕在外。過了一會兒，他柔聲說：「我不曉得我們要走到哪裡去，米莉。」

但我知道理查要走向哪裡。他要離開我。他已經疏遠我好幾個月了，非常微妙、不動聲色地逐步拉開距離，因而直到此刻，我都還不肯正視。我可以歸因於：*啊，我們最近都太忙了*。他在忙《黑傑克》的校訂事宜。我則是忙著書店裡的年度盤點。我一直告訴自己，等到兩個人的生活步調慢下來，我們之間的一切都會好轉的。

在帳篷外頭，三角洲的黑夜一片喧鬧。我們在一條河附近紮營，稍早我們曾在那條河裡看到河馬。這會兒，我想我可以聽到河馬的聲音，伴著其他數不清生物的呱叫或高喊或低吟。

但在我們的帳篷裡，只有一片寂靜。

原來這就是愛情告終的地方。在一座帳篷裡，在荒野中，在非洲。如果我們是在倫敦，我會下床換衣服，出門到女性手帕交的公寓裡尋求白蘭地和同情。但在這裡，我困在帆布中，周圍環繞著想吃我的生物。我忽然有嚴重的幽閉恐懼症，一心只想逃出帳篷，尖叫著跑入黑夜。一定是因為那些瘧疾藥丸，搞壞了我的腦子。我希望是那些藥丸造成的，因為這就表示我現在感到絕望並不是我的錯。我真的得停止服藥了。

理查已經陷入熟睡。就在我覺得自己即將崩潰之際，他怎麼有辦法就這樣平靜地睡著？我傾聽著他的呼吸，好放鬆，好平穩，聽起來毫不關心。

次日清晨我醒來時，他還睡得很熟。當黎明的灰白光線從帳篷的縫隙滲入，我憂心想著接下來要面對的這一天。又要不安地並肩坐在車上，設法彼此保持文明。又要不斷打蚊子、在樹叢裡小便。晚上又要看著理查跟其他女人調情，然後覺得自己的心又多碎掉一片。這個假期真是壞到不能再壞了，我心想。

然後我聽到一個女人的尖叫聲。

2

波士頓

報案的是那個郵差。上午十一點十五分，顫抖的聲音對著手機講話：我在西羅斯伯里區，桑柏恩街，郵遞區號〇二一三二。那隻狗——我看到那隻狗在窗子裡……波士頓警局就是因此知道這件事。接下來的一連串事件，都是開始於一個機警的郵差，屬於遍佈全美國、一週六天在各個街坊間穿梭的基層郵政大軍的一員。他們是這個國家的眼睛，有時只有他們會注意到哪個老寡婦沒出來拿信箱裡的信件，哪個老單身漢沒來應門，哪戶人家的門廊上有一堆發黃的報紙。

桑柏恩街這棟大房子裡頭出事的第一個線索，就是爆滿的信箱，郵差路易斯．穆尼茲初次注意到是在第二天。郵件兩天沒拿，不見得會引起他的警覺。有的人會出門度週末，有的人會出遠門而忘記通知郵局暫時停止送信。

但是到了第三天，穆尼茲開始擔心了。

在第四天，穆尼茲打開那一家的信箱，發現塞滿了商品目錄、雜誌，和帳單，就知道自己必須採取行動了。

「所以他敲了前門，」巡警蓋瑞．盧特說。「沒人應門。他想先去問問隔壁那戶鄰居，看她曉不曉得是怎麼回事。然後他望向窗內，看到了那隻狗。」

「就那隻？」珍．瑞卓利問，指著一隻模樣和善的黃金獵犬，現在綁在信箱柱上。

「對，就是牠。脖子上的狗牌說牠名叫布魯諾。我把牠從屋子裡帶出來，免得牠造成更多……」盧特巡警吞嚥著。「破壞。」

「那個郵差呢？他人在哪裡？」

「他提早下班了。大概正在哪裡喝酒壓驚。我留了他的聯絡資料，不過除了我剛剛告訴你的，他大概也沒什麼可以說的了。他沒進屋，只是撥了九一一報案。我是第一個趕到現場的，發現前門沒鎖，就進去了，結果……」他搖搖頭。「真希望我沒進去。」

「你還跟其他任何人說過話嗎？」

「隔壁那位好心的女士。她看到我們的巡邏車停下，就出來看，想知道怎麼回事。我只說她的鄰居死掉了。」

珍轉身，面對著之前那隻友善的黃金獵犬布魯諾困在裡面的房子。這是一棟老舊的獨棟兩層樓房，有門廊，車庫可以停兩輛車，屋前有幾棵成熟的大樹。車庫門關著，一輛黑色福特Explorer停在車道上，上頭的車牌登記在屋主名下。今天早上，這棟房子看起來應該就跟桑柏恩街上其他維護得很好的房子沒有兩樣，毫無特出之處，不會有什麼吸引一個警察的視線，讓他心想：等一下，這裡不太對勁。但現在，兩輛巡邏車停在屋前的人行道邊緣，車頂的警燈閃爍著，因此任何路過的人都會心想：沒錯，這裡出了嚴重的大事了。而這件大事，就是珍．瑞卓利和她的搭檔巴瑞．佛斯特即將要面對的。一群鄰居聚集在對街，睜大眼睛看著這棟房子。有任何人注意到屋主好幾天沒出現、沒出來遛狗、沒拿信箱的信嗎？現在他們或許正在告訴彼此：是啊，我就知道有什麼不對勁。每個人都有後見之明。

「你要不要跟我們進去看一圈？」佛斯特問盧特巡警。

「你知道我怎麼想嗎？」盧特說。「最好是不要。我才終於擺脫鼻子裡頭的那個氣味，可不想再去聞一次了。」

佛斯特吞嚥著。「呃……有那麼糟？」

「我才進去頂多三十秒吧。我的搭檔還撐不了那麼久呢。反正屋裡也沒有什麼需要我指給你看。你不可能漏掉的。」他看著那隻黃金獵犬，那獵犬也活潑地朝他叫了一聲。「可憐的小狗，困在裡頭沒東西吃。我知道牠是沒辦法，但畢竟還是……」

佛斯特瞪著房子，像個被定罪的犯人面對著絞刑架，珍．瑞卓利看了他一眼。「你午餐吃了什麼？」她問他。

「火雞肉三明治。洋芋片。」

「希望你吃得高興。」

「你這樣講對我沒幫助，瑞卓利。」

他們爬上門廊前的階梯，然後暫停下來戴上手套。「你知道，」她說，「有一種藥叫康帕嗪（Compazine）。」

「所以呢？」

「對治療孕吐非常有效。」

「好極了。等到我肚子搞大了，會試試看的。」

他們望著彼此，兩人同時深吸一口氣。那是最後一口乾淨空氣了。她伸手開了門，兩人走進去。佛斯特一隻手臂舉在鼻子前，想擋掉他們早已十分熟悉的那股氣味。不論你稱之為屍胺或腐胺，或是任何化學名稱，全都是指死亡的臭氣。但是讓珍和佛斯特一進門就站住的，並不是那股氣味，而是掛在牆上的東西。

舉目所及，是一雙雙回瞪著他們的眼睛。一整個陳列館的死者，面對著新的入侵者。

「耶穌啊，」佛斯特喃喃道。「他是什麼大型動物的獵人嗎？」

「唔，那個鐵定是大型動物，」珍說，瞪著牆上一個犀牛頭，心裡納悶著要用哪種子彈才能殺死這種動物，或者旁邊的非洲水牛。她緩緩走過那一排戰利品，鞋套窸窣掃過木頭地板，張嘴瞪著牆上那些栩栩如生的動物頭部，簡直覺得那個獅頭就要張嘴大吼。「這些是合法的嗎？現在還有誰會去射殺豹？」

「你看。那隻狗不是屋裡唯一的寵物。」

地板上有各式各樣的紅褐色爪印，大的那一組應該會符合那隻黃金獵犬的，但還有另一組比較小的腳印，踩過整個房間。窗台上的褐色腳印標示出布魯諾曾把前腳搭在那裡，往外看著郵差。但是讓路易斯．穆尼茲打電話報案的，並不光是看到那隻狗而已，而是從狗的嘴巴裡突出來的東西。

一根人類的手指。

珍．瑞卓利和佛斯特循著爪印往前走，經過了嵌著玻璃眼珠的斑馬和獅子、獵狗和疣豬。這批收藏並沒有獨厚大型動物，就連最小的也在牆上佔有一席之地，包括四隻老鼠被佈置成圍著一張袖珍桌子而坐，面前還放著小小的瓷杯。像是《愛麗絲夢遊仙境》裡瘋帽匠老鼠的怪誕茶會。

他們出了客廳，進入一條走廊，腐臭味更濃了。儘管還看不到臭味的源頭，但珍．瑞卓利聽到了一種不祥的嗡嗡聲。一隻肥大的蒼蠅懶洋洋繞著她的腦袋轉了幾圈，然後飛進一道門不見了。

跟著蒼蠅準沒錯。牠們知道哪裡有晚餐。

那扇門開著一條縫。珍才把門推開一點，只見一道白影竄出來，衝過她腳邊。

「要命！」佛斯特喊道。

珍的心臟怦怦跳，回頭看著那對小眼睛在客廳的沙發底下跟她對望。「不過是一隻貓罷了。」她鬆了口氣，笑出聲來。「所以才會有那些比較小的爪印。」

「慢著，你聽到沒？」佛斯特說。「我想還有另一隻貓。」

珍吸了口氣，沿著走廊到底，進入車庫。一隻灰色虎斑貓大搖大擺走過來迎接她，在她兩腿間靈巧地轉來轉去，但珍沒理牠。她的目光固定在天花板絞車吊下來的東西上。好多蒼蠅圍繞著一頓腐爛的大餐，多得害她骨頭都能感覺到那股震動。那具屍體被剖開來，露出的肉上頭擠滿了蠕動的蛆。

佛斯特踉蹌後退，乾嘔著。

那個裸身男子被倒懸著，兩隻腳踝綁著橘色尼龍繩。就像豬的屠體懸掛在屠宰場裡，他的腹部已被劃開，腹腔內的所有器官都被掏空。兩隻下垂的胳臂都沒綁住，原先雙手應該幾乎碰到地面上——但現在手不見了。因為那隻狗太餓了，或許兩隻貓也是，於是開始咬下主人的肉。

「現在我們知道那根手指是哪裡來的了，」佛斯特說，聲音被手臂上的袖子悶住了。「耶穌啊，這是每個人最可怕的惡夢。被你自己的貓吃掉……」

對於三隻餓壞了的寵物來說，現在從絞車懸吊下來的，看起來絕對是一頓大餐。狗和貓已經咬掉了雙手，又啃掉了好多臉部的皮膚、肌肉，和軟骨，因而一邊眼窩裡的白骨都露出來了。五官已經被啃得無法辨識，但是從怪異地腫大的陰部，顯示眼前這位無疑是男性，而且從銀白的陰毛判斷，是個老人。

「像個獵物掛在那邊。」一個聲音在他們後方響起。

珍．瑞卓利嚇了一跳，回頭看到莫拉．艾爾思醫師站在門口。即使在這麼詭異的死亡現場，莫拉還是有辦法一副高雅模樣，她的一頭黑髮光滑得像發亮的頭盔，身上剪裁完美的灰色外套和長褲襯托出她纖瘦的腰身和臀部。她讓頭髮蓬亂、穿著繫帶鞋的珍．瑞卓利覺得自己像是個邋遢的表姊。莫拉對臭味毫不畏縮，逕自走向那具屍體，成群蒼蠅朝她俯衝而來，她也無動於衷。「真是令人困擾。」她說。

「困擾？」珍嗤之以鼻。「我的感想比較接近他媽的一塌糊塗。」

那隻灰白的虎斑貓拋下珍，走向莫拉，繞著她的腳磨蹭，一面大聲地呼嚕叫。貓科動物就是這麼見異思遷。

莫拉一腳擠開那隻貓，注意力還是集中在屍體上。「腹腔和胸腔的器官不見了。切口看起來很果斷，從恥骨往下劃到劍突。獵人處理鹿或野豬應該就是這樣。吊起來，取出內臟，屠體放著熟成。」她抬頭看了一眼天花板的絞車。「而且那個看起來就像是專門懸吊獵物的。顯然這棟房子的屋主是獵人。」

「那個看起來也像是獵人的工具，」佛斯特說，指著車庫裡的工作檯，上頭有個磁化的架子，放著十來把看起來很致命的刀子。所有刀子都很乾淨，刀鋒銳利又閃亮。珍．瑞卓利看著那把剔骨刀。想像著那刀鋒劃過皮肉就像切過奶油般。

「怪了，」莫拉說。專注看著軀幹。「這裡的這幾個傷口，看起來不像是刀子造成的。」她指著胸廓那三個由上往下劃的切口。「三道完全平行，像是有三把刀子黏在一起。」

「看起來像爪痕，」佛斯特說。「有可能是被動物抓的嗎？」

「太深了，不可能是貓或狗。而且看起來是死後形成的，幾乎沒有流血……」她直起身子，看著地板。「如果他就是在這裡被殺害的，血一定是用水管沖走了。看到水泥地上的那個排水口嗎？如果一個獵人把這裡用來懸吊並熟成肉類，就會裝這種排水口。」

「什麼叫熟成？我從來不明白把肉類掛著是要幹嘛的。」佛斯特說。

「動物死後，酶類就會成為天然的嫩精，不過熟成肉類的溫度通常很低，只比冰點高一點點。可是這裡呢，感覺上有十度吧？太熱了，會讓肉類分解。而且會招來蛆。我只能慶幸現在是十一月。碰到八月的話，就會更臭了。」莫拉拿出一把鑷子，夾起一隻蛆，放在戴了手套的手掌上審視。「這些蛆看起來是第三齡。所以死亡時間大概是四天前。」

「客廳裡面有一大堆獸頭標本，」珍．瑞卓利說。「加上他被掛在這裡，像個死亡的動物。我想這裡有一個主題。」

「這個死者是屋主嗎？你們確認過他的身分了？」

「他的手和臉都被吃掉了，大概很難找人來認屍。不過年齡符合。登記的屋主是里昂．勾特，六十四歲。離婚，獨居。」

「他死的時候絕對不是獨自一個人，」莫拉說，看著張開的切口內部，現在幾乎只算是一副空蕩的軀殼了。「在哪裡？」她說，忽然轉身過來面對珍。「兇手把屍體掛在這裡，那器官在哪裡？」

一時之間，車庫裡唯一的聲音就是蒼蠅的嗡響，珍．瑞卓利因而想起以前所聽說過各種偷竊器官的民間傳說。然後她把注意力轉向車庫遠端角落裡的有蓋垃圾桶。她走過去，那腐爛的臭氣更強了，蒼蠅群集成一朵飢餓的雲。她皺起臉，揭開蓋子一角。她只來得及迅速看一眼，就被那臭氣熏得後退，乾嘔著。

「看來你找到那些器官了。」莫拉說。

「是啊，」珍咕噥道。「至少找到了腸子。存貨盤點的任務就留給你做了。」

「乾淨俐落。」

「是啊，這差事還真是樂趣無窮呢。」

「不，我的意思是，兇手非常乾淨俐落。他劃下的切口，還有取出內臟。」莫拉走向垃圾桶，紙鞋套窸窣作響。珍和佛斯特後退，看著莫拉打開蓋子。但就算退到車庫的另一頭，他們還是聞到了腐爛器官那種令人反胃的氣息。臭味似乎讓那隻灰色虎斑貓興奮起來，因而更起勁蹭著莫拉，咪咪叫著想引起注意。

「你交到一個新朋友了。」珍．瑞卓利說。

「貓科標記行為的常態。牠這是在宣佈我是牠的領土。」莫拉說，一隻戴著手套的手伸進垃圾桶裡。

「我知道你做事情很徹底，莫拉，」珍．瑞卓利說。「不過你要不要回驗屍處去仔細檢查呢？比方說，在一個處理生物危害物質的房間裡？」

「我得確定……」

「確定什麼？你明明聞得到裡頭有內臟啊。」讓珍很受不了的是，莫拉朝著垃圾桶彎腰，手在那堆內臟裡面探得更深了。在驗屍處，她曾目睹莫拉劃開屍體的軀幹，剝下頭皮，去除骨頭上的肉，用電鋸鋸開頭骨，以雷射導引般的精準，執行各式各樣這類任務。此刻莫拉翻挖著垃圾桶裡那些黏乎乎的內臟，臉上也帶著同樣冰冷無情的專注，也不管這會兒她時髦的短髮上爬滿了蒼蠅。這世上還有其他人能做著這麼噁心事情的同時，看起來還這麼優雅嗎？

「拜託，你又不是沒看過內臟，」珍．瑞卓利說。

莫拉沒回答，雙手探得更深了。

「好吧。」珍．瑞卓利歎了一口氣。「你做這個也不需要我們。佛斯特和我就去檢查房子裡的其他——」

「太多了。」莫拉喃喃說。

「太多什麼？」

「這些內臟的份量不正常。」

「你不是老在說微生物製造的氣體，會造成膨脹效果？」

「膨脹效果不能解釋這個。」莫拉直起身子，她戴著手套的一隻手上所拿的東西，讓珍嚇得往後一縮。

「一顆心臟？」

「這不是普通的心臟，珍，」莫拉說。「沒錯，這上頭有四個腔室，不過這個主動脈弧不對。還有那些大血管看起來也不對勁。」

「里昂・勾特六十四歲了，」佛斯特說。「或許他的心臟不好。」

「問題就出在這裡。這個看起來不像是六十四歲男人的心臟。」莫拉又伸手到垃圾桶裡。

「不過這個就像了，」她說，伸出另一隻手。

珍來回看著那兩個器官。「慢著。裡頭有兩顆心臟？」

「還有兩副完整的肺臟。」

珍和佛斯特面面相覷。「啊慘了，」他說。

3

佛斯特搜索樓下，珍．瑞卓利則負責樓上。她逐一檢查各個房間，打開櫥櫃和抽屜，看看床底下。哪裡都沒有開膛剖腹的屍體，也沒有掙扎打鬥的痕跡，倒是有很多塵絮團和貓毛。勾特先生——如果吊在車庫裡的那個男人就是他的話——並不熱中於家務，他的五斗櫥裡散佈著五金行的舊收據、助聽器電池、一個裝了三張信用卡和四十八元現金的錢包，以及幾顆子彈。這讓珍知道勾特先生對於槍枝不光是玩玩而已。她打開他的床頭桌抽屜，毫不意外地發現裡頭有一把裝滿子彈的葛洛克（Glock）手槍，膛室裡面已經有一顆子彈上了膛，隨時準備擊發。恰恰就是這個偏執狂屋主會用的工具。

可惜屋主在樓下被剖開肚子、掏空內臟時，這把槍卻放在樓上。

在浴室的醫藥櫃裡，不出所料，她看到了各種藥丸，正是一個六十四歲老人該有的。阿斯匹靈和安舒疼，降血脂的立普妥和降血壓的美托普洛。櫃子上方還放著一副助聽器——很昂貴的精密款。他平常都沒戴，這表示有人入侵的話，他可能也聽不到。

她檢查完了正要下樓，聽到客廳裡的電話鈴聲響起。等她趕到電話前，已經轉到答錄機了，她聽到一個男人留話的聲音。

嘿，里昂，有關那個科羅拉多州的旅行團，你一直沒給我回話。如果你想加入的話，麻煩跟我說一聲。應該會很好玩的。

珍．瑞卓利正想把留話再播放一遍，好看看來電者的號碼，卻發現播放鍵上頭有污漬，看起來是血。根據答錄機上頭的顯示屏，總共有兩通留言，她剛剛聽到的是第二通。

隔著手套，她按了播放鍵。

十一月三日，上午九點十五分……如果您立刻致電，我們可以降低您的信用卡利率。這個特別優惠的機會難得，千萬別錯過。

十一月六日，下午兩點：嘿，里昂，有關那個科羅拉多州的旅行團，你一直沒給我回話。如果你想加入的話，麻煩跟我說一聲。應該會很好玩的。

十一月三日是星期一，今天是星期四。第一通留言還在答錄機上，沒播放過，因為星期一早上九點時，里昂．勾特大概已經死了。

「珍？」莫拉說。那隻灰色虎斑貓跟著她進入走廊，在她兩腿間呈8字形來回穿梭。

「這個答錄機上頭有血，」珍說，轉身看著莫拉。「為什麼兇手要碰答錄機？為什麼他要檢查被害人的留話？」

「過來看看佛斯特在後院發現了什麼。」

珍跟著她進入廚房，出了後門。她眼前是一個有圍籬的後院，唯一的園藝造景就是東一片西一片的草坪，上頭有一座金屬牆板的外屋。這外屋太大了，不可能只是存放工具的小屋，而且沒有窗子，大得足以藏匿各種恐怖勾當。珍走進那座小屋，聞到了一股帶著酒精辛辣氣息的化學物臭味。日光燈泡照得室內格外顯得簡陋而冰冷。

佛斯特站在一張大工作檯旁邊，審視著一個看起來很可怕的工具，是用螺栓固定在檯上的。

「我一開始以為這個是鋸台，」他說。「但這種刀鋒我從來沒見過。還有那邊的那些櫥子？」他指著工作檯對面。「去看看裡頭是什麼吧。」

隔著玻璃櫥門，珍看到那些櫥架上放著幾盒乳膠手套和一大批模樣嚇人的工具。解剖刀和刀子，探針和鉗子及鑷子。外科醫師的工具。牆上的鉤子掛著橡膠圍裙，上頭的濺痕看起來像是血。珍打了個寒噤，轉頭看著那張三夾板工作檯，桌面上散佈著刻痕和鑿口，還有一塊凝結的生肉。

「好吧，」珍喃喃道。「現在我真的嚇到了。」

「這裡像個連續殺手的工坊，」佛斯特說。「這張工作檯就是他用來切割屍體的地方。」在角落裡有個五十加侖的白色圓桶，裝在一個電動馬達上。「那個玩意兒是幹嘛用的？」佛斯特搖搖頭。「看起來大得可以裝……」

珍走向那個圓桶。她看到地上的幾個紅色小滴痕，暫停下來。圓桶上的桶蓋也有一滴抹開的紅色痕跡。「這裡到處都是血。」

「那桶子裡面是什麼？」莫拉說。

珍抓著桶蓋的拴扣用力一拉。「第二號門是……」她看著打開的桶蓋裡頭。「鋸木屑。」

「沒別的？」

珍把手伸進桶裡，在那些碎木片裡面翻攪半天，激起一團木屑塵。「只有鋸木屑。」

「所以還是沒找到第二個被害人。」佛斯特說。

莫拉走向工作檯上那個佛斯特原以為是鋸台的可怕工具。她檢視鋸刃時，那隻貓又來到她腳邊，磨蹭著她穿了長褲的雙腿，不肯放過她。「你仔細看過這個嗎，佛斯特警探？」

「我不想看得那麼仔細。」

「你注意到這個圓形鋸刃的尖端是往旁邊彎的嗎？顯然這個工具不是要用來切開東西的。」

珍也來到工作檯邊，小心翼翼地摸了一下刃尖。「這玩意兒看起來會把你扯成碎片。」

「這或許就是它的用途。我想一般稱之為刮肉機。不是用來切開肉，而是要刮掉肉的。」

「有這種機器？」

莫拉走向一個櫥子，打開櫥門。裡頭有一排看似油漆罐的東西。莫拉拿了一個大罐子，轉過來看著上頭標示的內容。「邦多牌的。」

「汽車用品？」珍說，看到標籤上有個汽車的圖案。

「標籤上說這是填補劑，用於車身修理的。可以填補小凹痕和刮傷。」莫拉把那罐邦多填補劑放回架上。她擺脫不了那隻跟前跟後的灰貓，一路走到櫥前，看著玻璃門裡面的刀子和探針，擺放得像個外科的手術包。「我想我知道這個房間是用來幹嘛的了。」她轉向珍。「你知道垃圾桶裡的第二副內臟？我不相信那是人類的。」

「里昂·勾特不是個和氣的人。我這麼說已經算是厚道了。」諾拉·巴哲瑞恩說著，一邊擦掉她一歲兒子唇上的胡蘿蔔泥。她身穿褪色的牛仔褲和緊身T恤，一頭金髮在腦後綁成女學童似的馬尾，她三十三歲，但是看起來比較像個十來歲的少女，而不是兩個孩子的媽。她有那種身為母親、能同時處理多項事務的本事，這會兒她很有效率地用湯匙把胡蘿蔔泥餵進兒子張開的嘴巴裡，同時趁著每一口的空檔，將髒碗碟放進洗碗機裡、檢查烤箱裡面的蛋糕、回答珍・瑞卓利的問題。難怪這個女人的腰部纖細得像少女；她從來沒坐下來休息超過五秒鐘。

「你知道他怎麼吼我六歲的小孩？」諾拉說。「滾出我的草坪。我以前還以為這種壞脾氣老頭只有漫畫裡才有，但里昂真的跟我兒子這樣說。只因為提米逛到隔壁去摸他的狗。」諾拉砰一聲關上洗碗機。「連布魯諾都比牠的主人客氣。」

「你認識勾特先生多久了？」珍・瑞卓利問。

「我們是六年前搬來的，就在提米剛出生的時候。當時我們覺得這一帶很適合小孩。你可以看到大部分人家的院子都維護得很好，而且這條街上還有其他年輕家庭，小孩跟提米年紀差不多。」她像芭蕾舞伶般優雅地轉身，拿了咖啡壺補滿珍的杯子。「我們搬進來才幾天，我拿著一盤布朗尼蛋糕去給里昂，只是打個招呼。他連個謝都不說，只跟我說他不吃甜食，又把盤子遞還給我。然後他抱怨我的新生兒太愛哭了，說我晚上為什麼就不能讓他保持安靜？你能相信嗎？」她坐下來，又舀了一匙胡蘿蔔泥到兒子嘴裡。「更糟糕的是，他牆上掛著那些動物標本。」

「所以你進過他屋裡了。」

「只有一次。他跟我說那些大部分都是他射殺的，口氣好得意。什麼樣的人會殺害動物，只為了裝飾自己家的牆壁？」她把流到嬰兒下巴的胡蘿蔔泥擦掉。「那時我就決定要離他遠一點。對不對，山姆？」她柔聲哄著兒子。「離那個壞人遠一點就是了。」

「你最後一次看到勾特先生是什麼時候？」

「這些我都跟盧特警員說過了。我最後一次看到里昂，是在週末。」

「哪一天？」

「星期天早上。我看到他在車道上，正把買來的雜貨搬進屋子裡。」

「那天你有看到誰來拜訪過他嗎？」

「我星期天大半都不在。我先生這星期去加州了，所以我就帶著小孩回法爾茅斯的娘家去。我們直到那天晚上很晚才回家。」

「幾點？」

「大概九點半、十點。」

「那天夜裡，你有聽到隔壁有什麼異常嗎？比方吼叫，或者什麼很大聲的？」

諾拉放下湯匙，皺起眉頭。那嬰兒發出飢餓的叫聲，但諾拉沒理會；她的注意力完全集中在珍身上。「我以為——之前盧特警員跟我說，他們發現里昂吊死在他的車庫裡——我以為那是自殺。」

「恐怕是兇殺。」

「你確定嗎？完全確定？」

啊是的，完全確定。「巴哲瑞恩太太，如果你能回想起星期天夜裡——」

「我先生要到星期一才回來，我一個人帶著兩個小孩。我們安全嗎？」

「告訴我星期天晚上的事情吧。」

「我的小孩安全嗎？」

這是任何母親會問的第一個問題。珍．瑞卓利想到自己三歲的女兒瑞吉娜。想到自己站在諾拉・巴哲瑞恩的立場會有什麼感覺，有兩個年幼的小孩，住處這麼接近一個暴力發生的地點。她會比較希望對方給她保證，還是說實話？但珍不知道答案。她從來就沒辦法保證任何人的安全。

「在我們有進一步消息之前，」珍說，「小心一點總是沒錯。」

「那你們現在有什麼消息？」

「我們相信兇殺是發生在星期天夜裡。」

「他死了這麼久，」諾拉喃喃說。「就在我們隔壁，我卻完全不知道。」

「你星期天夜裡沒看到或聽到什麼異常的狀況嗎？」

「你也看得到，他的院子整個都被高高的圍籬給圍住了，所以我們從來不曉得裡頭發生什麼事。只知道他有時候會在後院工坊製造出那些吵得要死的噪音。」

「什麼樣的噪音？」

「一種可怕的嘎嘎聲，像電鋸。你想想，他以前居然還敢抱怨嬰兒的哭聲！」

珍・瑞卓利想起之前在勾特的浴室櫥櫃上看到他的助聽器。如果他星期天夜裡在操作吵雜的機器，那當時一定沒戴助聽器。這是另一個他沒聽到有人入侵的理由。

「你剛剛說，你星期天很晚才到家。當時勾特先生家的燈還亮著嗎？」

諾拉連想都不必想。「是的，還亮著燈。」她說。「我還記得那時候我不太高興，因為他後院的燈透出來，剛好照到我的臥室。不過我去睡覺的時候，大約十點半，那盞燈終於熄了。」

「那他養的狗呢？有叫嗎？」

「啊，布魯諾。牠總是在叫，問題就出在這裡。牠大概連看到蒼蠅都會叫。」

現在那邊蒼蠅可多了，珍．瑞卓利心想。事實上，這一刻布魯諾正在叫，不是因為警覺，而是因為看到好多陌生人在前院而興奮。

諾拉轉向狗叫聲的方向。「你們要怎麼處理牠？」

「不曉得。我想會先找個人照顧，還有那些貓。」

「我沒那麼喜歡貓，不過我不介意養那隻狗。布魯諾認識我們，對我兩個兒子向來很友善。如果家裡有隻狗，我會覺得比較安全。」

要是她曉得布魯諾現在肚子裡正在消化牠死去主人的一部分，可能就不會這麼想了。

「你知道勾特先生有什麼近親嗎？」珍．瑞卓利問。

「他有個兒子，不過幾年前死了。他前妻也早就過世了，我沒見過任何女人去他家。」諾拉搖頭。「這種事想起來真是可怕。死掉四天，根本沒人注意。他好像就是這樣，沒有什麼親朋好友。」

隔著廚房的窗子，珍看到莫拉走出勾特的房子，現在正站在人行道上，察看手機裡的訊息。就跟勾特一樣，莫拉也是獨居，即使此刻，她也是形單影隻，自己一個人站在那裡。以她孤僻的本性，莫拉有一天也會成為另一個里昂．勾特嗎？

驗屍處的廂型車已經來了，第一批電視新聞記者也在警方封鎖線外頭搶到位置。不過今夜，在所有警察和鑑識人員及記者們離開之後，犯罪現場的封鎖膠帶還會在原處，標示著一戶兇手曾造訪過的住宅。而這裡，在隔壁戶，則是一個母親獨自帶著兩個小孩。

「那不是隨機殺人吧？」諾拉說。「是他認識的人嗎？你認為兇手是什麼樣的人？」

珍・瑞卓利腦袋裡想著惡魔，同時把筆和筆記本放進包包裡站起來。「我注意到你家安裝了保全系統，」她說。「記得要設定好。」

4

莫拉把紙箱從車上搬進屋裡，放在廚房地板上。箱子裡的那隻灰色虎斑貓正可憐兮兮地喵個不停，哀求著要出來，但莫拉沒理會，先去食品儲藏室尋找適合貓吃的食物。她之前沒機會在雜貨店停下來買貓食，而收留這隻虎斑貓只是出於一時衝動，因為其他人都不肯，那剩下唯一的選擇，就是送去動物收容所了。

也因為這隻貓幾乎黏著她的腿不放，擺明已經收養她了。

在食品儲藏室裡，莫拉找到了一袋乾狗糧，是朱利安上回帶著他那隻名叫「大熊」的狗來訪時留下的。貓會吃狗糧嗎？她不確定，於是轉而伸手拿了一個沙丁魚罐頭。

莫拉打開罐頭，釋出一股魚的香氣，那隻虎斑貓的叫聲於是變得狂亂起來。她把沙丁魚倒進一個碗中，打開紙箱。那貓猛衝出來，貪婪地攻擊，兇猛得讓那個碗在廚房的地板瓷磚上不斷滑動。

「沙丁魚比人類好吃，嗯？」莫拉撫摸貓的背部，那貓高興得弓起尾巴。她沒養過貓。因為她從來沒有時間或意願去養任何寵物，除非把那隻暹羅鬥魚短暫而悲劇收場的經驗也算上。其實她根本不確定自己想養這隻寵物，但反正此刻牠就在這裡，像個船尾的外置馬達般發出呼嚕聲，同時舌頭舔著那個瓷碗——她平常就用這個碗吃早餐麥片的。想到這隻貓會吃人，令她很不安。交叉感染。她想著貓科動物身上可能窩藏的各種疾病：貓抓病、弓形蟲、貓白血病、狂犬病和蛔蟲及沙門氏桿菌。貓是不折不扣的傳染病大本營，而現在有一隻貓正從她的麥片碗裡吃東西。

那虎斑貓舔掉最後一片沙丁魚，抬頭用晶綠的眼珠看著莫拉，目光好專注，彷彿可以看透她的心，認出了志同道合的夥伴。那些神經兮兮的養貓女士就是這樣創造出來的，她心想。她們看著貓的雙眼，覺得看到了一個靈魂也正在看著自己。而這隻貓看著莫拉時，看到了什麼呢？有開罐器的人類。

「要是你會說話就好了，」她說。「那你就可以告訴我們，你之前看到了些什麼。」

但這隻虎斑貓守著牠的祕密，任由她撫摸了幾下，便漫步走到一個角落，開始清理自己。貓科動物就是這麼無情。擺明了餵飽我，然後就別吵我了。或許對她而言，這隻貓就是完美的寵物，和主人一樣獨來獨往，不適合長期伴侶關係。

既然現在那貓不理她，於是她也不理牠，開始準備自己的晚餐。她把一鍋吃剩的帕瑪森乳酪焗茄子放進烤箱裡，倒了一杯黑皮諾葡萄酒，坐在自己的筆記型電腦前，把勾特犯罪現場的照片上傳。在螢幕上，她再度看到了那具開膛剖腹的屍體，臉部被啃得骨頭外露，麗蠅幼蟲大口吃著肉，同時她想起那棟房子的種種氣味，還有蒼蠅的嗡響，回憶依然鮮明。明天的解剖不可能愉快的。她緩緩點選那些照片，尋找著自己可能遺漏的細節，因為之前有一大堆警察和鑑識人員在現場，讓人很難專心。她原先估計被害人已經死亡四到五天，這會兒也沒看到任何不符合的地方。臉部、頸部、上肢的大量傷口，可以歸因於食腐動物所造成。指的就是你，她心想，瞥了一眼那隻正平靜舔著自己爪子的虎斑貓。牠叫什麼名字？她不曉得，但總不能老喊牠「貓」吧。

下一張照片是垃圾桶內的那堆內臟，凝結成一團亂糟糟的，明天她得先把這堆內臟先泡水、剝開，才有辦法好好檢查。這會是解剖中最討厭的一部分，因為內臟是最早開始腐爛的，裡頭充滿了滋生的細菌。她又點了接下來幾張照片看過，然後停下來，專注看著另一張垃圾桶內的內臟照片。這張照片的光線不同，因為閃光燈沒亮，在傾斜的光線中，內臟堆的表面上出現了新的弧線和縫隙。

門鈴響了。

她沒想到有訪客。也當然沒想到站在她前門廊上的是珍．瑞卓利。

「我想你可能會需要這個，」珍說，遞出一個購物袋。

「需要什麼？」

「貓砂，還有一盒乾貓糧。佛斯特看你不得不收留這隻貓，覺得很過意不去，所以我就告訴他我會送這個來。牠開始抓爛你的家具了嗎？」

「沒有，只是吃掉了一個沙丁魚罐頭而已。進來吧，你自己來看看牠的狀況。」

「大概比另一隻貓好太多了。」

「勾特的那隻白貓？你們怎麼處理？」

「沒人抓得到。還躲在屋裡不曉得哪裡。」

「希望你們給了牠食物和水。」

「當然了，佛斯特負責的。他說自己受不了貓，但你真該看看他趴在地上哀求那隻貓從床底下出來的樣子，小美人，拜託！他明天會再回去換貓砂。」

「我想他真的需要養隻寵物。這陣子他一定很寂寞。」

「這就是你帶那隻貓回家的原因嗎？」

「當然不是。我帶牠回家是因為……」莫拉歎氣。「我也不知道為什麼。因為牠纏著我不放吧。」

「是啊，牠一看就曉得誰是冤大頭。」珍笑了一聲，跟著莫拉走向廚房。「這位女士會餵我鮮奶油魚醬。」

到了廚房，莫拉詫異地看到那隻虎斑貓已經跳到餐桌上，前爪放在筆記型電腦鍵盤上。

「噓——」她厲聲道，「走開！」

那貓打了個呵欠，轉身側躺著。

莫拉抓起牠，扔在地上。「不准上來。」

「你知道，牠其實不會搞壞你的電腦。」珍說。

「重點不是電腦，而是桌子。我就在這張桌子上吃飯的。」莫拉抓起一塊海綿，在上頭噴了些清潔劑，開始擦拭桌面。

「我想你可能漏掉了那裡的一個細菌。」

「不好笑。想想那隻貓之前待過哪裡。牠的腳在過去四天走過哪些地方。你會想在牠走過的桌子上吃飯嗎？」

「牠大概比我那個三歲的女兒要乾淨。」

「我不反對。小孩就像病媒。」

「什麼？」

「四處散播傳染病。」莫拉用力擦完了桌子，把海綿扔進垃圾桶。

「等我回家的時候，我會記住這一點的。來媽咪這邊，我親愛的小病媒。」珍打開那袋貓砂，倒進她一起帶來的貓砂盒裡。「你看要把這個擺在哪裡？」

「我本來打算放牠出去院子裡，讓牠自己解決的。」

「讓牠出去，牠可能就不會回來了。」珍拍掉手上的細砂，直起身子。「或者這樣反倒好？」

「我不知道我當時在想什麼，居然把牠帶回家。還不是因為牠黏著我不放。我根本不想養貓的。」

「你剛剛才說佛斯特需要寵物。那為什麼你不需要？」

「佛斯特剛離婚，不習慣一個人過日子。」

「但是你就習慣了。」

「我已經一個人過了好多年，而且我不認為短期內會有改變。」莫拉四下看著一塵不染的流理台面，還有擦洗得乾乾淨淨的水槽。「除非有個奇蹟男人忽然出現。」

「嘿，你就該給牠取這個名字，」珍說，指著那隻公貓。「奇蹟男。」

「我不會給牠取這個名字的。」廚房計時器響起嗶嗶聲，莫拉打開烤箱，檢查那鍋焗茄子。

「好香。」

「是帕瑪森乳酪焗茄子。我今天晚上沒有吃肉的胃口。你餓了嗎？這一鍋份量很多，夠我們兩個人吃了。」

「我要去我媽家吃晚餐。嘉柏瑞還在華府，我媽又覺得只剩我和瑞吉娜兩個人自己吃太可憐。」珍暫停一下。「或許你願意一起過去，至少有個伴？」

「謝謝你的好心邀請，不過我的晚餐已經熱好了。」

「不一定非要今天晚上，我是指平常。如果你需要有家人一起共度，隨時都可以過來。」

莫拉認真瞪著她好一會兒。「你是要收養我嗎？」

珍拉出一把椅子，坐在餐桌前。「聽我說，我覺得還是得把我們之間的疙瘩解釋清楚。自從泰迪．克拉克的案子之後，我們就沒有好好談過，我知道過去幾個月你很不好過。我早就該邀你到我家吃晚飯的。」

「我也早就該邀你來的。我們都一直在忙，如此而已。」

「你知道，莫拉，之前你說你考慮要離開波士頓，我真的很擔心。」

「為什麼要擔心？」

「我們一起面對過那麼多事情，你怎麼能就這樣走掉？我們經歷過的種種狀況，是其他人不可能體會的。比方那個。」珍指著莫拉的電腦，內臟的照片還在螢幕上。「你說嘛，我還能找誰去談一個垃圾桶裡的內臟？普通人根本不可能談這種話題的。」

「意思就是，我不是普通人。」

「你不會以為我是普通人，對吧？」珍笑了。「我們兩個都病態又扭曲。這樣才能解釋我們為什麼會做這一行，而且能配合得這麼好。」

莫拉當初剛認識珍．瑞卓利時，根本預料不到這一點。

她之前已經聽說過珍，男警察們老是背後抱怨她：賤貨。悍婆娘。老是月經不順。那天走進犯罪現場的珍絕對是直言不諱、專注、無情，同時也是莫拉所認識最優秀的警探之一。

「你有回跟我說，波士頓這裡沒有什麼讓你非得留下來的。」珍說。「我只是想提醒你，其實不是這樣的。你和我，我們有共同的往事。」

「沒錯。」莫拉冷哼一聲。「共同捲入麻煩的往事。」

「而且我們聯手，最後都脫身了。要是你去舊金山，那裡能有什麼呢？」

「那裡有個老同事找我過去，在加州大學教書。」

「那朱利安呢？那孩子無依無靠，對他來說，你是最接近母親的角色。你要是去了加州，他會覺得好像被你拋棄了。」

「我現在根本沒什麼機會見到他。朱利安十七歲了，很快就要申請大學。誰曉得他最後會去哪裡，加州也有一些很不錯的學校。我不能把自己的人生寄託在他身上，因為他自己的人生才剛要開始。」

「舊金山的這個工作機會。薪水比較好嗎？原因就是這個？」

「我想去的原因不是這個。」

「那就是想逃避了，對吧？趕緊離開現場。」珍暫停。「他知道你可能會離開波士頓嗎？」

他。莫拉忽然轉身，幫自己的杯子裡又倒了一點葡萄酒。光是有人提到丹尼爾．布洛菲，都會讓她想找些事情來轉移焦點。「我好幾個月沒跟丹尼爾講話了。」

「但是你常常看到他。」

「那當然。我走進犯罪現場時，從來不曉得他是不是在裡頭。他可能去安慰家屬、為被害人祈禱。我們在同一個圈子活動，珍。死人的圈子。」她喝了一大口葡萄酒。「如果能逃開，那會是一大解脫。」

「所以去加州的目的，就是為了要避開他。」

「還有避開誘惑。」莫拉輕聲說。

「回到他身邊的誘惑？」珍搖著頭。「你已經做出決定。那就堅持下去，繼續自己的人生。換了我就會這樣。」

這就是讓她們兩人如此不同的關鍵所在。珍是說做就做，迅速俐落，而且向來很確定該做什麼，絕對不會浪費時間在那邊猶豫再三，因而失眠。但莫拉卻老是下不了決心，夜裡輾轉難眠，把種種選擇思前想後，考慮種種後果。恨不得人生就像個數學公式，最後只會導出唯一的答案。

珍站起來。「想一下我說的，好嗎？要我再去適應另一個法醫，那真的太麻煩了。所以我希望你能留下。」她碰碰莫拉的手臂，輕聲補了一句：「我是在求你留下。」然後，以典型珍・瑞卓利的作風，她忽然轉身離開。「明天見了。」

「解剖是在上午，」莫拉說，陪著她走向前門。

「我寧可跳過不去。那些蛆，我看得太夠了。謝了。」

「說不定會有驚喜出現。你不會想錯過的。」

「唯一的驚喜，」珍說著走出門，「就是如果佛斯特出現的話。」

莫拉鎖上門，轉身回到廚房，焗茄子已經冷了。她放回烤箱重新加熱。那隻貓又跳上了餐桌，趴在鍵盤上，好像是在說：今天晚上不准再工作了。莫拉抓起牠，扔到地板上。這屋子裡總得要有個當家作主的，而這個人選當然不會是一隻貓。原先休眠的螢幕被那貓喚醒了，上頭秀出了她之前看過的最後一張照片。是內臟的照片，斜照的光線拉出陰影，讓表面的起伏更明顯。她正要關掉筆電時，忽然看到了肝臟。她皺起眉，把那部分放大，瞪著那表面的弧線和縫隙。那不光是光線造成的效果而已。也不是細菌繁殖所造成的變形。

這個肝臟有六葉。

她伸手去拿電話。

5

波札那

「他在哪裡？」席維雅尖叫著。「他的其他部分呢？」

她和薇薇安站在幾十碼外的樹下，兩人正低頭看著地面，但那裡高度及膝的長草遮住了我的視線。我走過去，跨過營地邊緣的防護線，線上依然懸掛著鈴鐺，但夜裡未曾響起警示的鈴聲。而現在，警告我們的是席維雅的尖叫，把我們從帳篷裡拖出來，每個人都衣衫不整。松永先生衝出來時，還一邊拉上他長褲的拉鍊。艾列特根本就沒穿長褲，只穿著四角短褲和涼鞋就踉蹌踏入寒冷的清晨。我設法抓了理查的一件襯衫罩在睡袍外頭，走過長草間，靴子鞋帶沒綁，鞋子裡面還有顆小石頭扎著腳掌。我看到一塊染了血漬的破卡其布，像一條蛇纏著一棵灌木的樹枝。又走幾步，我看到了其他破布，還有一叢像黑羊毛的東西。再往前走幾步，終於看到兩個金髮女郎正盯著看的東西。於是明白席維雅為什麼會尖叫了。

薇薇安轉頭朝著樹叢嘔吐。

我嚇傻了，無法移動。就連席維雅在我旁邊抽噎著換氣過度時，我依然審視著散佈在那片壓平野草上頭的各種骨頭，感覺出奇地疏離，彷彿我佔據了另一個人的身體。或許是科學家的身體吧。我像個解剖學家，看著一堆骨頭就忍不住要予以組合起來，宣佈說：那是右腓骨，那是尺骨，另外那個是右腳小趾的骨頭。沒錯，絕對是右腳的腳趾。儘管事實上我幾乎完全無法辨認眼前的任何骨頭，因為留下來的好少，而且都是片段的。我唯一能確定的就是有一根肋骨，因為那看起來像我以前吃過的、塗上大量醬汁的肋排。但眼前這個不是豬肋排，絕對不是，這根被咬過、斷裂的骨頭是人類的，原先屬於某個我認識的人，而且這個人在不到九小時前還跟我講過話。

「耶穌啊，」艾列特呻吟道。「發生了什麼事？媽的發生了什麼事？」

強尼低沉的聲音隆隆傳來。「後退。所有人馬上後退。」

我轉頭看到強尼走過來。此時我們全都在這裡了——薇薇安和席維雅，艾列特和理查，還有松永夫婦。只有一個人不見了，那就是克萊倫斯，但不完全是，因為他的肋骨和一叢頭髮還在這裡。空氣中有死亡的氣味，還有恐懼的氣味、新鮮肉類的氣味，以及非洲的氣味。

強尼蹲下來察看那些骨頭，一時之間沒人說話。就連鳥類也沉寂下來，被這場人類的騷動嚇得沒了聲音。我唯一聽到的，就是野草被風吹拂的窸窣聲，還有隱約的河水奔騰聲。

「昨天夜裡，你們有誰看到什麼，或聽到什麼嗎？」強尼問。他抬頭看，我發現他的襯衫沒扣，臉上的鬍子沒刮。他的雙眼盯著我。我唯一能做的就是搖頭。

「有誰？」強尼掃視著我們的臉。

「我睡死了，」艾列特說。「我沒聽到——」

「我們也沒聽到，」理查說，一如往常，他又是代替我們兩個人發言。

「是誰發現他的？」

薇薇安的回答幾乎只剩氣音。「我們。席維雅和我。我們都得上廁所。天快亮了，我們覺得出來應該很安全。通常這個時候，克萊倫斯已經生好火了，然後……」她停下來，說出他的名字讓她一臉病容。克萊倫斯。

強尼站起來。我站得離他最近，每個細節都一覽無遺，從他睡亂的頭髮到腹部一個緊緊糾結成團的疤，我還是第一次看到那個疤。眼前他對我們毫無興趣，因為我們無法告訴他任何事情。他的注意力轉向地面那些散佈的殘骸。他首先看了一下營地邊緣的防護線。「那些鈴鐺沒響，」他說。「要是響了，我會聽到的。克萊倫斯也會聽到的。」

「所以牠——不管是什麼——沒走進營地？」理查問。

強尼沒理會。他開始沿著營地周圍緩慢行走，愈繞愈大圈，不耐地推開任何擋住路的人。營地外沒有裸露的土地，只有野草，而且沒有腳印或動物留下的痕跡可以提供任何線索。「他凌晨兩點開始守夜，我就去睡覺了。現在火已經幾乎完全熄滅，所以有好幾個小時沒加過柴火了。他為什麼沒加柴火？他為什麼會走出營地？」他四處看了一圈。「還有步槍呢？」

「步槍在那裡，」松永先生說，指著熄滅營火外圍的那圈石頭。「我之前就看到了，放在地上。」

「他就這樣把步槍留在那裡？」理查說。「他離開營火，沒帶槍，就走進營地外的黑暗裡？克萊倫斯為什麼要這麼做？」

「他不會的，」強尼冷冷地說。他又繼續繞圈子，審視著草地，他找到了幾塊破布、一隻鞋子，但其他就沒有了。他往更遠處走，朝向河流。然後他忽然跪下，隔著長草，我只看得到他金髮的頭頂。他靜止不動，讓我們所有人都很不安。沒有人急著想知道他此刻正在看什麼；我們已經看得夠多了。但他的沉默有一種難以抗拒的力量，吸引我走向他。

他抬頭看著我。「鬣狗。」

「你怎麼知道是鬣狗？」

他指著地上一團團灰白的東西。「這是鬣狗的糞便。看到裡頭的動物毛和碎骨頭嗎？」

「啊老天，不會是他的吧？」

「不，這些糞便是幾天前的。不過這樣我們就曉得這一帶有鬣狗。」他指著一塊染血的碎布。「而且牠們發現他了。」

「可是鬣狗不是食腐動物嗎？」

「我不能證明鬣狗殺了他。但我想鬣狗顯然吃了他。」

「他被吃得沒剩多少了。」我喃喃道，看著那些破碎的布片。「感覺上他好像就這樣……消失了。」

「腐食動物不會浪費食物的，什麼都不會留下。牠們大概把他剩下的部分拖回巢穴裡了。我不懂為什麼克萊倫斯死前沒發出任何聲音。為什麼我沒聽到他被殺死。」強尼還是蹲在那些灰色糞便上方，但雙眼掃視著整個區域，看著我根本無法察覺的東西。他的靜止讓我心慌起來；我沒見過像他這樣的人，如此融入周圍環境，因而他似乎也成為其中的一部分，就像那些大樹和微微起伏的長草般，扎根在這片土地上。他一點也不像理查那樣，對生活永遠不滿，因而驅動他不斷在網際網路上尋找更好的公寓、更好的度假地點，甚或更好的女朋友。理查不知道自己想要什麼，也不知道自己的歸屬何在，而強尼卻很清楚。眼前看著強尼拉長的剪影，讓我好想衝口亂講一些話以填補冷場，彷彿我有交談的責任。但侷促不安的只有我，強尼一點都不。

他低聲說：「我們得盡可能收集我們能找到的一切。」

「你的意思是……克萊倫斯？」

「為了他的家人。他們會希望有些東西，好舉辦葬禮。一些有形的、可以哀悼的東西。」

我低頭驚慌地望著那染血的破布。我不想碰，更不想去撿起那些散落的骨頭碎片和毛髮。但我點點頭說：「我來幫忙吧。貨車裡有一些麻布袋，我們可以找一個來裝。」

他站起來看著我。「你不像其他人。」

「什麼意思？」

「你根本就不想來，對吧？來這片非洲荒野。」

我雙臂抱住自己。「對，想這樣度假的是理查。」

「那你想怎樣度假？」

「熱水澡。抽水馬桶。或許還有人按摩。但是我來了，向來有參與精神。」

「你的確是個有參與精神的好同伴，米莉。你知道的，對吧？」他看著遠方說，聲音輕得我幾乎聽不到：「好得他配不上。」

我不曉得他是不是打算讓我聽到。也或許他在非洲荒野生活太久，已經習慣自言自語，因為通常周圍根本不會有人，也就不會被聽到。

我想看他臉上的表情，但他低頭撿拾東西。等到他再抬頭，手裡已經拿著那個東西了。一塊骨頭。

「你們都明白，這場探險結束了。」強尼說。「請各位動手收拾，好在中午前拔營離開上路。」

「上路去哪裡？」理查說。「還要一個星期後，飛機才會回到那條跑道接我們。」

強尼已經把我們聚集在熄滅的營火周圍，告訴我們接下來該怎麼辦。我看著這趟狩獵之旅的其他成員，想著我們這些遊客報名參加了一場野外冒險，得到的超過了原先的預期。一場貨真價實的殺戮，一個死人。不太像你在電視自然節目裡所看到的那種興奮驚悚片段。眼前，只有一個悲慘的粗麻布袋，可憐地裝著幾塊骨頭和破布及扯下來的零星頭皮，這就是我們的追蹤師克萊倫斯所留下的遺骸了。他的其他部分，強尼說，已經永遠消失了。在這片非洲荒野上就是這樣，每種生物最終都會被吃掉、消化掉，再循環成為糞便，成為土壤，成為青草。再被吃掉而化為另一種動物的一部分。原則上，這一切似乎很美好，但當你面對著冰冷的現實，面對著那一袋克萊倫斯的骨頭，你會明白生命的循環也同時是死亡的循環。我們在這裡吃與被吃，大家都不過是一堆肉而已。現在我們剩八個人，只是帶骨的肉，周圍環繞著食肉動物。

「如果我們現在開車回那條降落跑道，」理查說，「就得在那邊等飛機等好幾天。這樣怎麼會比按照計畫、繼續行程要好？」

「我不會再帶你們繼續深入了，」強尼說。

「難道不能用無線電？」薇薇安問。「你可以呼叫飛行員，叫他提早來接我們。」

強尼搖頭。「這裡在無線電的通訊範圍外。我們沒辦法聯絡他，要回到那條飛機跑道才行，而那要往西，開三天車子。所以接下來，我們要改往東走。開兩天車，中間不停下來觀光，這樣就會到達一間打獵旅館。那邊有電話，還有一條往外的道路。我會安排車子載你們回馬翁。」

「為什麼？」理查問。「我不想顯得那麼冷酷無情，但現在我們也不能為克萊倫斯做什麼了。我不懂幹嘛要急著離開。」

「我會退費給你們的，倫威克先生。」

「不是錢的問題。只不過米莉和我大老遠從倫敦跑來。艾列特是從波士頓來的。更別說松永夫婦飛了多遠來到這裡。」

「耶穌啊，理查，」艾列特插嘴說。「那個人死了耶。」

「我知道，但是既然我們已經來到這裡，那倒還不如繼續行程啊。」

「我辦不到。」強尼說。

「為什麼？」

「我不能保證你們的安全，更別說你們的舒適。我沒辦法一天二十四小時保持警戒。我們需要兩個人，才有辦法守夜，同時讓營火保持不滅。需要兩個人架營帳和拔營。克萊倫斯不光是幫你們燒飯而已，他也是另一組眼睛和耳朵。我需要另一個人幫我，才有辦法帶著一群不懂步槍和手杖有什麼差別的遊客到處跑。」

「那你就教我嘛。我會幫你守夜。」理查看著我們其他人，好像要確認他是唯一夠男子漢氣概、足以擔任這個任務的人。

松永先生說：「我懂射擊。我也可以守夜。」

我們全都看著那位日本銀行家，到目前為止，我們唯一見識過他的射擊本事，就是用他的大砲長鏡頭拍照。❷

理查難以置信地大笑起來。「你指的是用真槍射擊吧，伊佐夫？」

「我是東京射擊俱樂部的會員，」松永先生說，不在意理查挖苦的口氣。接著令我們驚訝的是，他指著他太太又說：「慶子也是會員。」

「我很高興，這麼一來我就沒事了。」艾列特說。「因為那玩意兒我連碰都不想碰。」

「所以你看，我們有足夠的幫手，」理查對強尼說。「我們可以輪流守夜，讓營火保持不熄滅。真正的狩獵旅行就是這樣，不是嗎？隨機應變，證明我們的勇氣。」

啊沒錯，這方面理查是專家，成天坐在電腦前，編織那些充滿男性雄風的英勇幻夢。現在那些幻夢成真了，他可以扮演他自己驚悚故事裡的英雄了。最棒的是，他的觀眾裡還包括了兩個金髮辣妹，他就是要演給那兩位看的，因為我早已不會被他的言行打動，而他也很清楚這一點。

「很棒的演說，不過改變不了什麼。麻煩收拾你們的東西，我們要往東走。」強尼轉身離開，去拆他的帳篷。

「謝天謝地，他喊停了。」艾列特說。

「他當然要喊停，」理查冷哼一聲。「現在全都被他搞得一塌糊塗了。」

「你不能把克萊倫斯的意外怪在他頭上。」

「歸根結柢，該負責任的是誰？他雇了一個從來沒有合作過的追蹤師。」理查轉向我。「克萊倫斯這麼告訴過你，說這趟旅行是他第一次和強尼合作。」

「可是他們有共同的熟人，」我指出。「而且克萊倫斯之前就當過追蹤師。如果他經驗不夠豐富，強尼也不會雇他的。」

「那是你以為，看看發生了什麼事。我們所謂經驗豐富的追蹤師放下他的步槍，走進一群鬣狗裡。一個專家會這樣嗎？」

「你的重點到底是什麼，理查？」艾列特不耐煩地問。

「重點是，我們不能信任他的判斷。我就是這個意思。」

「唔，我認為強尼是對的。我們不能照你的意思繼續往前走。死了一個人，玩興也全都毀掉了，你知道？」艾列特轉向他的帳篷。「現在該離開這裡，準備回家了。」

家。我把衣服和盥洗用品塞進圓筒狀旅行包裡，一面想著倫敦的灰色天空和卡布其諾。再過十天，非洲就會像是一個泛著金光的夢，一個炎熱而陽光眩目的地方，充滿了生與死的鮮活顏色。昨天，我最渴望的莫過於回到倫敦的公寓，回到能洗熱水澡的地方。但現在，我們要離開非洲荒野了，我卻覺得這裡緊緊抓著我不放，它的觸鬚纏繞著我的腳踝，彷彿要逼我扎根在這片土壤裡。我拉上背包的拉鍊，裡頭裝著種種「必需品」，是我原以為在非洲荒野求生所不可或缺的東西：能量棒和衛生紙，溼紙巾和防曬油，衛生棉條和我的手機。但當你遠在任何行動通訊基地

❷ shoot同時可以指射擊與攝影。

台的範圍之外，「必需品」的意義就大不相同了。

等到理查和我收好帳篷，強尼已經把他自己的種種工具和烹飪設備及折疊椅都堆在貨車上。我們全都動作迅速得驚人，就連拆卸帳篷有困難的艾列特，也在薇薇安和席維雅的協助之下很快收拾好。克萊倫斯的死亡籠罩著我們，讓我們停止閒聊，專注在手上的工作。等到我把帳篷放進貨車後頭時，發現那個裝著克萊倫斯殘留遺骸的粗麻布袋，就塞在強尼的背包旁。看著它跟我們其他人的東西放在一起，我心慌起來。*帳篷，帶了。爐子，帶了。死人，帶了。*

我爬上車，坐在理查旁邊。克萊倫斯的空位就在眼前，冷酷地提醒我們他已經走了，他的骨頭四散，皮肉被消化。強尼是最後一個爬上車的，當車門轟然關上，我回頭看著此時已經清空的營地，心想：很快地，我們來過的痕跡就會完全消失不見。我們會往前走，但克萊倫斯再也無法離開了。

忽然間，強尼詛咒著，又開門下車。有什麼不對勁了。

他走到車子前方，打開前車蓋，檢查引擎。一分一秒過去了。他的頭被掀起的車蓋擋住，所以我們看不到他的臉，但他的沉默讓我們警覺起來。他沒跟我們保證說*只是一根線沒接好或啊，我找到問題了*。

「現在是怎樣？」理查咕噥著也下了車，不過我不曉得他能提供什麼建議。除了看汽油表，他對汽車一無所知。我聽到他提出各種建議。電池？火星塞？電線接觸不良？強尼的回答一律是單音節的聲音，只讓我更加警覺起來，因為這些天來我已經逐漸了解，情況愈是嚴重，強尼就會變得愈加沉默。

現在快中午了，我們坐在沒有遮蔽的貨車上，太陽直射下來很熱。我們其他人也下了車，躲到樹蔭底下。我看到強尼的頭抬起來，命令我們道：「不要跑太遠！」其實也沒人想跑遠，因為我們已經見識過跑遠的人會有什麼下場。松永先生和艾列特也加入理查，一起站在卡車旁，提供他們的建議，因為所有男人——即使是雙手從來沒沾過機油的男人——理所當然都很懂機械，或自以為很懂。

我們女人在樹蔭裡等待，拍打著趕走蚊蟲，持續留意是否有任何風吹草動，那是我們唯一能判別掠食動物接近的徵兆。即使在樹蔭裡，也還是好熱。我坐在地上，隔著頭頂的樹枝，看到幾隻禿鷹在兜圈子觀察著我們。這些鳥漂亮得出奇，黑色雙翼緩緩在天空劃圈，等待著要大吃一頓。吃什麼？

理查大步走向我們，嘴裡咕噥著：「嗯，這個發展還真是妙呢。那混帳玩意兒硬是不發動。連轉一下都不肯。」

我坐直身子。「昨天還好好的啊。」

「昨天一切都好好的。」理查用力呼出一口氣。「我們被困在這裡了。」

兩個金髮女郎同時猛吸一口氣。「我們不能困在這裡，」席維雅衝口說，「我下個星期四還得回去上班呢！」

「我也是！」薇薇安說。

松永太太不敢置信地搖頭說：「怎麼會有這種事？不可能啊！」

他們的聲音融合為一片愈來愈焦慮的合唱，我不禁注意到頭頂上那些禿鷹繞的圈子愈來愈小，好像瞄準了我們的痛苦。

「聽我說，各位，聽好了，」強尼命令道。

我們都轉頭看著他。

「現在不是恐慌的時候，」他說。「完全沒有緊張的理由。我們就在河流旁，所以不缺水。我們有住的地方。我們有彈藥，還有很多野生動物可以獵來吃。」

艾列特緊張地輕笑一聲。「所以……是怎樣？我們就待在這裡，退回石器時代？」

「飛機約好一個星期後會去那條降落跑道接你們。等到我們沒出現，他們就會安排搜索，很快就能找到我們了。你們當初報名參加的不就是這個嗎？在非洲荒野的真實體驗？」他一個接一個打量我們，判斷我們是否準備要接受挑戰。察看我們哪個人會崩潰、哪個人可以信賴。「我會繼續檢查貨車。或許可以修好，或許修不好。」

「你知道車子哪裡出了問題嗎？」艾列特問。

強尼狠狠瞪著他。「這輛車以前從來沒壞過。我無法解釋。」他看著我們這圈人，彷彿在我們臉上尋找答案。「同時，我們得重新紮營。把帳篷搬下車吧，我們得待在這裡了。」

6

波士頓

當一位病患因為不想陳述自己的問題，而沒有準時出現在約好的精神科診所，此時心理學家會把這個狀況稱之為抗拒。這也可以解釋珍．瑞卓利那天早晨為什麼太晚走出家門；她真的很不想去看里昂．勾特的解剖。她慢條斯理幫女兒瑞吉娜換上過去五天來她堅持要穿的同一套衣服：紅襪隊T恤和染上青草污漬的吊帶褲。她們吃早餐穀物片和吐司麵包拖得太久，於是走出公寓門已經晚了二十分鐘。加上開到珍的娘家里維爾的路上又一路塞車，等到她把車停在母親安琪拉的房子外，已經比預定時間晚了整整半小時。

她母親的房子似乎一年比一年小，活像是隨著年邁而皺縮起來。牽著瑞吉娜的手走向前門，珍．瑞卓利看到門廊該重新粉刷了，水溝裡塞滿了秋天的落葉，前院的宿根草植物也得修剪一下以迎接冬天。她得打電話給她的哥哥和弟弟，看他們能不能找個週末一起來幫忙，因為安琪拉顯然需要人手。

她也需要好好睡一覺，珍心想，看著安琪拉打開前門。珍很驚訝母親看起來那麼疲倦。她身上的一切似乎都被磨損得好憔悴，從褪色的襯衫到鬆垮的牛仔褲。安琪拉彎腰抱起瑞吉娜時，珍看到了母親頭皮上的灰白髮根，非常吃驚，因為以前安琪拉向來準時去找髮型師報到的。這跟去年夏天時出現在一家餐廳、塗了紅唇膏、腳穿細跟高跟鞋的女人，是同一個人嗎？

「我的小南瓜來了，」安琪拉抱著瑞吉娜進屋，一邊柔聲哄著。「外婆看到你好高興喔。我們今天去買衣服，好不好啊？你穿這件髒吊帶褲也穿煩了吧？我們要幫你買件漂亮的新衣服。」

「我不喜歡漂亮！」

「買件連身裙，你覺得呢？精緻的公主裙。」

「我不喜歡公主。」

「可是每個女生都想當公主啊！」

「我想她寧可當青蛙，」珍說。

「啊老天在上，她就跟你一個樣子。」安琪拉懊惱得歎氣。「你小時候也是不肯穿連身裙。」

「媽，不是每個人都能當公主。」

「也不是每個人都能碰到白馬王子。」安琪拉咕噥道，抱著外孫女進屋去。

珍跟著她來到廚房。「怎麼回事？」

「我要煮點咖啡。你要喝嗎？」

「媽，我看得出來有事情不對勁了。」

「你該去上班了。」安琪拉把瑞吉娜放在兒童座椅上。「去吧，去抓壞人。」

「帶小孩是不是讓你太辛苦了？你知道你不必幫我帶的。她現在已經夠大，可以送去托兒所了。」

「把我外孫女送去托兒所？絕對不行。」

「嘉柏瑞和我一直在商量這件事。你已經幫了我們很多，我們覺得你有資格休息，好好享受生活。」

「我每天最期盼的就是她，」安琪拉指著外孫女說。「只有她才能讓我不去想……」

「老爸？」

安琪拉背過身子，開始幫咖啡機的水槽加水。

「自從他回來之後，」珍說。「我就沒看過你高興的樣子。一天都沒有。」

「我必須做個選擇，但事情變得好複雜。搞得我像太妃糖似的，被扯過來又扯過去，累得要命。我真希望有個人告訴我該怎麼做就好，免得我得在他們兩個之間做選擇。」

「你是必須做選擇的人。看要選老爸還是考薩克。我想你應該選擇能讓你快樂的人。」

安琪拉轉過頭來面對著珍，滿臉痛苦。「如果我後半輩子都活在愧疚中，又怎麼可能快樂呢？老讓你哥哥和弟弟說我選擇拆散這個家？」

「當初選擇離開這個家的人不是你，是老爸。」

「可是現在他回來了，他希望我們一家能重新團聚。」

「你有權利往前走。」

「可是我兩個兒子都堅持要我再給你爸一個機會啊。唐納利神父也說，一個好妻子就應該這樣做。」

啊好極了，珍心想。天主教徒的愧疚感是所有愧疚感中威力最強的。

珍的手機響了。她低頭看了一眼，發現是莫拉打來的；她讓電話轉去語音信箱。

「還有可憐的文斯，」安琪拉說。「我也覺得對他很愧疚。我們為了結婚做過那麼多計畫。」

「你們還是可以結婚啊。」

「眼前我不敢想了。」安琪拉無力地往後靠著廚房流理台，同時咖啡機在她身後發出咕嚕聲和嘶嘶聲。「昨天晚上我終於告訴他了。珍妮，那是我這輩子做過最辛苦的事情。」而那種辛苦也顯現在她臉上。發腫的雙眼，下垂的嘴巴——這就是全新的、未來的安琪拉·瑞卓利，可比聖人的妻子和母親嗎？

這世上已經有太多殉道者了，珍心想。一想到自己母親也會樂意加入這個行列，就讓她憤怒起來。

「媽，如果這個決定讓你痛苦，你就得記住，這是你的決定。是你選擇不要快樂的。沒有人能逼你。」

「你怎麼能這麼說？」

「因為這是事實。一切都掌握在你手上，你得決定要往哪裡走。」她的手機又發出一個收到簡訊的叮咚聲。她看到又是莫拉。**開始解剖了。你要來嗎？**

「去吧，快去上班。」安琪拉揮手要她走。「你不必為這個事情操心。」

「我希望你快樂，媽。」珍轉身要走，又回頭看著安琪拉。「但也得你自己想要快樂才行。」

走出門對珍是一大解脫，她吸了一口新鮮的冰冷空氣，把屋內的陰沉排出肺臟。但她甩不掉心中的那股惱怒，那怒氣是對她老爸、對她哥哥和弟弟、對唐納利神父，以及每個自以為可以指揮女人該盡什麼責任的男人。

等到她的手機又響起，她接起來兇巴巴地說：「我是瑞卓利！」

「呃，是我。」佛斯特說。

「我正要去停屍處。再過二十分鐘會到。」

「你還沒去？」

「我在我媽家耽擱了。那你又為什麼沒去？」

「我以為如果我，呃，進一步去追其他幾件事，會比較有效率。」

「免得一整個早上都朝水槽裡嘔吐。選得好。」

「我還在等電話公司給我勾特家的通聯紀錄。同時，我在Google上查到一件有趣的事情。在五月時，《樞紐雜誌》登了一篇勾特的人物特寫報導。那篇報導的標題是：『戰利品大師：專訪波士頓的動物標本剝製師』。」

「是啊，我在他家看到那篇報導裱框掛起來。裡頭全是報導他的打獵冒險活動。去非洲射殺大象，去蒙大拿州獵加拿大馬鹿。」

「唔，你應該看一下那篇報導的網路評論，就貼在那個雜誌的網站上。他顯然把吃菜族——勾特這麼稱呼那些反對獵殺動物的人士——全都氣得半死。我唸一段評論給你聽，是匿名者貼的：『里昂·勾特是個該死的禽獸，應該被吊起來、開膛剖腹。』」

「吊起來、開膛剖腹？聽起來像個威脅，」珍說。

「是啊。或許某個人說到做到了。」

當珍·瑞卓利看到停屍處解剖台上的狀況，差點立刻轉身走出去。不鏽鋼台面上攤滿了內臟，就連刺鼻的福馬林氣味都掩蓋不了那個腐臭。莫拉沒戴呼吸頭罩，只有平常的口罩和塑膠面甲。她太專注在這些內臟所蘊含的智力難題上頭，因而似乎不受氣味影響。一名高個子的銀眉男子站在她旁邊，珍不認識，而且他就跟莫拉一樣，熱切地察看著那些內臟。

「我們先從這裡的大腸開始，」他說，戴著手套的雙手在那些腸子間滑動。「有盲腸、升結腸、橫結腸、降結腸……」

「可是沒有乙狀結腸，」莫拉說。

「沒錯。直腸在這裡，但沒有乙狀結腸。這是第一個線索。」

「另一套內臟就有乙狀結腸了。」

那男人開心地輕笑一聲。「我很高興你找我來看這個。這麼有趣的東西可不是常常能碰到的。這個故事我可以拿來在晚餐桌上吹牛，吹上好幾個月呢。」

「我可不想跟你同桌吃飯聊天，」珍·瑞卓利說。「我想這就是所謂的解讀內臟吧。」[3]

莫拉轉身。「珍，我們正在比較兩副內臟。這位是蓋·吉卜森教授。這位是兇殺組的瑞卓利警探。」

吉卜森教授不感興趣地朝珍點了個頭，眼光又回到面前的腸子，顯然覺得那些內臟要有趣太多了。

「哪個學科的教授？」珍問，還是站得離解剖台很遠，避開那個臭味。

「比較解剖學。哈佛，」他說，沒抬頭看她，注意力鎖定在那些腸子上。「第二副內臟，就是有乙狀結腸的那副，我想，是屬於被害人的吧？」他問莫拉。

「看起來是。切口邊緣都符合，但是還需要ＤＮＡ確認。」

「接下來，我們來看肺臟，我可以指出一些很確定的線索。」

「關於什麼的？」珍說。

「關於第一副肺臟的主人。」他拿起一對肺臟，舉著好一會兒。然後放下，又拿起第二副。「大小類似，所以我猜想他們的身高體重也類似。」

「根據被害人駕照上的登記資料，他是一七三公分、六十四公斤。」

「唔，那這一副應該是他的，」吉卜森說，看著手裡的肺臟。他放下來，又拿起另一副。「真正讓我有興趣的，是這一副肺臟。」

「哪裡有趣呢？」珍說。

「你來看看，警探。啊，你得靠更近一點，才能看到。」

珍忍下一陣乾嘔，走近那些攤在解剖台上的內臟。珍覺得，這些器官脫離了主人之後，看起

❸ reading the entrails，指古羅馬祭司檢視獻祭牲畜的內臟，以預卜吉凶。

來都差不多，跟她自己所擁有的內臟一樣。她想起高中時代掛在健康教育教室裡的一張「看得見的女人」海報，顯示出各個器官的位置。無論美醜，每個女人都只是一袋器官，包在一具由肉與骨所形成的軀殼中。

「你看得出差別嗎？」吉卜森問，指著第一副肺臟。「這個左肺有一個上葉和一個下葉；右肺也有上葉和下葉，外加一個中葉。這樣總共有幾個肺葉？」

「五個。」珍說。

「這是正常人類的身體構造。兩個肺臟，五個肺葉。現在我們來看同一個垃圾桶裡找到的第二副肺臟。大小和重量差不多，不過有本質上的不同。你看出來了嗎？」

珍皺眉。「這一副的肺葉比較多。」

「確切地說，多了兩個肺葉。右肺有四葉，左肺有三葉。這不是身體構造異常。」他暫停一下。「而是表示這不是人類的。」

「所以我才打電話找吉卜森教授來，」莫拉說。「來幫我鑑定這是什麼物種的器官。」

「是大型動物，」吉卜森說。「從心臟和肺臟判斷，我認為跟人類的大小差不多。接著我們來看能不能從肝臟找到任何答案。」他走到解剖台的另一端，那裡並排放著兩個肝臟。「第一副有左葉和右葉。方形且有尾狀的肝葉……」

「這是人類的。」莫拉說。

「不過另外一副……」吉卜森拿起第二副肝臟，翻過來檢查另一側。「有六葉。」

莫拉看著珍。「又一個證據，不是人類。」

「所以我們有兩副內臟，」珍說。「一套應該是被害人的。另一套則是屬於……什麼？鹿？豬？」

「都不是，」吉卜森說。「由於沒有乙狀結腸，肺臟有七葉，肝臟有六葉，我相信這副內臟是學名Felidae這一科的成員。」

「意思是？」

「貓科。」

珍看著那副肺臟。「這隻貓可真大啊。」

「警探，貓科涵蓋了很多動物。包括獅子、老虎、美洲獅、豹，還有獵豹。」

「可是我們在現場沒發現這類動物的屍體啊。」

「你們檢查過冰箱嗎？」吉卜森問。「有發現任何無法辨認的肉類嗎？」

珍駭笑起來。「我們沒發現任何虎排。不過誰會想吃老虎肉呢？」

「珍奇肉類絕對有市場。愈希罕愈好。從響尾蛇到熊，幾乎任何動物都有人願意花錢吃吃看。問題是，這隻動物是哪裡來的？是非法捕獵的嗎？而且這隻動物最後怎麼會在波士頓的一棟房子裡被除去內臟？」

「他是動物標本剝製師，」珍說，轉身看著放在隔壁解剖台上的里昂．勾特屍體。莫拉正揮著她的解剖刀和骨鋸開始動手，而旁邊的一個桶子裡，勾特的腦部已經浸泡在防腐劑中。「他大概取出過幾百隻動物的內臟，說不定還有幾千隻。他大概怎麼都沒想到，自己最後也會有同樣的下場。」

「事實上，動物標本剝製師是以完全不同的方式處理屍體，」莫拉說。「我昨天晚上研究了一下這個主題，發現大型動物的標本剝製師比較喜歡先剝皮、再取出內臟，因為體液有可能弄髒毛皮。他們會沿著脊椎劃下第一刀，把一整塊毛皮剝下來。等到剝完皮之後，才會取出內臟。」

「太有趣了，」吉卜森說。「我原先都不曉得。」

「艾爾思醫師就是這樣，滿肚子有趣的知識。」珍說。他朝勾特的屍體點了個頭。「說到知識，你們知道死因了嗎？」

「應該知道了，」莫拉說，剝下沾了血跡的手套。「食腐動物破壞了他臉部和頸部很多地方，使得死前的傷口變得模糊不清。不過他的X光片給了我們一些答案。」她走到電腦螢幕前，點選著一系列X光片影像。「我沒看到任何外來異物，所以應該是沒有使用槍枝。不過我倒是發現這個。」她指著頭骨的X光片。「非常細，所以我觸摸檢查時沒發現。那是右頂骨上的一道直線裂痕。他的頭骨和頭髮可能緩衝了那記敲擊，所以我們沒看到任何下凹，不過光是一道裂痕，就可以知道那記敲擊的力道非常大。」

「所以不是因為摔倒造成的。」

「摔倒而造成的裂痕，不太可能出現在頭部側面。你撞到地面時，肩膀會先形成緩衝，或者你會伸手撐一下。不，我認為這道裂痕是有人敲擊所造成的。那個力量大得足以讓他昏迷倒下。」

「足以殺死他嗎？」

「不會。雖然顱內有少量的硬腦膜下出血，但並不致命。所以我們知道，在這記敲擊之後，他的心臟還在搏動。至少還又活了幾分鐘。」

珍看著那屍體，現在只是一具除去內部器官的空蕩軀殼。「耶穌啊。可別告訴我兇手開始幫他去除內臟時，他還活著。」

「我想切除內臟也不是死因。」莫拉點了幾下，頭骨X光片結束了，接著出現在螢幕上的是兩張新的片子。「這個才是。」

勾特頸部的骨頭在螢幕上發光，兩張片子分別是頸椎的正面和側面。

「甲狀軟骨和舌骨上角都有斷裂和移位。喉部嚴重毀壞。」莫拉暫停一下。「他的咽喉被壓爛了，很可能是仰天躺著的時候。一記重擊，或許是一腳踩下去，直接踩中甲狀軟骨。這麼一踩，就會讓他的喉部和會厭斷裂，扯破他的大血管。我做了頸部解剖，就發現一切都很明顯了。勾特先生是死於吸入異物，被他自己的血嗆死的。另外，他家的牆面上沒有動脈血的噴濺痕，顯示挖出內臟是發生在他死亡之後。」

珍沉默不語，只是雙眼盯著螢幕。看著冰冷的X光影像，要比面對解剖台上那些內臟要輕鬆太多了。X光可以輕易穿透皮與肉，只留下沒有血跡的骨架結構，也就是人體的柱子和橫樑。她想著一個人要多麼狠心，才會朝另一個人的脖子踩下去？當咽喉在腳下碎裂，目睹著勾特眼中逐漸失去意識，那兇手心裡有什麼感覺？憤怒？力量，還是滿足？

「還有一件事，」莫拉說，點了一張新的X光影像，這張是胸部的。看過屍體上的其他損傷後，她很驚訝胸部的骨架結構看起來好正常，肋骨和胸骨都在該有的位置。但胸腔則是空蕩得詭異，缺了平常心臟和肺臟造成的模糊陰影。「這個，」莫拉說。

珍湊得更近。「肋骨上那些模糊的刮痕？」

「沒錯。我昨天在屍體上指出來了。三道平行的劃傷。劃得很深，都刮到骨頭了。現在你看看這個。」莫拉點了另一張X光片，秀出了顏面骨，有深陷的眼眶和凹入的鼻竇。

珍皺起眉頭。「又是那三道刮痕。」

臉部兩側都有，深及骨頭。三道平行刻痕。因為臉部軟組織被屋主的寵物破壞了，所以我之前沒看到。一直到我看到了這些X光影像。

「那會是什麼樣的工具造成的？」

「不曉得。在他的工坊裡，我沒看到任何會造成這種痕跡的東西。」

「你昨天說，這些看起來像是死後才刮的。」

「沒錯。」

「既不是要殺人，也不是要讓人痛，那這些劃傷的目的是什麼呢？」

莫拉思索著。「儀式，」她說。

一時之間，房間裡一片沉默。珍想著其他犯罪現場，其他儀式。她想到了自己雙手上永遠擺脫不掉的那些疤痕，是一個兇手留下的紀念品，他也有自己的儀式，這會兒她又覺得那些疤痕痛了起來。

「艾爾思醫師？」莫拉的秘書說。「一位密科維茲博士打電話要找你。他說你今天早上留話給他的一位同事。」

「啊，沒問題。」莫拉接起了電話。「我是艾爾思醫師。」

珍的目光又回到X光影像上，看著顴骨上那三道平行的刻痕。她試圖想像這樣的痕跡有可能是什麼工具造成的，總之，她和莫拉之前從沒碰到過這種工具。

莫拉掛斷電話，轉向吉卜森博士。「你的判斷完全正確，」她說。「剛剛是蘇福克動物園打來的。他們把寇沃的屍體送去給里昂．勾特，是在星期天。」

「慢著，」珍說。「寇沃是什麼鬼玩意兒？」

莫拉指著解剖台上那副尚未判定身分的內臟。「那就是寇沃。一隻雪豹。」

7

「寇沃是我們最受歡迎的動物之一。牠在這邊待了將近十八年，所以必須幫牠安樂死的時候，大家都很傷心。」密科維茲博士說，壓低的聲音像個悲慟的家人，而從他辦公室牆上掛的許多照片看來，蘇福克動物園裡的動物的確就像是他的家人。一頭宛如金屬絲的紅髮，下巴蓄了一小撮山羊鬍子，使得密科維茲博士看起來也像某種異國品種的猴子。這會兒，他大大的深色眼珠打量著珍和佛斯特。「我們還沒對媒體發佈任何消息，所以艾爾思醫師來詢問我們最近是不是有任何大型貓科動物死亡時，我嚇了一跳。她到底是怎麼知道的？」

「艾爾思醫師很善於發現各式各樣隱密的資訊。」

「是的，唔，她可真是讓我們大吃一驚。這件事情呢，呃，相當敏感。」

「一隻動物園的動物死掉很敏感？為什麼？」

「因為我們得把牠安樂死。這種事總是會激起一些負面反應。而且寇沃是一隻非常罕見的動物。」

「是在哪一天執行的？」

「星期天早上。我們的獸醫歐伯林醫師負責注射藥物。寇沃的腎臟已經衰竭好一陣子了，而且瘦了好多。羅茲博士一月前就讓牠停止展示，好減低牠公開露面的壓力。我們本來希望能幫牠度過這次疾病，但是歐伯林醫師和羅茲博士最後一致認為，該幫牠執行安樂死了。他們兩個都很難過。」

「羅茲博士是另一位獸醫？」

「不，阿倫．羅茲是大型貓科行為專家。他對寇沃比誰都熟悉。把寇沃送去動物標本剝製師那邊的就是他。」這時有人敲門，密科維茲博士抬頭看了一眼。「啊，阿倫來了。」

大型貓科行為專家這個頭銜會讓人聯想到一個粗獷的戶外型男子，穿著狩獵旅行的服裝。走進辦公室的那名男子的確穿著卡其制服和沾滿塵土的長褲，抓毛絨夾克上沾著一些芒刺，好像才剛去野外健行回來，但羅茲那張開朗的臉並不特別粗獷。他三十來歲後段，一頭鬆軟的深色頭髮，方方的腦袋像科學怪人，不過是友善的版本。

「抱歉我遲到了，」羅茲說，拍掉褲腿上的塵土。「獅子館那邊出了點事情。」

「不嚴重吧？」密科維茲博士說。

「大貓沒闖禍，是那些該死的小鬼。有個青少年覺得要證明自己的男子氣概，就爬進了外層圍牆，掉進壕溝裡。我只好進去把他拖出來。」

「啊老天，我們會要負什麼法律責任嗎？」

「應該不會。他其實從頭到尾都沒危險，而且我想他自己覺得很丟臉，絕對不會告訴任何人的。」羅茲朝珍和佛斯特苦笑。「跟白癡人類又度過歡樂的一天。我的那些獅子啊，至少還比較有點常識。」

「這兩位是瑞卓利警探、佛斯特警探。」密科維茲說。

羅茲朝他們伸出一隻生著厚繭的手。「我是阿倫．羅茲博士。野生生物學家，專業領域是貓科行為。所有的貓，無論大小。」他看了密科維茲一眼。「所以他們找到寇沃了嗎？」

「不曉得，阿倫。他們才剛到，我們還沒談到那個話題。」

「唔，我們得知道。」羅茲又轉向珍和佛斯特。「動物毛皮在死後惡化得相當快。如果不馬上剝製處理，就會失去價值了。」

「一張雪豹皮值多少？」

「鑑於現在全世界的雪豹數量這麼少，」羅茲搖搖頭。「我想是價值連城。」

「這就是為什麼你們希望把那隻雪豹填充起來。」

「填充是個相當粗糙的詞，」密科維茲說。「我們希望保留寇沃最美的樣子。」

「所以你們就把牠送到里昂．勾特那邊。」

「去剝皮、製作成標本。勾特先生是全國最優秀的動物標本剝製師之一。」

「你認識他嗎？」

「只聽說過。」

珍看著羅茲。「那你呢，羅茲博士？」

「黛比和我送寇沃去他家時，才第一次見到他。」羅茲說。「我今天早上聽說他被謀殺，非常震驚。我的意思是，我們星期天才見過，當時他還活得好好的。」

「談一下那天吧。你在他的房子裡看到了什麼、聽到了什麼。」

羅茲看了密科維茲一眼，好像要確認自己是否該回答他們的問題。

「你就說吧，阿倫。」密科維茲說。「這畢竟是謀殺案調查啊。」

「好吧。」羅茲吸了口氣。「星期天早上，葛瑞格——就是我們的獸醫歐伯林醫師——幫寇沃執行了安樂死。根據協議，我們必須把屍體立刻送到動物標本剝製師那邊。寇沃的重量超過五十公斤，所以我們的一位動物飼育員黛比．羅培茲就協助我。開車過去的一路上，我覺得好難過。我跟那隻大貓相處了十二年，我們兩個之間有一種牽繫。這聽起來好像太瘋狂了，因為你絕對不能信賴一隻豹。就連很溫馴的都能殺了你，而寇沃絕對大得可以撂倒一名成年男子。不過我從來不覺得牠對我構成威脅。在牠身上，我從來沒感覺到任何侵略性。牠簡直像是了解我是牠的朋友。」

「你們星期天是幾點到達勾特先生的房子？」

「我想，大概上午十點吧。黛比和我直接把寇沃送到那裡，因為動物屍體必須盡快剝皮。」

「你跟勾特先生談了很多話嗎？」

「我們待了一會兒。他對於經手一隻雪豹真的很興奮。這種動物太罕見了，他從來沒處理過。」

「他看起來像是在擔心什麼嗎？」

「沒有。只是對這個機會興奮極了。我們把寇沃搬進他的車庫，然後他帶我們進屋，讓我們看他這些年來製作的標本。」羅茲搖搖頭。「我知道他對自己的作品很自豪，但是我覺得好難過。只是為了戰利品，就殺害那些漂亮的動物。不過我是生物學家，所以當然會這麼想。」

「我不是生物學家，」佛斯特說。「但是我也覺得很難過。」

「那是他們的文化。大部分動物標本剝製師也是獵人，他們不明白為什麼有人會反對打獵。

黛比和我設法保持禮貌，我們在十一點左右離開他家，就這樣。我不曉得還能告訴你們什麼了。」他來回看著珍和佛斯特。「所以那張毛皮呢？我急著想知道是不是找到了，因為這可是值一大筆錢，對於——」

「阿倫，」密科維茲說。

羅茲和密科維茲交換一個眼色，兩人都沉默了。有好幾秒鐘，大家都沒說話，這個暫停太明顯了，簡直就像是有個發亮的警示標語：情況不對勁。他們有事情瞞著不說。

「對誰來說值一大筆錢？」珍問。

密科維茲回答得太快了：「對每個人。這種動物太罕見了。」

「講得明確一點，到底有多罕見？」

「寇沃是雪豹，」羅茲說。「拉丁文學名是*Panthera uncia*，原生於中亞的高山地帶。牠們的毛皮比非洲豹更厚、更白，現在全世界只剩不到五千隻。牠們就像幽靈，獨來獨往，很難看到，而且數量愈來愈稀少。法律禁止進口雪豹的毛皮，甚至連跨州販賣都是違法的，無論毛皮是新的或舊的。你不能在公開市場上買賣。這就是為什麼我們急著想知道。你們找到寇沃的毛皮了嗎？」

珍沒回答，而是又問了另一個問題。「你稍早提到過一件事，羅茲博士。有關一項協議。」

「什麼？」

「你說你把寇沃送到動物標本剝製師那邊，是根據協議。你指的是什麼協議？」

羅茲和密科維茲兩人都迴避她的目光。

「兩位，我是在調查一樁兇殺案，」珍說。「我們反正一定要查清楚，你們最好不要惹毛我。」

「告訴他們吧，」羅茲說。「不說不行了。」

「要是這件事傳出去，阿倫，媒體報導會害死我們。」

「告訴他們吧。」

「好吧。」密科維茲滿臉愁容地看著珍。「上個月，我們接到一個無法拒絕的提議，是出自一位有意願的捐贈人。他知道寇沃病了，很可能會被安樂死。他願意捐一大筆錢給蘇福克動物園，以交換寇沃的完整屍體。」

「一大筆是多少？」

「五百萬元。」

珍瞪著他。「一隻雪豹真值那麼多錢？」

「對於這位捐贈人來說，是的。這個提案是雙贏。寇沃反正撐不下去了。我們的財務困境可以獲得一大筆金錢挹注。捐贈人的唯一條件，就是要保密。他還指定要交給里昂．勾特製作標本，因為勾特是最頂尖的標本師。而且我相信他們本來就認識。」密科維茲歎了口氣。「總之，這就是為什麼我原先不願意提。這個協議很敏感，有可能會對我們很不利。」

「因為你們把珍貴的動物賣給出價最高的人？」

「我從一開始就反對這個交易，」羅茲對密科維茲說。「我跟你說過，這樣子會出大問題的。接下來我們一定會被媒體罵慘。」

「聽我說，如果我們可以保密，就還能設法挽救。只要我能確定毛皮安全，有人妥善保管就好。」

「密科維茲博士，我很遺憾必須告訴你，」佛斯特說，「不過我們沒找到毛皮。」

「什麼？」

「勾特的住宅裡沒有豹皮。」

「你的意思是——豹皮被偷了？」

「不曉得。反正就是不在那裡。」

密科維茲往後垮坐在椅子上，目瞪口呆。「啊老天。一切都完蛋了。現在我們得把錢退還給他了。」

「你的捐贈人是誰？」珍問。

「這個資訊絕對不能傳出去，不能讓外界知道。」

「到底是誰？」

回答的是羅茲，他的口氣充滿毫不掩飾的輕蔑。「傑瑞．歐布萊恩。」

珍和佛斯特驚訝地交換一個眼色。「你的意思是廣播電台的那個傑瑞．歐布萊恩？」佛斯特問。

「波士頓在地的大嘴巴歐布萊恩。你想想，要是我們跟那個討厭鬼做交易的消息傳出去，我們那些愛動物的贊助人會作何感想？那傢伙老是吹噓自己的非洲打獵之旅。吹噓他開槍把大象轟成碎片。他整個形象就是老把這類血腥活動加以美化。」

「有時候，阿倫，我們不得不跟魔鬼交易，」密科維茲說。

「唔，現在交易取消了，因為我們沒辦法交貨給他。」

密科維茲哀歎。「這真是一場大災難。」

「我不早跟你說了嗎？」

「在旁邊說風涼話當然容易！你只要照顧你那些該死的貓就行，我可是要負責這個機構的存亡。」

「是啊，這就是照顧貓科動物的好處。我知道我不能信賴牠們。牠們也不會想讓我改變主意。」羅茲的手機響了，他低頭看了一眼。幾乎同時，辦公室的門猛地打開，秘書衝進來。

「羅茲博士！他們需要你馬上趕過去。」

「怎麼了？」

「花豹館出了意外。有個管理員——他們需要步槍。」

「不。不行！」羅茲從椅子上跳起來，衝出辦公室。

珍只思索片刻就做出決定。她也跳起來跟出去。她下樓出了大樓之時，羅茲已經遙遙領先，正在嚇壞的動物園遊客間迅速奔跑。等到她轉了個彎，忽然碰到一道人牆，圍在花豹館外頭。

「啊老天，」有個人倒抽一口氣。「她死了嗎？」

珍在人群中往前擠，來到欄杆前。一開始她只看到欄杆內綠色植物構成的迷彩棲息地和假的大圓石。然後，隱藏在樹枝間有個東西在移動，幾乎難以辨認。那是一條尾巴，在一片岩架上抽動。

珍往旁邊挪動，想找個更好的觀看角度。一路來到花豹館的最邊緣，她才看到血：一長條，鮮明而閃亮，一路流下大圓石。岩架上有一條人類手臂垂下。女人的手。那隻豹蹲踞在牠的獵物上方，雙眼直直瞪著珍，好像要挑釁她來搶自己的戰利品。

珍舉起手槍，穩住不動，手指搭著扳機。那個被害人在射程範圍內嗎？她看不到岩架邊緣以內的狀況，連那個女人是不是還活著都無法判斷。

「別開槍！」她聽到羅茲博士在籠子後方大喊。「我要引誘牠到過夜室來！」

「沒時間了，羅茲。我們得趕緊把她救出來！」

「我不希望牠死掉。」

「那她呢？」

羅茲敲著鐵柵。「洛菲基，來吃肉！快點，進來過夜室！」

他媽的，珍心想，再度舉起手槍。那隻豹她可以清楚看到，視線沒有任何阻擋，直接就能射中腦袋。有可能子彈也會射中那個女人，但反正就算不開槍，那女人也必死無疑。珍的雙手穩穩握著手槍，緩緩把扳機往下壓。但還沒按到底，步槍開火的聲音嚇了她一跳。

那豹倒下，跌出岩架，掉進下頭的灌木叢裡。

幾秒鐘後，一名穿著動物園制服的金髮男子衝進籠內，跑向那些大圓石。「黛比？」他喊道。「黛比！」

珍四下看著，想找路進入籠內，然後看到一條標示著遊客禁止進入的小徑。她循著小徑往前，繞到花豹館的後方，看到進入籠內的那扇門半開著。

在那些大圓石的底部，羅茲和金髮男已經把那女人從岩架上拉下來，正蹲在她旁邊。

「呼吸，黛比，」那金髮男懇求道。「拜託，呼吸啊。」

「我摸不到脈搏，」羅茲說。

「救護車呢？」那金髮男恐慌地四下張望。「我們需要救護車！」

「快來了。不過葛瑞格，我想已經沒辦法……」

金髮男的雙掌放在那女人的胸部，開始迅速按壓，拚命想讓她的心臟恢復跳動。「幫我，阿倫。你負責嘴對嘴吹氣。我們得一起合作！」

「我想太遲了，」羅茲說。他一隻手放在那金髮男的肩膀上。「葛瑞格。」

「滾開，阿倫！我自己來！」他湊向那女人的嘴，把氣吹進蒼白的雙唇內，然後又開始按壓。但那女人的雙眼已經開始渾濁。

羅茲抬頭看著珍，搖了搖頭。

8

莫拉上一次去蘇福克動物園，是在一個溫暖的夏日週末，當時步道上擠滿了吃冰淇淋的兒童，以及推著嬰兒車的年輕父母。但在今天這個寒冷的十一月天，莫拉發現動物園裡一片詭異的空蕩。火鶴平靜地用嘴喙理毛，孔雀在小徑上昂首踱步，沒有相機和學步小孩的打擾。如果能在這裡獨自漫步，悠閒逛過每個展示區，一定很美好；但今天召喚她來到這裡的是死神，沒有餘暇讓她享受這趟拜訪。她跟著一名動物園的員工匆匆經過靈長動物的獸籠，走向野生犬科館，進入食肉動物的領域。幫她帶路的是一名名叫潔恩的年輕女子，穿著卡其制服，金髮紮成馬尾，皮膚曬成健康的古銅色，整個人就像是從國家地理頻道那些野生動物紀錄片裡走出來的。

「事故發生之後，我們就立刻關閉動物園，」潔恩說。「花了大約一小時，才把所有的遊客送走。到現在我還是不敢相信居然出了這種事。我們以前從來不必處理類似狀況的。」

「你在這裡工作多久了？」莫拉問。

「快四年了。我從小就夢想在動物園工作，本來還想讀獸醫研究所的，但是我成績不夠好，沒申請到。不過我還是可以從事我喜歡的行業。你一定要熱愛這份工作才行，因為薪水很低，不可能賺到什麼錢。」

「你認識被害人嗎？」

「認識啊，我們同事間都很熟。」她搖搖頭。「我只是不懂，黛比怎麼會犯下這種錯誤。羅茲博士老是警告我們要小心洛菲基。他告訴我們，絕對不要背對牠，絕對不要相信一隻豹。我以前還以為他講得太誇張呢。」

「工作時必須這麼靠近大型掠食動物，你都不擔心嗎？」

「以前從來都不擔心。不過這回的意外改變了一切。」她們轉了個彎，然後潔恩說：「前面就是發生事故的展館了。」

其實不必她多說；光是看聚集在獸籠外那群人陰沉的臉色，莫拉就知道自己來到目的地了。珍・瑞卓利也在那群人之中，她趕緊上前來招呼莫拉。

「這種案子，你這輩子大概不會碰到第二回了。」珍說。

「你在調查這個命案？」

「不，我是來查別的事情，本來差不多要離開了。根據我所收集到的消息，這是一樁意外。」

「到底發生了什麼事？」

「看起來，被害人正在裡頭打掃時，遭到那隻大貓攻擊。她一定是忘了拴好過夜室的門，讓那隻動物進了主館區。我趕到的時候，事情早就結束了。」珍搖搖頭。「這是血淋淋的提醒，讓我不要忘記人類處於食物鏈的哪個位置。」

「攻擊的是什麼樣的大貓？」

「非洲豹。獸籠裡有一隻大型公豹。」

「現在關好了嗎？」

「死掉了。歐伯林博士——就是站在那邊的那個金髮男——原先想用麻醉標槍射他，但射了兩次都沒射中。最後只好開火了。」

「所以現在進去很安全了。」

「是啊，不過裡頭一塌糊塗。血多得不得了。」珍低頭看著自己染髒的鞋子，搖搖頭說。「我很喜歡這雙鞋子的。好吧，我晚一點再打電話給你。」

「那誰要帶我檢查犯罪現場？」

「可以找阿倫．羅茲。」

「誰？」

「他是這裡的大貓專家。」珍對著一群聚集在棲息地附近的男人喊道：「羅茲博士？法醫處的艾爾思醫師來了。她要看屍體。」

一名深色頭髮的男子走向她們，一臉驚魂未定的表情。他身上的動物園制服長褲上還沾著血跡，勉強擠出的笑容無法掩飾他的緊張。他出自本能地伸手要握，然後才想到手上還有乾掉的血，又縮回手。「很抱歉你要來看這個，」他說。「我知道你大概看過很多恐怖的場面，不過這回真的很可怕。」

「我從來沒處理過大貓攻擊的狀況。」莫拉說。

「我也是第一次碰到。而且希望是唯一一次了。」他掏出鑰匙圈。「我帶你從後頭過去員工專區，柵門就在那裡。」

莫拉揮手向珍告別，然後跟著羅茲走進一條灌木夾道的小徑，上頭標示著「步道」，從相鄰的兩個展示區之間貫穿而過，通向一般遊客看不到的展館後方。

羅茲打開柵門上的鎖。「我們就從這裡過去擠壓籠。籠子的兩端各有一道內柵門。一道通向公共展示區。另一道通向過夜室。」

「為什麼稱之為擠壓籠？」

「那是一個可以伸縮的區域，讓我們用來控制貓科動物，以進行醫療方面的工作。當動物進入這個區域時，我們就把籠子的一側往內推，讓籠子的柵欄緊貼著動物的身體，以方便我們注射疫苗，或在動物的肩上注射其他藥物。這樣對動物造成的壓力最小，同時對員工的安全保障也達到最大。」

「被害人就是從這個擠壓籠進去的嗎？」

「她的名字是黛比．羅培茲。」

「對不起。羅培茲女士就是從這裡進去的嗎？」

「那是出入口之一。另外在非開放時間時，動物會待在過夜室，那邊還有另一個入口。」他們走進擠壓籠，羅茲轉身關上門，兩個人關在那個會造成幽閉恐懼症的狹長通道裡。「你可以看到，兩端都各有一道柵門。進入任何籠子之前，都要先確認動物關在另一頭。這是動物園安全守則第一條：隨時掌握大貓的所在位置。尤其是洛菲基。」

「牠特別危險嗎？」

「每隻豹都有潛在的危險性，尤其是非洲豹。牠們的體型比獅子或老虎小，但安靜又不可預測，而且力氣很大。豹可以拖著比自己重很多的獵物屍體，一路直接拖上樹。洛菲基是公豹，正在壯年的巔峰時期，而且攻擊性很強。牠被單獨關在這裡，就是因為牠以前攻擊過同住的母豹。黛比知道牠有多危險的。我們全都知道。」

「那她怎麼可能會犯這種錯誤？她是新來的嗎？」

「黛比在這裡工作超過七年了，所以絕對不是缺乏經驗的問題。不過就算是資深的動物飼育員，有時候也會輕忽。他們會忘了確認動物的位置，或是忘了拴好柵門。葛瑞格跟我說，他們趕到這裡的時候，發現通往過夜室的柵門敞開著。」

「葛瑞格？」

「葛瑞格．歐伯林，我們的獸醫。」

莫拉看著過夜室的柵門。「這個門閂沒故障吧？」

「我檢查過。瑞卓利警探也檢查過。完全正常。」

「羅茲博士，一個經驗豐富的動物飼育員，怎麼會讓豹籠的門敞著？我實在很難理解。」

「很難相信，我知道。不過關於大貓所造成的類似意外，在全世界各地很多動物園都曾發生過，我可以列出一份長長的清單給你看。從一九九〇年至今，全美國就有超過七百件意外，造成二十二個人喪生。光是去年，在德國和英國，都有經驗豐富的動物飼育員死於老虎攻擊。兩次都只是因為忘了鎖上柵門。有些人會分心，有些人是粗心大意。還有些人是相處久了，就相信大貓是自己的朋友，絕對不會傷害他們。我一直告訴我們的員工，絕對不要相信大貓。絕對不要背對牠們。牠們可不是家裡養的寵物小貓。」

莫拉想到自己剛收養的那隻灰色虎斑貓，她現在試圖用昂貴的沙丁魚罐頭和高脂牛奶收買牠的感情。但牠只是另一隻狡猾的掠食動物，把莫拉當成牠的僕人而已。要是牠再多重個五十公斤，她相信牠不會把她視為朋友，而是視為一塊美味的肉。有誰能真正信賴一隻貓嗎？

羅茲打開內柵門的鎖，這裡通向公共展示區。「黛比應該就是從這裡進去的，」他說。「我們發現水桶和掃帚旁邊有一大堆血，所以她被攻擊時，大概正在做早晨的清潔工作。」

「是什麼時間發生的？」

「大約八點或九點。動物園的參觀時間是九點開始。我們會先在過夜室餵過洛菲基，才讓牠進入展示區。」

「這裡有監視攝影機嗎？」

「可惜沒有，所以我們沒有事發當時的錄影畫面，也沒有之前的。」

「那被害人——黛比——的心理狀態怎麼樣？她最近有沮喪的狀況嗎？或是有什麼心煩的事情？」

「瑞卓利警探也問了這個問題。這會是被大貓攻擊的自殺嗎？」羅茲搖搖頭。「她是很正面、很樂觀的人。無論她的生活狀況怎麼樣，我還是無法想像她會自殺。」

「她目前生活裡有什麼狀況嗎？」

他頓了一下，手還放在柵門上。「每個人的生活裡不是總有些狀況嗎？我知道她剛跟葛瑞格分手了。」

「就是歐伯林醫師，那位獸醫吧？」

他點點頭。「星期天我們送寇沃的屍體去標本剝製師那邊的時候，黛比和我談過這件事。她好像沒有太難過。比較像是……鬆了一口氣。我想葛瑞格要比她難受多了。而且他們都在這裡工作，每星期至少會碰面一次，他也就因此更不好受了。」

「可是他們還是可以相處？」

「據我看來是這樣。瑞卓利跟葛瑞格談過，他被這個事故搞得快崩潰了。另外你先不必問那個最明顯的問題，葛瑞格說事發時他離這個籠子很遠。他說他一聽到尖叫，就趕緊跑過來。」

「黛比的尖叫？」

羅茲一臉痛苦的表情。「我想事情發生得很快，她沒來得及發出聲音。不，尖叫的是一名遊客。她看到血，就開始尖叫求救。」他打開展場的柵門。「她當時躺在後頭，靠近大圓石那邊。」

才走進去三步，莫拉停下來，被殘殺的證據弄得很不安。這就是珍曾經形容過的「血多得不得了」，而且潑濺到植物的枝葉，在水泥地上凝結成一灘灘。由被害人最後的絕望心跳所輸送出來的動脈噴濺血，呈弧形噴向好幾個方向。

羅茲低頭看著翻倒的水桶和草耙。「她大概根本沒看到牠過來。」

人體內有四公升的血，而黛比．羅培茲大部分的血就都流出來在這裡。其他人走過去時，血還沒乾；莫拉看到好幾組腳印踩過去，印在水泥地上。「如果牠是在這裡攻擊她，」她說，「為什麼還要把她拖到籠子裡？為什麼不就地吃了她？」

「因為豹的本能就是會保護自己的獵獲物。在一般的野生環境中，會有腐食動物來搶，會有獅子和鬣狗。所以豹會把獵獲物移到其他動物搶不到的地方。」

水泥走道上的血跡，顯示出那隻豹拖著人類獵獲物所經過的路線。在那條血跡斑斑的路徑中，有一組爪印特別突出，是這隻殺人豹體型和力量的嚇人證據。這條路徑通向展館後方。屍體位於一塊巨大的人造圓石底部，蓋著一塊橄欖綠的毯子。死掉的豹四肢大張倒臥在旁邊，爪子張開。

「牠原先把屍體拖到岩架上，」羅茲說。「我們又把她拉下來，進行心肺復甦術。」

莫拉往上注視那塊大圓石，看到了一道從岩架上流淌下來的血跡已經乾掉了。「牠一路把她拖上去那裡？」

羅茲點點頭。「豹的力氣就是這麼大，可以把一隻沉重的旋角羚拖上樹。牠們的本能就是往高的地方爬，把獵獲物的屍體放在樹枝上，再放心地享用。葛瑞格射殺牠的時候，牠大概正準備要大吃。當時黛比早就過去了。」

莫拉戴上手套，蹲下去拉開毯子。只消看一眼被害人殘留的咽喉，她就曉得這回的攻擊是不可能倖存的。在驚駭的沉默中，她瞪著被壓爛的喉部和暴露出來的氣管，那頸部被撕開得太嚴重、因而整個頭部往後垂下，幾乎被斬首了。

「牠們就是這樣，」羅茲說著別開目光，聲音顫抖不穩。「貓科動物天生就是完美的殺戮機器，牠們會直攻咽喉，壓斷脊椎，扯開頸靜脈和頸動脈。這麼一來，至少可以確定在牠們開始進食之前，獵物一定早就死了。我聽說這樣會死得很快，因為被放血了。」

還不夠快。莫拉想像黛比．羅培茲臨死前痛苦的那幾秒鐘，鮮血像是高速水柱從被抓斷的動脈噴出來。血也會進入她破掉的氣管，淹沒她的肺部。死得很快，沒錯，但對這個被害人來說，最後幾秒鐘的恐懼和窒息一定久得像是沒有盡頭。

她把毯子蓋回死者的臉部，注意力轉到了豹身上。那隻非洲豹很漂亮，有厚實的胸部和柔亮的毛皮，在斑駁的陽光下發出光澤。她瞪著那鋒利的牙齒，想像著那可以輕易壓爛並扯破一個女人的咽喉。她打了個寒噤站起來，發現在展示區的柵欄外，停屍處的運送人員已經到了。

「她很愛這隻大貓，」羅茲說，低頭望著洛菲基。「牠剛出生那陣子，都是她用奶瓶在餵牠，像在餵嬰兒似的。我想她從來沒想到這隻豹會這樣對她。而害死她的就是這個。她忘了豹是掠食動物，我們都只是牠的獵殺對象而已。」

莫拉脫掉手套。「你們通知她家人了嗎？」

「她母親住在聖路易市。我們的園長密科維茲已經打電話給她了。」

「我需要她的聯絡資訊，以便解剖後安排葬禮的事情。」

「有必要解剖嗎？」

「死因似乎很明顯，不過總還是有一些疑點需要解答。比方她為什麼會犯下這個致命的錯誤？是不是受到藥物或酒精或其他身體狀況的影響？」

他點頭。「當然了。我根本都還沒想到有這些可能。不過如果你在她體內發現有任何藥物，我會很驚訝。因為我所認識的她不可能有藥癮的。」

那是你以為自己所認識的她，莫拉心想，一邊走出了籠子。在這個世界上，每個人都有祕密。她想著自己的祕密，一直守得好緊，又想到如果自己的同事們知道了會有多震驚。即使最了解她的珍。

停屍處的運送人員把附著輪子的擔架推進園場內，莫拉來到展場外的公共步道上，隔著欄杆看進籠內，想像著遊客會看到的景象。那隻豹一開始的攻擊點是在一面牆後頭，從這裡看不到，而且拖走屍體的地方也被灌木叢遮得看不太清。但是牠把獵獲物拖到岩架上後，就可以清楚看得見了。那裡現在有一道陰森的血痕，沿著岩石流下來。

難怪會有人尖叫。

一股戰慄掠過莫拉的皮膚，就像一隻掠食動物的寒冷氣息。她轉身看了一下，看到羅茲博士跟幾個憂心的動物園主管圍在一起交談。沒人在看莫拉；甚至好像沒人注意到她在那裡。但她就是甩不掉那種被觀察的感覺。

然後她看到了牠，關在旁邊的一個展館裡，蹲伏在沙褐色的大圓石上頭，黃褐色的眼珠幾乎看不出來。牠強壯的肌肉作勢欲撲。靜靜追蹤著目標，雙眼緊盯著她不放。

她看到欄杆上的名牌。學名是*Puma Concolor*。美洲獅。

然後她心想：換作是我，也絕對不會發現大貓要攻擊我。

9

「傑瑞・歐布萊恩是唯恐天下不亂，或反正他在廣播節目裡就是扮演出這樣的角色。」佛斯特說，此時他們正往西北進入密德塞斯郡，坐在駕駛座的是珍。「在上星期的節目裡，他痛罵那些支持動物權的人士。說他們是吃草的田鼠，還說這些笨兔子怎麼會變得這麼兇。」佛斯特笑著打開筆記型電腦裡的影音檔。「這一段是講打獵的，你一定要聽聽。」

「你認為他真的相信自己說的這些屁話？」她問。

「誰曉得，反正這樣吸引了很多聽眾，因為到處都有電台買他的節目聯播。」佛斯特敲著鍵盤。「好吧，這是上星期的節目，你聽。」

或許你平常吃雞肉，偶爾還會吃塊牛排。你去雜貨店裡買肉，都乾乾淨淨包在塑膠袋裡。而獵人呢？他們清晨四點爬起來，忍受寒冷和疲倦，拿著沉重的槍在森林裡長途跋涉；他們耐心地在樹叢裡等待，說不定還要等上好幾個小時。他們花了一輩子磨練自己用槍的技藝——相信我，各位，那是一種能夠擊中目標的技藝。那你們憑什麼認為自己在道德上比他們優越？打從人類有史以來，打獵就是餵飽家人的手段，獵人當然有權利從事這種古老的、光榮的活動，誰有資格對他們不滿？那些娘娘腔的勢利眼可以在時髦的法國餐廳吃牛排和薯條，居然還有臉告訴我們這些男子漢獵人，說我們殺了一隻鹿很殘忍。那不然他們以為肉是從哪裡來的？

另外就別提那些瘋狂的素食者了。嘿，愛護動物人士！你養了貓或狗，對吧？你用什麼餵你心愛的貓咪或狗狗啊？肉。就是肉！你還不如把怒氣發在你家的喵星人身上！

佛斯特按了暫停鍵。「這讓我想到，我今天早上順道去了勾特家一趟。沒看到那隻白貓，不過我昨天晚上留的食物全沒了。我在碗裡又加了貓食，也換了貓砂盒。」

「佛斯特警探獲得了動物保護勳章。」

「我們要怎麼處理那隻貓？你想艾爾思醫師肯再收留一隻嗎？」

「我想她已經後悔收留第一隻了。為什麼你不帶回家養？」

「我是男人耶。」

「那又怎樣？」

「男人養貓，感覺很怪啊。」

「怎麼，難道貓會偷走你的男性氣概？」

「一切都是形象的問題，你知道？如果我帶個妞兒回家，看到了我有一隻白貓，她會怎麼想？」

「啊，是喔，你養的金魚就會讓你形象好很多呢。」她朝他的筆電點了個頭。「歐布萊恩還說了其他什麼？」

「你聽聽這一段，」佛斯特說，然後按了播放鍵。

……可是不，這些吃草的田鼠、天天吃萵苣的兇惡兔子，他們比任何食肉動物都更兇殘。相信我，我常常收到他們的訊息。他們威脅要像對付一隻鹿那樣，把我吊起來，開膛破肚。威脅要燒我、砍我、勒死我、輾爛我。你相信這種話是出自素食者的口中嗎？朋友們，小心吃萵苣的人。世界上再也沒有比那些所謂愛護動物人士更危險的人了。

珍看著佛斯特。「或許他們比他以為的更危險，」她說。

綽號「大嘴巴」的傑瑞．歐布萊恩的節目每週製播一次，出售給六百家廣播電台聯播，聽眾高達兩百萬以上，所以他當然買得起最好的。從珍和佛斯特開車通過有警衛駐守的柵門、進入歐布萊恩的莊園那一刻開始，這個事實就非常清楚。起伏的牧草地和放牧的馬匹，彷彿位於維吉尼亞州或肯塔基州的農場；沒想到距離波士頓只有一個小時車程的地方，竟然會有如此的田園景象。他們經過一個蓄水池和一片點綴著白色綿羊的青草坡，來到山丘頂一棟原木建造的巨大住宅。從寬闊的門廊和巨大的原木柱，看起來比較像個打獵小屋，而不是私人住家。

他們才剛在屋前停下車，就聽到幾聲槍響。

「怎麼搞的？」佛斯特說，兩人都同時解開槍套的釦子。

又是幾聲連發槍響，然後安靜下來。安靜太久了。

珍和佛斯特趕緊下了車，奔上門廊前的階梯，槍都已經拔出來了，此時前門忽然打開。

一個臉圓圓的男子迎出來，滿臉堆笑，那笑容太大了，因而一定是假笑。他看到兩把葛洛克手槍指著自己的胸膛，於是笑了起來，說：「哇，沒必要那樣。兩位想必是瑞卓利警探和佛斯特警探了。」

珍的手槍還是舉著。「我們聽到了槍聲。」

「只是在練習打靶。傑瑞在樓下弄了個很不錯的射擊場。我是他的私人助理瑞克・多倫。進來吧。」

又是一陣槍響傳來。珍和佛斯特交換了一個眼色，然後同時把槍收進槍套裡。

「聽起來像是重型武器。」

「歡迎你去察看。傑瑞很愛炫耀他的武器。」

他們走進一個高聳的門廳，裡頭的松木牆上掛著美國原住民的毯子。多倫伸手到一個門廳櫥裡，拿出耳罩扔給兩個客人。

「傑瑞規定的，」他說，自己也拿了一副耳罩戴在頭上。「他小時候去參加過太多搖滾演唱會，現在老說耳聾是不會好轉的。」

多倫打開一扇貼了隔音棉的門。珍和佛斯特聽到地下室傳來轟然的槍響聲，腳步猶豫了。

「啊，底下絕對安全的，」他說。「傑瑞設計的時候可是不惜血本。牆壁是填滿沙子的煤渣磚，天花板是預力混凝土，上頭還加了四吋厚的鋼板。裡頭有完全封閉的捕彈陷阱，而且地下廢氣排放系統會把所有的煙霧和殘餘火藥排到外頭。告訴你們，那整個設計棒得不得了。你們一定要去見識一下。」

珍和佛斯特戴上耳罩，跟著他走下樓梯。

在日光燈炫亮的光線中，傑瑞．歐布萊恩背對他們而立。他的穿著很不協調，下身是藍色牛仔褲，上身是寬大而俗豔的夏威夷衫，花卉紋布料覆蓋著他的圓筒形軀幹。他沒立刻招呼訪客，而是專注在前方人形輪廓的靶子上，繼續開火。直到他清空了彈匣，這才轉過身來面對珍和佛斯特。

「啊，波士頓警局的人來了。」歐布萊恩拉下他的耳罩。「歡迎來到我的天堂小角落。」

佛斯特審視著桌面上那些手槍和步槍。「哇。你的收藏真不得了。」

「相信我，全都是合法的。所有的彈匣容量都不超過十發，平常都鎖在一個絕對安全的儲藏櫃裡，而且我有A級的隱蔽攜槍許可❹。你可以去跟我們這邊的警察局長求證。」他拿起另一把槍，遞給佛斯特。「這一把是我最喜歡的。想試試嗎，警探？」

「呃，不用，謝了。」

「一點也不心動？你短期內大概不會有機會用這種寶貝開火了。」

「我們是來請教你有關里昂．勾特的事情的。」珍說。

歐布萊恩把注意力轉向她。「你是瑞卓利警探吧？對槍有興趣嗎？」

「需要的時候就有興趣。」

「你打獵嗎？」

「不打。」

「打獵過嗎？」

「只獵過人。比較刺激，因為他們也會開槍反擊。」

歐布萊恩大笑。「我欣賞你這一型的女人。不像我那些神經病前妻。」他卸下彈匣，檢查槍膛以確定沒有任何遺留的子彈。「我就告訴你關於里昂的事情吧。他絕對不可能乖乖不反抗。只要有半個機會，我知道他一定會把那個混蛋的腦子轟爛。」他看著珍。「那麼，他有半個機會嗎？」

「他耳聾程度有多嚴重？」

「這跟整件事有什麼關係？」

「他當時沒戴助聽器。」

「啊，這個嘛，那就改變整個狀況了。如果沒戴助聽器，他連一隻駝鹿砰砰砰爬樓梯的聲音都聽不到。」

「你好像跟他很熟。」

「熟到一起打獵時會信賴他。我帶他去過兩次肯亞。去年他撂倒一隻很壯的野牛，一槍斃命。沒有猶豫，沒有眨眼。一起打獵會讓你了解一個人的很多事。你會發現他們是不是只說不做。你會知道自己能不能信賴他們。你會曉得他們是不是有勇氣用氣勢壓倒一隻衝過來的大象。里昂證明了自己，我很尊敬他。能讓我這麼說的人並不多。」歐布萊恩把槍放在桌上，看著珍。

❹ 美國某些州允許公開持槍，但若是要將槍放在看不見的地方，則另須申請隱蔽攜槍許可（Concealed Carry Weapon permit，簡稱 CCW）。

「我們上樓談吧？我隨時都有新鮮咖啡，看你有沒有興趣。」他丟了一把鑰匙給私人助理。「瑞克，你幫我把這些槍鎖起來吧。我們會在小窩裡。」

歐布萊恩在前頭帶路，穿著他俗豔的大襯衫，緩慢而笨重地爬上樓，上到門廳時，他已經氣喘吁吁了。他說要去小窩，結果帶著他們來到的那個地方可不是什麼小洞穴，而是一個兩層樓的大房間，有巨大的橡木樑和一個粗石砌成的壁爐。舉目望去，都是動物的剝製標本，成為歐布萊恩神射手的證據。珍之前曾被里昂．勾特的收藏嚇一跳，而現在這個房間更是讓她下巴掉下來了。

「這些全都是你獵來的？」佛斯特問。

「幾乎全部，」歐布萊恩說。「少數一些是瀕臨絕種動物，不能去獵的，所以我是用老式的方法得到。比方那隻遠東豹。」他指著一個製成標本的頭部，上頭有隻耳朵被扯得破破爛爛。「那個大概是四十年前製成標本的，現在找不到了。為了這個爛標本，我花了好大一筆錢才買到。」

「為什麼非要得到不可呢？」珍問。

「怎麼，你小時候沒有填充動物玩具嗎？連個泰迪熊都沒有？」

「我的泰迪熊不必靠開槍得到。」

「唔，這隻遠東豹就是我的填充動物玩具。我想要牠，因為牠是很了不起的掠食動物。很美。很致命。天生的殺戮機器。」他指著滿牆的戰利品，上頭一個個頭部露出尖牙或長牙。「我偶爾還是會去獵鹿，因為再沒有比鹿里脊肉更好吃的東西了。不過我真正重視的，是能讓我害怕的動物。我很想親手摸摸孟加拉虎。還有那隻雪豹，也是我很想得到的。真他媽的可惜，那張毛皮居然失蹤了。那毛皮對我來說很有價值，顯然對那個殺了里昂的混蛋來說也是這樣。」

「你認為那就是動機？」佛斯特問。

「當然了。你們警察應該去留意黑市，如果出現了一張雪豹的毛皮要賣，你們就能抓到兇手了。我會很樂意協助你們，那是我的公民責任，而且我該為里昂做這件事。」

「誰曉得他要處理雪豹標本？」

「很多人。有機會處理這種稀有動物的標本剝製師很少，而且他又在網路上的打獵論壇上吹噓。我們都很迷大貓，很迷能殺掉我們的動物。我知道我就是這樣。」他抬頭看著自己的戰利品。「這就是我向牠們致敬的方式。」

「把牠們的頭掛在你牆上？」

「要是讓牠們逮到機會，牠們對我會更狠。這就是叢林的生活，警探。狗吃狗，適者生存。」他看了自己的戰利品室一圈，像一個國王在審視他征服的對象。「我們人類天生就有殺戮的本性，只是不承認罷了。如果我在這邊拿個彈弓要射松鼠，你可以打賭我那些神經病鄰居會大聲抗議。隔壁那個瘋女士會大吼要我收拾東西搬去懷俄明州。」

「你可以搬去啊，」佛斯特說。

歐布萊恩大笑。「才不要，我寧可留在這裡，氣氣他們。總之，為什麼我應該搬家？我在洛爾市這裡長大，就在這條路往前，緊臨棉紡廠的那個破爛地帶。我待在這裡，是因為這樣我就不會忘記自己走了多遠。」他走到對面一個酒櫥，打開一瓶威士忌。「要喝一點嗎？」

「不了，」佛斯特說。

「是啊，我知道。你們在值勤啦。」他在一個玻璃杯裡倒了半杯。「我自己當老闆，所以規則由我訂。現在我規定雞尾酒時間從三點開始。」

佛斯特走近那些掠食動物，研究著一隻豹的全身標本。牠棲息在一根樹枝上，身體弓起，似乎正準備要往下撲。「這是非洲豹嗎？」

歐布萊恩轉身，手裡拿著杯子。「是啊，幾年前獵到的，在辛巴威。豹很狡猾。隱密又獨來獨往。牠們躲在樹枝上，可以出其不意攻擊你。以貓科來說，豹的體型不算很大，但牠們夠壯，可以把你拖上樹。」他喝了一口威士忌，欣賞著那隻豹。「這個標本是里昂幫我剝製的。你看得出他的手下功夫。另外那隻獅子，還有那邊那隻灰熊，也都是他的作品。他很厲害，不過也不便宜。」歐布萊恩走向一隻美洲獅的全身標本。「這是他幫我做的第一件，大概十五年前。看起來好逼真，有時我沒開燈看到牠，還是會嚇一跳。」

「所以里昂是你的打獵同伴，也是你的標本剝製師。」

「可不是隨便什麼剝製師，他的作品非常有名。」

「我們在《樞紐雜誌》上看到一篇有關他的文章。〈戰利品大師〉。」

歐布萊恩笑了起來。「他很喜歡那篇文章。還裱了框掛在牆上。」

「那篇文章得到很多評論。包括少數幾個很兇悍的，有關獵殺的。」

歐布萊恩聳聳肩。「那種事情難免的。我也常碰到有人威脅。會有人打電話到我節目來，想把我像烤乳豬似的用棒子串起來。」

「是啊，那類電話我聽過一些。」佛斯特說。

歐布萊恩昂起頭，像隻鬥牛犬聽到超音波的哨聲。「你會聽我的節目，對吧？」

他希望佛斯特說的是，那當然！我喜歡你的節目，是你的忠實粉絲！這個人住在這麼大的莊園裡，個性這麼愛炫耀，而且似乎很樂於朝任何討厭他的人伸出中指，但他也同時渴望他人的認可。

「談談那些威脅你的人吧。」珍說。

歐布萊恩笑了。「我的節目很多人收聽，其中一些人不喜歡我講的話。」

「有什麼威脅讓你擔心的嗎？比方說，來自反對打獵的人士？」

「你們也看到我的武器庫了。讓他們來試試看哪。」

「里昂．勾特也有武器庫啊。」

他頓了一下，威士忌酒杯正湊在唇邊。然後他放低杯子，朝她皺眉。「你以為兇手是哪個愛護動物的瘋子？」

「我們正在研究所有角度，所以才想聽聽你所碰到的任何威脅。」

「哪個？每回我張開嘴巴，就會激怒某些聽眾。」

「其中有人說過想看到你被吊起來、開膛破肚嗎？」

「有啊，真是老套。她根本想不出任何新台詞。」

「她？」

「一個常常威脅我的智障。叫蘇西什麼的。老是打電話來。動物有靈魂！真正野蠻的是人類！等等等。」

「還有其他任何人做出這種威脅嗎？有關吊起來和開膛破肚？」

「有啊，而且幾乎都是女人。她們還會講一大堆殘忍的細節，好像只有女人敢講這些似的。」他暫停一下，忽然明白了珍這個問題的含義。「你的意思是，里昂就是這樣？有人把他開膛破肚？」

「你能不能幫我們記錄那些來電的人？下回要是碰到有人這麼威脅你，就把他們的電話號碼記錄下來。」

歐布萊恩看著正好走進房間的私人助理，「瑞克，這事情就交給你了？記下他們的名字和電話號碼？」

「沒問題，傑瑞。」

「可是我不認為這些怪胎會說到做到，」歐布萊恩說。「他們只會出一張嘴而已。」

「我會把任何威脅都當回事的，」珍說。

「啊，我現在會認真當回事了。」他拉起寬鬆的夏威夷衫邊緣，露出一把插在褲腰內側槍套的葛洛克。「如果不帶槍的話，申請隱蔽攜槍許可就沒有意義了，對吧？」

「里昂提過他受到任何威脅嗎？」佛斯特問。

「沒有讓他擔心的。」

「他有任何敵人嗎？任何同業或家人可能因為他的死而得到好處？」

歐布萊恩停頓一下，皺起嘴巴像隻牛蛙。他又拿起他那杯威士忌，坐下來瞪著杯子看了一會兒。「他唯一提到過的家人就是他兒子。」

「過世的那個。」

「沒錯。我們上回去肯亞，他提到很多他兒子的事情。拿著一瓶威士忌圍坐在營火旁，就會讓你談到很多事情。追逐你的獵物，吃現成的野味，在星空下談話。對男人來說，人生莫過於此了。」他看了助理一眼。「對吧，瑞克？」

「你說得沒錯，傑瑞。」多倫回答，熟練地又幫他老闆的杯子裡添酒。

「你們這些旅行，沒有女人參加？」珍問。

歐布萊恩看了她一眼，那眼神好像覺得她是瘋子。「我為什麼要毀掉一段完美的時光？女人只會搞破壞。」他點頭。「當然你除外啦。我娶過四個老婆，她們到現在還在繼續壓榨我。里昂的婚姻也很不愉快。他老婆帶著他們唯一的兒子離開了，還教得那兒子也跟他作對，搞得里昂傷心得要命。即使那賤女人死了之後，他兒子還老是故意惹里昂生氣。讓我很慶幸自己沒小孩。」他喝了口威士忌，搖搖頭。「該死，我會想念他的。我能怎麼幫你，才能抓到這個殺他的混蛋？」

「繼續回答我們的問題就行。」

「我不是，呃，嫌疑犯吧？」

「你應該有嫌疑嗎？」

「別耍花樣了，好吧？問你的問題就是了。」

「蘇福克動物園說你同意捐五百萬給他們，以交換那隻雪豹。」

「一點也沒錯。我告訴他們，只能讓一個動物標本剝製師處理，就是里昂。」
「你最後一次跟勾特先生說話是什麼時候？」
「我們星期天接到他的電話，說他已經把那隻雪豹剝下皮，清掉內臟了，問我們要不要屠體。」
「這通電話是幾點？」
「大概中午吧。」歐布萊恩暫停。「拜託，你們一定拿到電話通聯紀錄了。你們知道有那通電話。」
珍和佛斯特沒好氣地交換一個眼色。儘管他們已經發出傳票要勾特家電話的通聯紀錄，但電話公司一直沒給。因為全國各地的警局加起來，每天都會跟電話公司要求將近一千筆的通聯紀錄，所以電話公司大概要拖上好幾天，甚至好幾個星期，才會把紀錄交出來。
「所以他打電話給你們問屠體的事情，」佛斯特說。「接下來呢？」
「我就開車過去拿。」歐布萊恩的助理說。「我在下午兩點左右到了里昂家，把屠體放進我車上的後行李廂，又直接開回來這裡。」
「為什麼？我的意思是，你不會想吃雪豹肉吧？」
歐布萊恩說：「任何肉我都會試至少一次。要命，如果有人願意讓我吃人類的烤嫩臀肉，我也會吃下去的。不過這回不是，我不會吃一隻被注射了安樂死藥物的動物。我是為了骨骼。瑞克把屠體帶回來之後，我們就挖了個洞埋進去。等上幾個月，讓大自然和蠕蟲去清理，我就可以把骨骼製成標本了。」

這就是為什麼他們只找到那隻雪豹的內臟，珍心想。因為屠體早已經帶來這裡了，正埋在地裡分解。

「你星期天去勾特先生家的時候，和勾特先生談過話嗎？」珍問瑞克・多倫。

「幾乎沒有。他正在講電話。我等了兩分鐘，可是他只是揮手要我離開。所以我拿了屠體就走了。」

「他在跟誰講電話。」

「不曉得。他當時說，他想要更多艾列特在非洲的照片。『你手上所有的，』他這麼說。」

「艾列特？」珍看著歐布萊恩。

「就是他死去的兒子，」歐布萊恩說。「就像我剛剛說過的，他最近常常提到艾列特。他兒子過世六年了，不過我想他最近終於開始感覺到愧疚。」

「里昂為什麼會覺得愧疚？」

「因為離婚之後，他跟兒子就幾乎沒有來往。兒子歸他前妻撫養，根據里昂的說法，把那孩子變成一個娘娘腔。那兒子交了一個『善待動物組織』的女朋友，大概只是為了氣他老爸。里昂試圖跟他聯絡，但他兒子並不熱心。所以艾列特死的時候，里昂真的很難過。他兒子唯一留給他的就是一張照片，掛在他家牆上，是艾列特生前拍的最後一批照片之一。」

「艾列特是怎麼死的？你說是六年前的事情。」

「是啊，那小子腦子發蠢，跑去非洲。他想趕緊去看看那些動物，免得以後被我這種獵人殺光。國際刑警組織說他在開普敦碰到兩位小姐，他們三個人就飛到波札那參加一個狩獵之旅了。」

「接下來發生了什麼事？」

歐布萊恩喝光杯裡的威士忌，然後看著珍。「從此就再也沒有人看過他們了。」

10 波札那

強尼把刀尖插入那隻高角羚的腹部，劃過毛皮和脂肪，直抵包覆著器官的那層油膩腹膜。才沒多久之前，他一槍撂倒了那隻野獸；然後他開膛剖腹時，我看著那高角羚的雙眼逐漸渾濁，好像死神朝牠吹了一股寒氣，將牠的雙眼罩上一層薄霧。強尼的動作迅速而熟練，一看就知道是熟諳此道的獵人。他一手持刀劃開腹部，另一手把內臟推開刀尖，免得刺穿器官而把肉弄髒。這份恐怖的差事需要高度的技巧。松永太太反感地別過臉去，但我們其他人卻目不轉睛。這就是我們來到非洲想見證的：荒野大地上的生與死。今天晚上我們將會吃火烤高角羚，而我們飽餐一頓的代價就是這隻動物的死亡。血的氣味從溫暖的屠體升起，那是一種強而有力的氣味，惹得我們周圍的食腐動物都因此騷動不安。我想我現在聽得到牠們的聲音，在長草中窸窣著更靠近了。

在我們上方，始終陰魂不散的禿鷹正在兜著圈子。

「內臟充滿了細菌，所以我要取出來，免得肉爛掉。」強尼邊切割邊解說著。「同時也能減輕重量，比較好搬運。所有東西都不會浪費，都會被吃掉的。我們留下的所有東西，都會被食腐動物清理乾淨。所以最好就在這裡處理掉，免得把那些動物引回營地。」他伸手到胸廓裡拉出心臟和肺臟。隨著刀子揮動兩下，割斷了氣管和大血管，胸部的器官像個新生兒般溜出來，黏滑的表面還帶著血。

「啊老天，」薇薇安哀叫道。

強尼抬頭看。「你吃肉吧？」

「是啊，可是現在看過這個，我不曉得自己還能不能吃得下了。」

「我想我們全都應該看看這個，」理查說。「我們得知道自己吃的肉是哪裡來的。」

強尼點頭。「一點也沒錯。這是我們的責任，身為食肉動物，我們應該知道要付出些什麼，才能把一塊牛排放在盤子上。追蹤，獵殺，清除內臟和屠宰。人類是狩獵者，自古以來我們就在做這樣的事。」他伸手到骨盆裡，拉出了膀胱和子宮，然後又抓出一把腸子，丟進草叢裡。「現代人已經不再了解生存的手段了。他們走進市場打開錢包，付錢買一塊牛排。那不是肉的意義。」他站起來，雙手沾著血，低頭看著那隻被掏出內臟的高角羚。「這個才是。」

我們圍著獵物站成一圈，看著最後一滴血從敞開的體腔流光。那些丟棄的器官已經被太陽曬得開始變乾，我們頭頂上的禿鷹愈來愈多，急著想衝下來吃這堆鮮美可口的腐肉。

「肉的意義。」艾列特說。「我從沒這樣想過。」

「非洲荒野會讓你看清自己在這個世界上真正的位置，」強尼說。「在這裡，你會想到自己真正的身分。」

「動物，」艾列特喃喃說。

強尼點點頭。「動物。」

那天晚上我看著營火周圍，看到的就是這個景象。一圈進食的動物，牙齒咬著大塊的烤高角羚肉。才被困在這片荒野上一天，我們就變成了野蠻版的自己，用手抓著肉吃，肉汁滴到下巴，臉上沾了一道道烤焦的肥肉所劃過的黑痕。至少我們不必擔心挨餓，在這片荒野大地上，到處都是待宰的動物和鳥類。強尼有步槍和剝皮刀，會隨時餵飽我們。

他坐在我們這個圈子外側的陰影中，看著我們大吃。我真希望能看透他的表情，但那張臉今晚對我關閉。他會對我們感到輕蔑，覺得我們這些無能的顧客像無法自立的雛鳥，需要他把食物餵進我們嘴巴裡嗎？他會把克萊倫斯的死怪到我們頭上嗎？他拾起席維雅剛剛扔到旁邊的威士忌空瓶，拿去放在我們存放垃圾的麻布袋裡——他堅持我們要把垃圾帶走。不留任何痕跡，他總說；這就是我們尊敬土地的方式。那個垃圾袋已經裝了好多玻璃空瓶了，但短時間內我們還沒有缺酒的危險。松永太太對酒精過敏，艾列特又只喝一點點，強尼則似乎決心在我們平安獲救之前要保持滴酒不沾。

他回到營火邊，然後出乎我意料地，他在我旁邊坐了下來。

我看著他，但他雙眼仍看著營火，同時輕聲說：「你對整個狀況應付得很好。」

「是嗎？我不認為自己處理得特別好。」

「今天很謝謝你的幫忙。幫我替高角羚剝皮，切開屠體。你天生適合這片荒野。」

我一聽大笑起來。「原先我根本不想來的，我想要熱水澡，想要抽水馬桶。我是為了當個有參與精神的好伴侶，才參加這趟旅行的。」

「為了取悅理查。」

「不然還有誰？」

「希望他被你打動了。」

我往旁邊看了理查一眼，他沒在看我，正忙著跟薇薇安聊天。薇薇安的T恤很貼身，顯然沒穿胸罩。我的目光再度回到營火上。「當個有參與精神的好伴侶，能達到的目標有限。」

「我聽理查說，你是書商。」

「是啊，我經營一家書店，在倫敦，在真實世界。」

「這裡不是真實世界？」

我看著營火周圍的陰影。「這是個幻想，強尼。出自海明威小說裡的。我跟你保證，有一天，這趟旅行會出現在理查的驚悚小說裡。」我笑了起來。「到時候如果他把你寫成壞蛋，你可別驚訝。」

「你在他的小說裡面扮演什麼角色？」

我審視著營火，然後傷感地說：「我以前向來是他愛戀的對象。」

「現在不是了？」

「一切都不一樣了，不是嗎？」不，現在我成了一個難以擺脫的重擔，一個麻煩的女朋友，最後一定會被壞蛋殺死，這樣英雄主角就可以再去追逐新的戀情。啊，我很清楚男性驚悚小說裡頭的遊戲規則，因為我把這些小說賣給無數蒼白、肌肉鬆垮的男人，在他們每一個人的心目中，都覺得自己就是〇〇七情報員詹姆斯·龐德。

理查很清楚該如何激發這些男人的幻想，因為他跟他們一樣。即使現在，當他伸手用他的純銀打火機點燃松永先生的香菸時，也在扮演那個精明練達的英雄。詹姆斯·龐德絕對不會用火柴點菸的。

強尼拿起棍子戳火，把一塊木頭往火裡推得更深。「對理查來說，這或許只是一個幻想。但這個幻想可是有殺傷力的。」

「是啊，你說得當然沒錯。這不是幻想，這是血淋淋的夢魘。」

「所以你明白狀況了，」他喃喃說。

「我明白一切都改變了。這再也不是一段假期了。」我又輕聲補充：「而且我很害怕。」

「不用怕，米莉。要留神提防，沒錯，但不要害怕。像約翰尼斯堡那樣的城市，才是真正可怕的地方。但這裡？」他搖頭微笑。「在這裡，所有生物只是想生存下去而已。只要了解這一點，你也就可以保命了。」

「你說這些當然容易。你是在這個世界長大的。」

他點頭。「我父母在林波波省有一個農場。每天我走出家門，進入田野，都會經過一些有豹棲息的樹，那些豹會觀察我。於是我逐漸認識牠們每一隻，牠們也認識我。」

「牠們從來沒攻擊你？」

「我喜歡想成我們有個協議，那些豹和我。那是掠食動物之間的相互尊重。但這不表示我們會信任彼此。」

「換了我，我會很怕走出屋子。在這裡有太多死去的方式了。獅子，豹，蛇。」

「我對所有動物都有一種合理的敬意，因為我知道牠們有能力做出什麼。」他朝營火咧嘴笑了。「我十四歲的時候，被一隻蝮蛇咬到過。」

我瞪著他。「你講起來還會笑？」

「那完全是我的錯。我小時候養過蛇。自己抓來，養在臥室裡的各式各樣容器裡面。有一天我太大意了，我的蝮蛇就咬了我一口。」

「老天。接下來怎麼樣？」

「幸好那只是乾咬，沒有釋放毒液。不過那次讓我學會，太輕忽是會遭到懲罰的。」他惋惜地搖搖頭。「最糟糕的是，我母親逼我把那些蛇丟掉。」

「我不敢相信她一開始居然准你養。也不敢相信外頭到處都有豹，她居然肯讓你自己一個人跑出去。」

「可是我們的祖先就是這樣啊，米莉。我們人類的祖先就是源自這裡。你的內心、你腦袋深處的某些古老記憶中，還認得這塊大陸是你的家。大部分人都早已遺忘了，但本能還是在的。」他伸出手來，輕輕碰觸我的前臂，「你在這裡要保命，就該去挖掘那些古老的記憶。我會幫你找出來的。」

忽然間，我感覺理查在看我們。強尼也感覺到了，於是立刻露出一個大大的微笑，好像按下一個開關似的。「各位，火烤的野味最好吃了，沒有什麼比得上，對吧？」他喊道。

「非常嫩，比我原先以為的嫩太多了。」艾列特說，舔著手指上的肉汁。「我覺得我心底的那個原始人好像逐漸冒出來了！」

「那下回我獵到動物後，就由你和理查負責宰殺吧？」

艾列特一臉驚嚇。「呃……我？」

「你們已經看過我怎麼處理了。」強尼看著理查。「你覺得可以嗎？」

「當然可以，」理查說，毫不逃避地直直看著強尼。我坐在他們兩個人之間，儘管理查幾乎整頓飯都沒理我，但現在他忽然伸出手臂攬住我的肩膀，一副宣告主權的姿態。好像把強尼當成情敵，擔心他會把我給搶走。

想到這裡，我的臉紅了。

「其實呢，」理查說，「我們所有人都準備好要分擔責任了。我們可以從今天晚上開始，幫忙守夜。」他伸出雙手，示意強尼總放在身邊的步槍。「你不可能整夜不睡啊。」

「可是你從來沒有用過步槍射擊啊。」我指出。

「我可以學。」

「你不覺得這件事該由強尼決定嗎？」

「不，米莉。我不認為只有他才能拿槍。」

「你在做什麼，理查？」我低聲說。

「我也可以對你問同樣的問題。」他看我的眼神簡直像是輻射線。所有人都安靜下來，在沉默中，我們聽到遠處鬣狗的尖聲喊叫，正在享用我們留下的那些內臟。

強尼冷靜地說：「我已經請伊佐夫負責下半夜的守夜了。」

理查驚訝地看著松永先生。「為什麼是他？」

「他會用步槍。我稍早時測試過他的能力。」

「我是東京射擊俱樂部第一名的神射手，」松永先生說，露出得意的微笑。「你希望我幾點開始？」

「我兩點會去叫醒你，伊佐夫。」強尼說。「你最好早點去睡。」

我們帳篷裡的怒氣就像一頭活生生的怪獸，雙眼灼亮，等待出擊。那眼睛正瞪著我，準備要把爪子刺入我身上，我壓低聲音，保持冷靜，希望那對爪子會放過我，那雙眼睛會自動黯淡下去。但理查不肯就這麼算了。

「他跟你說了些什麼？你們兩個那麼親熱在談什麼？」他問道。

「你以為我們會談什麼？還不就是談我們要怎麼活著熬過這星期。」

「所以都在談求生，對吧？」

「對。」

「強尼碰巧非常擅長求生，我們現在都困在這裡了。」

「難道你要怪他？」

「他已經向我們證明他不可信賴。但是你當然看不到這點。」他笑了。「有個名詞是講這種狀況的，你知道，稱之為卡其熱。」

「什麼？」

「指的是女人會對她們的非洲荒野嚮導產生強烈的慾念。只要看到一個男人穿著卡其服裝，她們就會為他張開雙腿。」

這是他對我最粗野的侮辱，但是我設法保持冷靜，因為他現在說什麼都傷害不了我了。我根本不在乎，而是笑了起來。「你知道，我剛剛才明白，你真的是個大混蛋。」

「至少我不是想跟荒野嚮導上床的人。」

「你怎麼知道我還沒跟他上床過？」

他氣得翻過身去，背對著我。我知道他跟我一樣非常想衝出帳篷，但光是踏出帳篷就很不安全。何況，我們也沒別的地方可去。我唯一能做的，就是在帳篷裡盡量離他愈遠愈好，同時保持沉默。我再也不認識這個人了。他的內心有了改變，趁我不注意的時候發生了變化。非洲荒野改變了他。非洲改變了他。理查現在是個陌生人，也或許他向來就是個陌生人。我們有可能真正了解一個人嗎？我以前看過一篇報導，一個妻子結婚十年後，才發現自己的丈夫是連續殺人兇手。讀的當時我心想：她之前怎麼可能都不曉得呢？

但現在我明白這種事怎麼可能會發生。我跟一個認識四年的男人躺在同一個帳篷裡，我曾以為自己深愛他，但現在我的感覺就像那個連續殺人兇手的妻子，有關她丈夫的真相終於暴露了。

在我們帳篷外，一個重擊聲，一個脆裂聲，然後營火更亮了。強尼剛剛在火裡加了木頭，好讓野獸不敢靠近。他聽到我們講的話了嗎？他知道這回的吵架是關於他的嗎？或許這種事情他以前見多了。情侶或夫妻鬧翻了，互相指責。卡其熱。這個現象普遍到已經有個專有詞彙了。

我閉上眼睛，一個影像浮現在心頭。強尼站在黎明時分高高的草叢間，朝陽照出了他的肩膀輪廓。難道我也感染上了一點卡其熱？他能保護我們，讓我們活下去。他看到那隻高角羚時，我就站在他旁邊，距離很近，近得他舉起步槍時，我都能看到他手臂上的肌肉繃緊。我再度感覺到子彈射出時的激動，好像是我扣下了扳機，撂倒了那隻高角羚。這場獵殺是我們共有的，以鮮血聯繫起我們。

啊是的，非洲也改變了我。

強尼的剪影在我們帳篷外暫停，我憋住了氣息。然後他的影子又迅速離開。我睡著時，夢到的不是理查，而是強尼，站在草叢裡高大又挺直。強尼，讓我感覺到安全。

直到次日早晨，我起床時，聽到了松永伊佐夫不見了的消息。

11

慶子跪在草地上輕聲啜泣，同時像個節拍器似的前後搖晃，晃出絕望的節奏。我們找到步槍了，就放在掛著鈴鐺的防護線外，但我們還沒找到她丈夫。她知道這是什麼意思。我們全都知道。

我站在慶子旁邊，徒勞地輕撫她的肩膀，因為我不曉得自己還能做些什麼。我從來就不擅長安慰別人。我父親剛過世時，我母親坐在他的醫院病房裡哭，當時我唯一能做的就是揉她的手臂，揉，揉，揉，揉到最後她終於叫起來：「別再揉了，米莉！這樣很煩！」我想慶子現在心裡煩亂得根本沒注意到我的碰觸。我低頭看著她彎下的腦袋，看到她黑色頭髮間露出的白色髮根。她的皮膚白皙而光滑，原先感覺上她似乎比丈夫年輕很多，但現在我明白，她其實一點也不年輕。在這邊過幾個月，等到她的黑髮變成銀白，等到她的皮膚被太陽曬得黝黑而發皺，她的真實年齡就會暴露無遺。此刻在我眼前，她似乎就已經開始乾縮起來了。

「我去河邊搜索，」強尼說，拿起了步槍。「你們所有人待在這裡，最好上車去等。」

「車？」理查說，「你指的是你根本沒法發動的那塊廢鐵？」

「如果你們待在車上，就不會受到傷害。我沒辦法在搜尋伊佐夫的同時，還要保護你們的安全。」

「等一下，強尼。」我開口了。「你一個人去，這樣好嗎？」

強尼只是點了個頭。「好吧，米莉，你當我的偵察員。跟緊了。」

我們跨出防護線時，我的靴子鉤到線，鈴鐺響了起來。這樣甜美的鈴聲，就像微風吹過的風鈴；但在這裡，鈴聲卻表示敵人入侵，我一聽到，心裡就立刻本能地警覺起來。於是我深吸一口氣，跟著強尼進入草叢中。

我跟著他來是正確的。他的注意力一直集中在地面上，尋找著線索，很可能沒看到一隻獅子的尾巴在矮樹叢中揮動。我們往前走時，我不斷審視著後方和周圍。草長得很高，到我的臀部。我想到鼓腹咝蝰，你很可能踩到了都不曉得，直到牠的毒牙咬進你的腿裡。

「這裡，」強尼低聲說。

我望著青草被壓平的地方，看到了一小片裸露的泥土，還有東西拖過而留下的刮擦痕跡。強尼已經又往前走，循著壓平青草的痕跡。

「是鬣狗拖走他的嗎？」

「不是鬣狗。這回不是。」

「你怎麼知道？」

他沒回答，只是繼續沿著一小片樹林往前，我現在認得出那是西克莫無花果樹和非洲烏木樹了。雖然看不見河流，但我聽得到不遠處的水流聲，於是想到鱷魚。在這個地方，眼睛所看到的一切，在樹上、在河裡、在草叢中，都有牙齒等著要咬你，而強尼仰賴我能看到牠們。恐懼讓我的感官更尖銳，我意識到之前從沒發現過的種種細節。吹過河流而變涼的微風輕拂過我的臉頰。剛踩過的青草發出類似洋蔥的氣味。我觀看、傾聽、嗅聞。我們是搭檔，強尼和我，我不會讓他失望的。

忽然間，我感覺到他的改變。他輕輕吸了口氣，忽然靜止不動。他不再專注於地面，而是整個身體拉直，挺起肩膀。

一開始我還沒看到。然後我循著強尼的目光，望著前方赫然出現的那棵樹。那是一棵高聳的西克莫無花果樹，樹形非常壯觀，樹枝伸展廣闊，枝葉濃密，就是你會在上頭蓋一棟大樹屋的那種樹。

「原來你在那裡，」強尼輕聲說。「好漂亮的姑娘。」

此時我才看到牠，伏在一根高高的樹枝上。那隻母豹幾乎是隱形的，一身斑紋融入了樹葉斑駁的光影間。牠一直在觀察我們，耐心等待著我們走近，現在牠精明地打量著我們，斟酌著下一步，同時強尼也在斟酌他的下一步。牠懶懶地揮動尾巴，但強尼還是動也不動。眼前他所做的，一如之前對我們的忠告。讓大貓看到你的臉。讓牠看到你的雙眼是對著前方，讓牠看見你也是掠食者。

那一刻緩慢流逝，我從沒覺得這麼害怕過，也從沒覺得這麼有活力過。每一次心跳都讓我血液猛衝上脖子，像風一般呼嘯過我的耳朵。那隻豹的目光停留在強尼身上。他手上的步槍還是拿在身前。他為什麼不舉起來抵在肩膀上？他為什麼不開火？

「後退，」他低聲說。「我們沒辦法替伊佐夫做什麼了。」

「你認為那隻豹殺了他？」

「我知道是牠殺的。」他頭微微往上抬，動作小得我差點沒看到。「更上頭的樹枝。往左邊。」

那隻手臂一直懸在那邊，但我之前沒注意到。就像我一開始也沒注意到那頭豹。那手臂晃盪著，像臘腸樹的奇怪果實，手指被啃光了，整隻手只剩中間一小團。枝葉遮住了伊佐夫屍體的其他部分，但透過葉子的縫隙，我辨認出他軀幹的形狀，卡在一根樹枝的彎曲處，彷彿他是從天而降的破娃娃，掉在那棵樹上。

「啊老天，」我輕聲說。「我們要怎麼把他——」

「不、要、動。」

那豹起身呈蹲姿，後腿繃緊了準備跳起。牠現在注視著我，盯緊我的雙眼。片刻間，強尼就舉起步槍準備開火，但他沒扣扳機。

「你在等什麼？」我低聲道。

「後退。一起。」

我們後退一步，兩步。那豹又往後坐回樹枝上，尾巴輕輕甩動著。

「牠只是在保護自己的獵獲物，」他說。「那是豹天生的本能，會把獵物放在樹上，讓其他食腐動物碰不到。看看牠肩膀的肌肉，還有頸部的肌肉。那就是力量的象徵。那股力量可以拖著一隻比自己還重的動物屍體，一路爬到那根高高的樹枝上。」

「老天在上，強尼。我們得把他弄下來。」

「他已經死了。」

「我們不能讓他留在那上頭。」

「我們要是再接近，牠就會撲過來。我不會為了取回一具屍體而殺掉一頭豹的。」

我想起他有回告訴我們的：他從來沒有殺過大貓。他認為大貓是神聖不可侵犯的動物，而且太稀少了，不能因為任何理由而犧牲，就連為了救自己的性命都不行。現在他說到做到，即使伊佐夫的屍體就懸盪在我們上方，同時那頭豹在守護牠的食物。忽然間，我覺得強尼好陌生，就像我在這個野生地區尚未遇見過的一頭野獸，他對這塊土地的尊重根深柢固，就像這些樹的樹根一樣，深深扎入土裡。我想到理查，初次相遇時，他金屬藍的BMW汽車，他黑色的皮夾克和飛行員墨鏡，讓我覺得他好陽剛。但那些只是身外之物，裝飾在櫥窗的假人模特兒身上。這就是假人模特兒這個詞的含意，不是嗎？一個人體的模特兒，不是真的。直到此刻，感覺上我所認識的他，只不過是一具看起來像男人的假人模特兒，假裝是個人，但其實是塑膠的。我絕對找不到另一個像強尼這樣的男人，在倫敦不可能，在任何地方都不可能，領悟到這件事，真是令人心碎。想到我的餘生都將要尋尋覓覓，永遠會回想起這一刻，我明明知道自己想要的是哪個男人。

卻永遠無法得到他。

我朝他伸手低聲說：「強尼。」

那步槍開火的聲音好驚人，我身子猛地往後傾斜，好像被擊中的人是我。強尼站在那裡動也不動，像個神射手雕像，槍依然瞄準目標。然後他長歎一口氣，垂下步槍。同時低下頭，像是在祈求寬恕。在這片荒野的教堂裡，生與死只不過是一體兩面。

「啊老天，」我喃喃說，往下瞪著那頭豹，倒在離我只有兩步遠的地方，似乎就死在跳躍的中途，兩隻前爪只差幾分之一秒就會抓到我了。我看不到子彈孔：只看到牠的血，流入了曬熱的泥土中。牠發亮的毛皮閃著優雅的光澤，是倫敦騎士橋那些富豪包養的俗豔女人們夢寐以求的，此刻我也渴望著能撫摸一下，但感覺上好像不應該，好像死亡把牠轉變成一隻無害的小貓而已。片刻之前，牠本來就要殺了我，因此有資格獲得我的尊重。

「我們就把牠留在這裡吧，」強尼靜靜地說。

「鬣狗會吃掉牠。」

「向來如此。」他深吸一口氣，然後看著那棵西克莫無花果樹，可是他的目光似乎好遙遠，好像穿透那棵樹，甚至穿透這一天。「我現在可以把他弄下來了。」

「你跟我說過，你絕對不會殺一隻豹。即使為了保住自己的命都不可能。」

「沒錯。」

「可是你殺了這隻。」

「那不是為了保住我自己的命。」他看著我。「而是為了保住你的。」

那天夜裡，我睡在松永太太的帳篷裡，免得她落單。一整個白天，她都幾乎陷入緊張症的狀態，只是抱著自己，嗚咽說著日語。兩個金髮女郎一直努力哄她吃東西，但慶子除了幾杯茶就什麼都不吃喝。她退回到心底深處某個無法碰觸的洞穴裡，我們暫時都還很慶幸她保持安靜且可以控制。我們沒讓她看伊佐夫的屍體——強尼從西克莫無花果樹上搬下來之後，就趕緊掩埋掉了。

但是我看到了，我知道他是怎麼死的。

「大貓殺戮的方式，就是壓爛你的咽喉，」強尼邊挖墓穴邊告訴我。他持續往下挖，鏟子狠狠戳進太陽曬乾的泥土。雖然蚊蟲不斷騷擾我們，但他沒揮手趕，只是專注於挖出一個坑，好安葬伊佐夫。「大貓會直攻脖子。下巴鉗住獵物的氣管，扯破動脈和靜脈。獵物是死於窒息。因為嗆到自己的血。」

我看到伊佐夫的屍體時，他就是這樣死的。雖然那隻豹已經開始大吃，扯開了他的腹部和胸部，但壓爛的頸部讓我知道，伊佐夫在世的最後幾秒鐘，仍掙扎著想呼吸時，血液已經流入了他的肺部。

慶子完全不曉得這些細節。她只知道自己的丈夫死了，還有我們已經埋葬了他。

我聽到她在睡夢中歎息，發出一個小小的絕望嗚咽聲，然後又安靜下來。她幾乎沒動，只是仰天躺著，像個包在白色床單裡的木乃伊。松永夫婦的帳篷跟我原先那個帳篷聞起來截然不同。這裡有一種宜人的異國氣味，好像他們的衣服都遍佈著亞洲香草植物。而且這裡整齊又井然有序。伊佐夫再也穿不到的襯衫整齊疊好放在他的行李箱裡，連同我們從他的屍體取下來的金錶。每樣東西都放在應有的位置，一切都好和諧。而我和理查的帳篷，則是和諧的相反。

能離開理查讓我鬆了一口氣，這也是為什麼我很快就自告奮勇要來陪慶子。我今晚最不想待的地方，就是跟理查的那個帳篷，裡頭的敵意濃得就像硫磺霧。他一整個白天都沒跟我說過幾句話，只是跟艾列特和金髮女郎們在一起。他們四個人現在好像組成一隊，好像這是個名叫「波札那求生」的遊戲，由他的部落對抗我的部落。

只不過我的部落裡其實沒有其他任何人，除非把可憐崩潰的慶子也算上——還有強尼。但強尼其實不聽任何人控制；他自成一國，而且今天射殺那隻豹讓他不安而憂傷。之後他就難得跟我講話了。

於是我躺在這裡，沒人要跟我講話的女人，旁邊是一個不肯跟任何人講話的女人。雖然裡頭很安靜，但帳篷外的夜晚協奏曲已經開始了，有昆蟲短笛和河馬低音管。我愈來愈喜歡這些聲音，也很確定等我回到倫敦後，一定會夢到。

到了早晨，我在鳥類鳴唱聲中醒來。難得一次，沒有尖叫、沒有警覺的大喊，只有黎明的甜美悅耳旋律。在帳篷外，理查隊的四個成員聚集在營火旁喝咖啡。強尼獨自坐在一棵樹下。他似乎被疲倦壓垮了，頭一直朝前點，好像試圖擺脫睡魔。我想過去幫他按摩，驅走他的倦意，但其他人正在看我。我只好加入他們圍坐的圈子。

「慶子怎麼樣了？」艾列特問我。

「還在睡。她一整夜都很安靜。」我自己倒了咖啡。「看到今天早上大家都還活著，我很高興。」這個玩笑太差勁，我一說出口就後悔了。

「不曉得他是不是很高興。」理查咕噥道，看了強尼一眼。

「你這話是什麼意思？」

「我只是覺得很奇怪，一切怎麼會變得這麼糟糕。先是克萊倫斯遇害，然後是伊佐夫。還有那輛貨車──要命，怎麼就這樣完全不能動了？」

「你要怪到強尼頭上？」

理查看著其他三個人，我這才忽然明白，認為錯在強尼的不光是他。所以他們才會老聚在一起嗎？交換彼此的推理，加強彼此的妄想傾向？

我搖搖頭。「這太荒謬了。」

「她當然會這麼說。」薇薇安咕噥說。「我早就說過她會這樣的。」

「這什麼意思?」

「我們大家都看得出來，顯然強尼最喜歡你。我早就知道你會袒護他。」

「他才不需要誰袒護。我們是靠他才能保住性命的。」

「是嗎?」薇薇安警惕地朝強尼看了一眼。他離得太遠，聽不到我們講話，但她還是壓低了聲音。「你確定嗎?」

這太荒唐了。我審視著他們的臉，很想知道誰開始講這些的。「難道你們要告訴我，強尼殺了伊佐夫，然後把他拖上那棵樹?或者他只是把他交給那隻豹，讓那隻野獸接手?」

「我們對他到底有什麼了解，米莉?」艾列特問。

「啊老天，可別連你也這樣。」

「我得告訴你，他們講的那些……」艾列特雖然是用氣音講話，但還是不放心地回頭看了一眼。我聽出他聲音裡的恐慌。「真的把我嚇壞了。」

「你想想看，」理查說。「我們怎麼會都來參加這趟狩獵旅行?」

我瞪著他。「我來這裡的唯一原因就是你。你想來非洲探險，現在你如願了。難道這趟旅行不符合你的標準?或者就連你都覺得太冒險了?」

「我們是在網路上找到他的。」席維雅說，她之前一直保持沉默。我發現她握著咖啡杯的雙手顫抖著。她的手抖得太厲害了，最後不得不放下杯子，免得咖啡潑出來。「薇薇安和我，我們想到非洲露營旅行，但是付不起太貴的。我們發現了他的網頁，『忘情波札那』。」她半帶歇斯底里地笑了一聲。「結果我們就來到這裡了。」

「我是跟著她們來的，」艾列特說。「席維雅和薇薇安和我，我們在開普敦的一家酒吧認識。她們說起要去參加的這個狩獵旅行有多棒。」

「對不起，艾列特，」席維雅說。「很抱歉我們在那個酒吧認識。很抱歉我們說服你一起來。」她顫抖著吸了口氣，聲音沙啞了。「老天，我只想回家。」

「松永夫婦也是在那個網站上查到這個旅行團的。」薇薇安說。「伊佐夫跟我說過，他當時正在找一個能真正體驗非洲的行程。不是去什麼觀光客住的打獵旅館住幾天，而是能真正探索荒野的。」

「我們也是一樣，」理查說。「他媽的同一個網站。忘情波札那。」

我想起那一夜，理查在他的電腦上把這個網站給我看。他在網路上搜索了好幾天，如癡如醉地看著那些狩獵小屋和帳篷營地和燭光餐桌上的盛宴。我不記得他為什麼最後挑了『忘情波札那』。或許是因為這個行程保證有最真實的體驗。真正的無人荒野，海明威也會過著這樣的生活，雖然海明威比較像是一個會說故事的吹牛高手。我從未參與策劃這趟旅行；那是理查的決定，理查的夢想。現在變成了一場夢魘。

「你們在瞎說什麼？說他的網站是騙人的？」我問。「說他利用這個網站把我們引誘到這裡？你們知道這些話有多離譜嗎？」

「全世界各地的人來到這裡，想獵殺大型獵物，」理查說。「如果這一回，我們就是獵物呢？」

如果他是想激起我們的反應，那他的確如願了。艾列特一臉就要吐出來的表情。席維雅猛地摀住嘴，好像要阻止自己哭出聲來。

但我只是嘲諷地冷哼一聲。「你認為強尼．波司圖穆斯正在獵殺我們？老天，理查，別把眼前的狀況編成你筆下的驚悚小說。」

「有槍的人是強尼，」理查說。「權力都在他手上。如果我們不團結起來，我指的是我們每一個人，那我們就全都會死掉。」

就是這樣。我從他恨毒的聲音裡聽得出來，從每個人朝我露出的憂慮表情也看得出來。我是他們之間的猶大，是會跑去跟強尼告密的叛徒。這一切太荒謬了，我應該大笑的，但我實在氣壞了。我站起來，幾乎無法控制自己的聲音。「等到這一切結束了，等到下星期我們全都搭上回馬翁的飛機，我會提醒你們這件事。到時候你們全都會覺得自己像白癡。」

「我希望你是對的，」薇薇安低語道。「我向上帝祈求我們是白癡。我祈求我們都能搭上那架飛機，而不光只是一堆血淋淋的骨頭裝在……」她的聲音中斷，同時一個陰影忽然籠罩著她。

強尼的動作悄然無聲，他們都沒聽到他接近，現在她就站在薇薇安後頭，看著我們這群人。

「我們需要水和柴火，」他說。「理查，艾列特，跟我一起到河邊吧。」

他們兩個人站起來時，我看到艾列特雙眼中的恐懼。同樣的恐懼也閃現在兩個金髮女郎的眼中。強尼冷靜地把槍橫抱在身前，那是步槍射手放鬆的姿勢，但光是看到那把槍在他手裡，整個權力的均衡就傾斜了。

「那——那她們女生呢？」艾列特問，緊張地看了一下兩個金髮女郎。「我是不是應該，呃，留下來照顧她們？」

「她們可以上車等。眼前，我需要力氣大的人。」

「如果你把槍給我，」理查建議道，「艾列特和我可以去找柴火和水。」

「沒有我陪著，任何人都不能離開營地。而沒有這把步槍，我也不會踏出防護線外。」強尼一臉冷酷。「如果你們想活命，就只能相信我了。」

12

波士頓

嘉柏瑞的牛排是完美的三分熟，每次他們來馬泰歐小館吃飯，他都是點這道菜。但今天晚上，他們夫妻來到這家餐廳，坐在最喜歡的那張餐桌，當嘉柏瑞切著他的菲力牛排時，珍看到滲出的血水，卻簡直無法忍受。那讓她想到黛比．羅培茲的血，從大圓石流下來。還有勾特的屍體，像一大塊牛肉懸掛著。*無論是來自牛或人，我們全都是新鮮的肉而已。*

嘉柏瑞注意到她幾乎沒碰自己的豬排，於是探詢地看了她一眼。「你還在想那個案子，對吧？」

「沒辦法。你難道不會這樣嗎？滿腦子犯罪現場的畫面，無論你怎麼努力，就是甩不掉。」

「那就更努力一點吧，珍。」他伸手橫過桌子，捏了一下她的手。「我們好久沒一起出來吃晚飯了。」

「我在努力啊，但是這個案子……」她看著他的牛排打了個寒顫。「可能會搞得我改吃素了。」

「有那麼糟？」

「我們都見過一些可怕的事情，花過太多時間在解剖室。但這個案子，在某些更深的層面把我嚇壞了。被掏出內臟，懸吊在那邊，還被你自己的寵物啃食。」

「這就是為什麼我們不該養狗。」

「嘉柏瑞，這不好笑。」

他拿起自己那杯葡萄酒。「我只是想讓這個約會之夜輕鬆一點。我們很少單獨出來吃晚餐，可是今天跟往常一樣，又要變成案情討論會了。」

「我們都是執法人員。不談案子的話，我們還要談什麼？」

「或許談我們的女兒？談下回度假要去哪裡？」他放下酒杯看著她。「除了謀殺之外，人生還有其他很多事情。」

「撮合我們在一起的，就是謀殺案啊。」

「那不是唯一的因素。」

沒錯，她心想，同時嘉柏瑞又拿起刀叉，以外科醫師的冷靜技巧切著牛排。他們當初認識，是在石溪保留區的一個犯罪現場，她發現他鎮定得令人生畏。在那個下午的混亂中，當警察和犯罪學家圍著那具腐爛的屍體，嘉柏瑞一直冷靜而超然地觀察，將一切看在眼裡。當她得知他是聯邦調查局的探員時，並不覺得意外；才看第一眼，她就知道他不是波士頓警局的人，他的出現是要來挑戰她的權威。但當初讓兩人互相敵對的這樁謀殺案，後來也把他們牽繫在一起。推和拉，個性相反的吸引力。即使現在，她看著沉著得令人生氣的丈夫，心底完全明白當初自己為什麼會愛上他。

他看著她，然後無奈地歎了口氣。「好吧，無論我喜不喜歡，看起來我們都要討論謀殺案了。那麼，」他放下刀叉。「你真認為大嘴巴歐布萊恩是這個案子的關鍵？」

「那些打去他節目的恐嚇電話，跟里昂．勾特那篇報導底下的留言太像了。都講到吊起來和開膛剖腹。」

「這類的畫面並不算稀奇啊，獵人都是這樣做的。要是我獵到一隻鹿，我也會做同樣的事情。」

「那個打電話去的蘇西，自稱是『素食行動軍』的成員。根據他們的網站，這個組織宣稱在麻州有五十名會員。」

嘉柏瑞搖頭。「完全沒印象。我不記得聯邦調查局的觀察名單上有這個組織。」

「在波士頓警局的觀察名單上也沒有。但或許他們很聰明，曉得要保持低調。做了也不要說。」

「把獵人吊起來開膛剖腹？聽起來像素食人士做的事情嗎？」

「想想地球解放陣線吧。他們還會丟燃燒彈呢。」

「可是地球解放陣線會盡可能避免殺人。」

「不過看看那個象徵意義。里昂．勾特是大型動物的獵人和標本剝製師。《樞紐雜誌》刊登了一篇叫〈戰利品大師〉的人物特寫報導。幾個月後，他就被發現腳踝綁著倒吊起來，剖開身體取出內臟。而且懸吊的高度正好可以讓他的寵物吃，於是就被家中的貓狗扯爛。要處理一個獵人的屍體，還有更適合的方式嗎？」她暫停，忽然意識到餐廳裡面一片安靜。然後她往旁邊一看，發現隔壁桌的那對夫婦正盯著她瞧。

「時間和地點都不對，珍。」嘉柏瑞說。

她低頭看著自己的豬排。「今天天氣不錯。」

一直等到周圍的談話聲響恢復，她才又開口，聲音壓得更低：「我想其中的象徵意義很明顯。」

「也說不定跟他是獵人根本無關。盜竊也可能是動機。」

「如果是要盜竊，那就是為了很特定的東西了。他的皮夾和現金都還在臥室裡，沒動過。據我們所知，他屋裡唯一不見的東西，就是那張雪豹皮。」

「你跟我說過，那張皮值很多錢。」

「可是這麼稀有的毛皮，要脫手太困難了。賣了也只能當私人收藏。而且如果盜竊是唯一的動機，那為什麼要把被害人開膛剖腹，進行那個血腥的儀式？」

「以我看來，這個案子似乎有兩個特定的象徵性特色。第一，一張稀有動物毛皮被拿走了。第二，被害人的屍體所呈現的方式。」嘉柏瑞說，皺眉看著桌上的蠟燭，同時認真琢磨著。他終於被拖進這個謎團裡，現在全心投入了。今晚是他們每個月一次的約會之夜，他們曾發誓約會時絕對不談工作，但反正最後總會又去談謀殺案。畢竟這類事情和他們的生活息息相關，怎麼可能不談？看著他沉默地仔細檢查種種事實，燭光在他臉上閃爍，她覺得自己好幸運，可以跟他分享這些。她想到如果跟一個不是在執法單位工作的丈夫坐在這裡，不曉得會是什麼樣——她會很想談談那些啃噬著自己的事情，卻一點都不能談。她和嘉柏瑞不光是共同擁有一個家和一個女兒，也都很清楚人生有可能驟然改變的種種冷酷現實。

「我會去查一下局裡有什麼關於素食行動軍的資料，」他說。「不過我傾向於把焦點集中在那張雪豹毛皮，因為據你們所知，那是唯一被拿走的值錢東西。」他暫停一下。「你認為傑瑞．歐布萊恩怎麼樣？」

「除了他是個沙文主義混蛋？」

「我的意思是，他會是嫌犯嗎？他有任何可能的動機去殺害勾特嗎？」

她搖頭。「他們是打獵的同伴。他可以輕易在樹林裡射殺他，然後宣稱是意外。不過沒錯，我考慮過歐布萊恩，還有他的私人助理。但是勾特太孤僻了，嫌疑犯的人選並不多。至少，我們所知道的都沒有嫌疑。」不過深入挖掘某個人的人生，往往會發現意外。她想到其他被害人、其他調查，曾經查出過祕密情人或祕密銀行帳戶，或數不清的不正當渴望，只有在某個人的生命被暴力地終止後，一切才會浮現出來。

然後她想到自己的父親，他也有自己的祕密，他和另一個女人的外遇破壞了自己的婚姻。即使是這個她自以為了解的男人，曾共度每個聖誕節、每個生日的男人，結果根本是個陌生人。

那天晚上稍後，珍．瑞卓利就被迫要面對這個陌生人。當她和嘉柏瑞要去接女兒，在安琪拉的屋外停下車時，她看到那輛熟悉的汽車停在車道上，於是問：「老爸來這邊幹嘛？」

「這是他的房子啊。」

「以前是。」她下了車，看著那輛雪佛蘭，停在尋常的位置，好像從沒離開過。好像法蘭克．瑞卓利可以回到他以往的人生，一切都跟過去沒兩樣。那輛雪佛蘭的前擋泥板有個新的凹痕；她很好奇是不是法蘭克的情婦撞的，而他是否會因此而吼她，就像有回安琪拉把車門刮傷而被他吼那樣。只要你跟任何男人相處得夠久，就算是嶄新的情人也會開始露出種種缺點。那個情婦什麼時候才會注意到法蘭克有鼻毛，而且早晨醒來跟其他男人一樣嘴巴很臭？

「我們接了瑞吉娜就回家吧，」他們爬上門廊時，嘉柏瑞低聲說。

「不然你以為我會怎樣？」

「我希望，你不要又像平常那樣，捲入家庭連續劇了。」

「沒有連續劇的家庭，」她說，按了門鈴。「不會是我家。」

她母親開了門。至少，她看起來像安琪拉，但這是個無趣的行屍走肉版，用一個死氣沉沉的微笑迎接他們，看著他們進門。「她睡得很沉，一點也沒鬧。你們的晚餐還愉快吧？」

「是啊。老爸為什麼在這兒？」珍問。

法蘭克喊道：「我坐在我自己的房子裡，這就是我來的目的。你那是什麼問題？」

珍走進客廳，看到她父親坐在以往慣坐那張舒服的安樂椅上。他的頭髮是一種詭異的黑色，亮得像鞋油——他是什麼時候染的？他還有其他的改變：敞領絲襯衫，花俏的手錶。這些改變讓他像個賭城版本的法蘭克．瑞卓利。她是走錯屋子、進入了另一個有著機器人老媽和迪斯可老爸的平行宇宙裡嗎？

「我去抱瑞吉娜。」嘉柏瑞說，然後悄悄地進入走廊消失了。膽小鬼。

「你媽和我總算達成協議了。」法蘭克宣佈道。

「意思是什麼？」

「我們會和好的。回到以前的狀況。」

「包不包括那個金髮女人？」

「你到底是怎麼回事？想要搞破壞嗎？」

「你自己就已經破壞得差不多了。」

「安琪拉！告訴她。」

珍轉頭，發現安琪拉站在那裡瞪著地上。「媽，這是你要的嗎？」

「一切都會沒事的，珍妮，」安琪拉輕聲說。「這樣可以的。」

「你的口氣還真熱情啊。」

「我愛你媽，」法蘭克說。「我們是一家人，我們建立了一個家，我們會在一起。重要的是這個。」

珍的目光輪流看著父母。她父親狠狠瞪回來，紅潤的臉上是好鬥的表情。她母親迴避她的目光。她有好多話想說，有好多話應該說，但現在很晚了，嘉柏瑞已經站在前門，抱著他們睡著的女兒。

「謝謝你幫我照顧小孩，媽，」珍說。「我會再打電話給你。」

他們走出屋子上了車。嘉柏瑞剛把瑞吉娜放上兒童座椅、扣好安全帶，屋子的前門忽然打開，安琪拉走出來，手裡拿著瑞吉娜的長頸鹿絨毛玩具。

「如果你忘了班尼，她可是會鬼吼鬼叫個沒完的。」她說，把長頸鹿遞給珍。

「媽，你還好吧？」

安琪拉雙手交抱著自己，回頭看了房子一眼，好像在等著其他人回答這個問題。

「媽？」

安琪拉歎氣。「反正非得這樣做不可。小法蘭克希望這樣。麥克也是。」

「這件事大哥和小弟沒有資格說話。你是唯一有資格的。」

「他從來沒簽離婚文件，珍。我們還是已婚身分，這總是有點意義的。這表示他始終沒有放棄過我們。」

「這表示他想要腳踏兩條船。」

「他是你父親啊。」

「是啊，我愛他。但是我也愛你，而你看起來並不快樂。」

在昏暗的車道上，她看到母親努力想擠出勇敢的微笑。「我們是一家人。我會想辦法度過的。」

「那文斯呢？」

光是提到文斯．考薩克的名字，就讓她母親的笑容消失了。她雙手摀著嘴巴別開臉。「啊老天。啊老天……」她開始啜泣，珍擁住她。「我想念他，」安琪拉說。「我每天都想念他。他不應該得到這樣的對待。」

「你愛文斯嗎？」

「愛！」

「你愛老爸嗎？」

安琪拉遲疑了。「當然愛。」但真正的答案已經表現在剛剛的停頓中，在那沉默的兩秒鐘，她還來不及反駁自己內心已經知道的。她抽身離開珍的懷抱，深吸了一口氣，然後挺直身子。「別擔心我了。一切都會沒事的。現在快回家，把女兒送上床，好嗎？」

珍看著母親走回屋內。隔著窗子，她看到安琪拉進了客廳，在法蘭克對面的沙發上坐下來，而法蘭克還照樣坐在那張安樂椅上。就像舊日時光，珍心想。媽媽在她的角落，爸爸在他的角落。

13

莫拉在車道上暫停，抬頭望著一隻鳴叫的烏鴉。幾十隻烏鴉像樹上的不祥果子，顫動的黑色羽翼襯著背後灰色的天空。一群烏鴉（A murder of crows）❺可以用來形容這群鳥，而且在這個寒冷的灰色午後似乎尤其貼切：雷雨雲逐漸進逼，眼前有一份陰森的任務正等著她。通往後院的小徑上拉起了警方的犯罪現場膠帶，她從膠帶底下鑽過去，經過剛挖起的泥土，感覺到那些烏鴉在觀察她，留意她的每一步，同時聒噪地討論著牠們王國裡這個新來的闖入者。在後院裡，達倫．克羅警探和強尼．譚警探站在一輛停下的挖土機和一堆剛挖出來的潮溼泥土旁。她走近時，譚揮著戴了紫色手套的手。這位緊繃又缺乏幽默感的年輕警探本來是中華街的巡邏警員，最近才調升到兇殺組來。不幸的是，他和克羅搭檔，因為克羅把他的前任搭檔湯瑪士．摩爾逼得退休——也的確他有資格好好休息了。珍把這對新搭檔封為錯配冤家，組裡大家還打賭，看極度壓抑的譚能忍耐多久，才會終於忍無可忍出手揍克羅一頓。

即使這個樹木繁茂的後院還沒出現電視新聞攝影機，克羅也還是盡心打扮得像GQ雜誌上的模特兒，頂著電影明星的髮型，量身訂做的西裝貼合他寬闊的肩膀。他習慣成為全場的目光焦點，所以一般人很容易忽略比他沉默許多的譚。但譚才是莫拉注意的人，因為她知道可以仰賴他，說出各種未經過濾、精確的事實。

譚還沒來得及開口，克羅就大笑說：「我想屋主沒想到會在他們新挖的池塘裡發現那個吧。」

莫拉低頭看著那個沾了泥土的頭骨和胸廓，包在一張掀起一角的藍色塑膠防水布裡。只要看那個頭骨一眼，她就知道這些骨頭是人類的。

她戴上手套。「現在是什麼狀況？」

「這裡是新池塘的預定地。屋主三年前買下這棟房子，雇了羅倫佐營造公司來挖掘。才挖了兩呎，他們就挖出了那個。挖土機司機打開防水布，嚇壞了，然後打九一一。幸好他的挖土機似乎沒造成太大的損害。」

莫拉沒看到衣服或首飾，但不必這些，她就可以判斷出死者的性別。她蹲下來，審視著頭骨上細緻的眉弓。她把摺起的防水布往後拉開，露出了骨盆上一對向外展開的髂骨。她看了一下股骨，就知道死者並不高，頂多一六〇公分。

「她在這裡有好一段時間了，」譚說。不必莫拉協助，他就能辨認出這具遺骸是女性。「你認為有多久？」

「完全骨骼化了。脊椎的各塊骨頭已經不再相連，」莫拉觀察道。「這些韌帶附著點已經腐爛了。」

「意思是幾個月？幾年？」克羅問。

「是的。」

---

❺ 字面直譯為「烏鴉謀殺案」。

克羅不耐地哼了一聲。「你不能把範圍縮得更小嗎？」

「我見過埋在淺坑裡才三個月的屍體，就已經完全骨骼化了，所以我沒辦法把範圍縮更小了。我頂多只能估計，她至少死了六個月。因為她全身赤裸，而且埋得相當淺，會加快分解的速度；不過墓穴也還夠深，可以避免食腐動物的攻擊。」

彷彿要回應似的，頭頂上傳來一聲烏鴉響亮的呱叫。她抬頭看到三隻烏鴉棲息在樹枝上，看著底下的人類。她見識過鴉科鳥類對人類屍體能造成多大的傷害，那些鳥喙可以啄爛韌帶，挖出眼眶裡的眼珠。此時，那些鳥忽然同時拍著尖銳的翅膀往上飛。

「這些鳥真是令人毛骨悚然。像小號的禿鷹。」譚說，看著牠們展翅飛走。

「而且聰明得不得了。要是牠們能說話就好了。」她看著譚。「這片產業有什麼歷史？」

「大概有四十年都是屬於一位老女士的。她十五年前過世，遺產就進入遺囑檢驗的司法程序，於是房子就愈來愈破敗。中間有些房客搬進來又搬走，不過大部分時間都沒人住。直到這對夫妻在大約三年前買下。」

莫拉看了一下房子周圍。「沒有籬笆。而且後頭就連接著樹林。」

「是啊，緊鄰著石溪保留區。要是想找個埋屍地點，這裡可就方便了。」

「那現任屋主呢？」

「很和氣的年輕夫婦。他們正在慢慢修房子，浴室和廚房都翻新了。今年他們決定要加個游泳池。他們說，在開挖之前，後院長滿了雜草。」

「所以有可能早在他們買下房子之前，屍體就已經埋在這裡了。」

「那我們這位死者小姐呢？」克羅插嘴。「你看得出死因嗎？」

「有點耐心，警探。我都還沒把外頭包的那層布完全打開呢。」莫拉揭開剩下的藍色防水布，露出脛骨和腓骨，蹠骨和……她僵住了，瞪著依然環繞在踝骨的橘色尼龍繩。一個影像立刻啪地在她腦中出現。另一個犯罪現場。橘色尼龍繩。一具屍體從腳踝懸吊起來，開膛剖腹。

她一言不發，目光回到胸廓。她跪下去湊得更近，凝視著劍突，以及肋骨連接胸骨的地方。即使在這個陰天，即使在樹林的陰影中，她也看得出那骨頭上明確無誤的刻痕。她想像著那具屍體，綁住腳踝倒吊著。想像一把刀往下劃過腹部，從恥骨到胸骨。那刻痕就位於刀子會經過的地方。

她忽然覺得手套裡的雙手發冷。

「艾爾思醫師？」譚說。

她沒理他，只是注視著頭骨。在額骨上，前額往下到眉毛處，有三道平行的刮痕。

她跪著的身子往後，目瞪口呆。「我們得找瑞卓利來。」

前面有一頓大罵在等著，珍邊想邊從鮮豔的警方膠帶底下鑽過去。這不是她的犯罪現場，不是她的地盤，她老早準備好達倫．克羅會從一開始就表明這點。她想到里昂對鄰居小孩吼著滾出我的草坪。想像著三十年後，克羅也會成為同樣壞脾氣的老頭，吼著滾出我的犯罪現場！

但是來到屋側庭院迎接她的是譚。「瑞卓利，」他說。

「他心情怎麼樣？」

「老樣子。溫暖又明亮。」

「那麼好，嗯？」

「眼前他對艾爾思醫師不太高興。」

「我也不太高興。」

「她堅持要找你來。她吩咐了，我就照做。」

珍看著譚，但一如往常，她看不透他的表情；她從來沒能看透過。雖然譚是兇殺組的新人，但已經建立起埋頭苦幹、堅持不懈的聲譽。不像克羅，譚可不是那種愛出風頭的人。

「你也贊同她的意見，認為兩個案子之間有關聯嗎？」他問。

「我知道艾爾思醫師不是那種仰賴直覺的人。所以她要找你來的時候，我有點驚訝。因為那個後座力是可以預料得到的。」

不必說出名字，兩人都知道指的是克羅。

「跟他搭檔有多糟？」她問，同時兩人沿著石板小徑走向後院。

「除了我已經打破了三個健身房的沙包？」

「相信我，情況不會好轉的。跟他共事就像是中國水牢——」她停下來。「你知道我的意思啦。」

譚大笑。「中國水牢可能是我們華人發明的，不過發揚光大的卻是克羅。」

他們來到後院，珍看到他們鄙夷的對象跟莫拉站在一起。從他僵硬的脖子到激動的手勢，克羅全身的肢體語言都在大喊著不爽。

「看起來，你要把這裡搞成三個場地同時表演的大馬戲團了。不過在此之前，」他對莫拉說。「要不要先把更精確的死亡時間告訴我們？」

「我已經盡可能精確了，」莫拉說。「剩下的就得靠你們自己去查。那是你們的工作。」

克羅注意到珍走過來，於是說：「我很確定全能的瑞卓利有答案。」

「我是應艾爾思醫師的要求來的，」珍說。「我只是來看一下就離開，不會礙你的事。」

「是喔，一點也沒錯。」

莫拉輕聲說：「她在這裡，珍。」

珍跟著她穿過後院，來到挖土機停放的地方。那具骸骨就在一個新挖出來的坑邊緣，包在一張藍色防水布裡。

「成年女性，」莫拉說。「大約一六〇公分。脊椎沒有關節炎，骨頭末端的骨骺是封閉的。我估計她的年齡是二十二到三十五歲左右……」

「你幹嘛把我扯進來？」珍低聲說。

「你說什麼？」

「我已經登上他的黑名單了。」

「我也是，不過我不會因此就不做好自己份內的工作。」莫拉暫停一下。「如果我還能保住這份工作的話。」自從莫拉出庭作證，害一個備受愛戴的警察去坐牢之後，她的工作的確是有不保之虞。莫拉的冷漠——有的人會稱之為奇怪——從來不會讓她在波士頓警局有好人緣，而現在這些警察又認為她是叛徒。

「我得老實告訴你，」珍說。「你在電話裡面跟我說的那些，我實在沒什麼感覺。」她看著那具遺骸，已經分解得只剩骨頭了。「首先，這是女人。」

「她的腳踝綁著橘色尼龍繩。」

「那種繩子很常見。不像勾特，這位被害人是女性，而且兇手還費事把她埋起來。」

「她胸骨底部有個割痕，跟勾特一樣。我想她很可能也被取出了內臟。」

「可能？」

「因為沒有任何殘存的軟組織和器官，所以我不能證明。不過胸骨的那個割痕是刀子造成的。就是你劃開腹部時會割到的那種。另外還有一點。」莫拉跪下來指著頭骨。「你看看這個。」

「那三個小刮痕？」

「還記得勾特頭骨的X光片，我指出有三條線形刮傷嗎？就像是爪子在骨頭上留下的抓痕。」

「這不是三條線，只是很小很小的刻痕而已。」

「三條線的彼此距離一樣。有可能是同樣的工具造成的。」

「也或許是動物造成的。或是那輛挖土機。」珍聽到後頭有聲音，回頭去看。鑑識組的人來了，克羅正領著三個鑑識人員走向遺骸。

「所以你覺得呢，瑞卓利？」克羅說。「你要把這個案子搶走嗎？」

「我不會跟你搶地盤。我只是來看看一些類似的地方而已。」

「你的被害人是六十四歲的老頭吧？」

「沒錯。」

「而我這個是年輕女性。你覺得很像嗎？」

「不像，」珍承認，感覺到莫拉盯著自己。

「你的男性被害人——解剖有什麼發現？死因是什麼？」

「頭骨有一道裂痕，另外甲狀軟骨有擠壓傷。」莫拉說。

「我的小妞頭骨可沒有明顯的裂痕，」克羅說。我的小妞。彷彿這位無名的被害人屬於他。彷彿他已經是她的主人了。

「這位女性個子嬌小，而且比男人容易制伏，」莫拉說。「所以沒必要先用力敲她的腦袋。」

「不過還有一個不同的地方，」克羅說。「另一個細節，不符合你們那個案子。」

「克羅警探，我看的是這兩個案子的整體形態。」

「看起來好像只有你看得到。一個被害人是年老男性，另一個是年輕女性。一個頭骨有裂痕，另一個沒有。一個是在他自己的車庫被殺害、棄屍，另一個是被埋在一個後院裡。」

「兩個都全身赤裸，腳踝都綁著繩子，而且很可能都被取出內臟。就是獵人——」

「莫拉，」珍打斷她。「陪我一起在這塊產業走一圈吧。」

「我已經走過了。」

「唔，我還沒。來吧。」

莫拉不情願地跟著她離開坑邊，走到院子邊緣。這裡有樹林的濃蔭，讓已經陰鬱的灰色午後更加昏暗。

「你認為克羅是對的，不是嗎？」莫拉說，聲音帶著一絲忿恨。

「你知道我向來尊重你的意見，莫拉。」

「但在這個案子裡，你並不贊成我的看法。」

「你必須承認，這兩個被害人之間有很多不同點。」

「割痕。尼龍繩。連打的繩結都一樣，還有——」

「雙平結並不稀奇啊。如果我是兇手，大概也會用雙平結綁住被害人。」

「那掏出內臟呢？你最近見過幾樁這樣的案子？」

「你在胸骨上發現一個刻痕，不能因此就下結論。這兩個被害人截然不同。年齡、性別、地點。」

「在確認這位女性的身分之前，你不能說她和勾特一點關聯都沒有。」

「好吧，」珍歎氣地讓步。「沒錯。」

「我們幹嘛要吵呢？我向來歡迎你證明我是錯的。只要你做好自己的工作就行了。」

珍全身僵住了。「我什麼時候沒做好自己的工作了？」

這個充滿張力的反問，讓莫拉也一愣。她平常柔順而有光澤的深色頭髮，被寒冷的溼氣染得像個纏了一堆小樹枝的鐵絲網。在昏暗的樹蔭下，加上沾了泥巴的長褲褲腳和皺巴巴的襯衫，她看起來像個野人版的莫拉，一個眼睛灼亮的陌生人，焦慮不安。

「這一切到底是怎麼回事？」珍低聲問。

莫拉看向別處，忽然避開目光，彷彿答案痛苦得無法說出口。過去這些年來，她們一直都能分享彼此的痛苦和過失。她們知道對方最糟糕的一面。為什麼現在莫拉忽然不肯回答一個簡單的問題？

「莫拉？」珍催她。「發生了什麼事？」

莫拉歎氣。「我收到了一封信。」

14

她們坐在杜爾小館的一個卡座裡。這裡是波士頓警察局人員最喜歡的酒館，要是在下午五點，幾乎可以確定會有至少半打警察上門，在裡頭交換彼此的故事。但下午三點是一般餐廳最冷清的時段，而這個下午，杜爾小館裡面只有另外兩個卡座的客人。雖然珍在這裡吃過不曉得多少次午餐了，但莫拉卻是第一次來，因而再度提醒她們，儘管這些年來兩人是共事的好友，但彼此之間還是有難以跨越的巨大鴻溝。警察對比醫師，社區學院對比史丹佛大學，本地產的Samuel Adams麥酒對比白索維濃葡萄酒。女侍站在桌旁等她們點菜時，莫拉看著菜單，一臉表情像是在說哪樣最不難吃？

「炸魚配薯條不錯，」珍建議。

「我點凱薩沙拉，」莫拉說。「沙拉醬另外放。」

女侍離開了，兩人不安地沉默了一會兒。她們對面那個卡座裡坐著一對男女，兩個人的手就是離不開對方。老男人，年輕女人。午後性愛，珍心想，肯定是婚外情。這讓她想到自己的父親法蘭克，還有他的金髮情婦，這樁外遇破壞了他的婚姻，也讓傷心的安琪拉投入文斯．考薩克的懷抱。珍很想朝對面的卡座大喊：嘿，先生，趁你還沒把所有人的生活搞得一塌糊塗之前，趕快回到你老婆身邊！

其實男人一碰到精蟲沖腦，就根本不可能跟他們講道理。

莫拉看了那對熱情糾纏在一起的男女。「這地方真不錯。有計時出租的房間嗎？」

「如果你領警察的薪水，就要找這種好吃又份量多的地方。很抱歉這裡不符合你的標準。」

莫拉皺起臉。「我不知道自己幹嘛那樣說。我今天真不是個好同伴。」

「你之前說你收到了一封信。是誰寄的？」

「艾曼爾提亞・蘭克。」

這個名字就像一陣冬日寒風吹過珍・瑞卓利的皮膚，害她脖子上的寒毛都豎了起來。莫拉的母親。當初生下她不久就遺棄她的親生母親，因為犯下好幾樁兇殺案而被判終身監禁，現在住在佛明漢女子監獄。

不，不是母親。根本是個怪物。

「你為什麼會收到她的信？」珍說。「我以為你切斷了所有聯繫管道。」

「沒錯。我早就要求監獄不要再幫她轉信給我。也拒絕接她打來的電話。」

「那你怎麼會收到這封信？」

「不曉得她怎麼有辦法。或許她收買了哪個獄警。也或許是夾在其他犯人的信裡頭寄出的。反正我昨天夜裡回家時，就發現信箱裡頭有這封信。」

「你怎麼不打電話給我？我會幫你處理整件事。去一趟佛明漢監獄，我就可以確保她再也不會騷擾你。」

「我不能打給你。我需要時間想。」

「想什麼？」珍身子前傾。「她又在亂搞你的腦袋了。這種事情她最愛了。跟你玩心理戰術會讓她得到興奮感。」

「我知道，我知道的。」

「你只要把門打開一條小縫，她就會整個人擠進來，進入你的生活。感謝老天她沒撫養你長大。這表示你什麼都不欠她。你不必跟她講半句話，也不必去想她。」

「我身上有她的DNA，珍。我看著她的時候，在她臉上看到了自己。」

「基因被高估了。」

「基因決定了我們是什麼樣的人。」

「這表示你會拿起解剖刀，開始去把人切成一塊塊，就像她做過的那樣？」

「當然不是。可是最近……」莫拉暫停下來，低頭看著自己的雙手。「不管我看哪裡，好像都會看到陰影。我總是看到陰暗面。」

珍嗤之以鼻。「那是當然了。看看你在哪裡工作。」

「每回我走進擁擠的房間，就會不自覺想著自己該怕誰，該提防誰。」

「這稱之為情境意識。這樣很聰明啊。」

「不光是這樣而已。那就好像是我可以感覺到黑暗。我不曉得那是源自於環境，還是本來就在我心裡的。」她還是瞪著自己的雙手，好像答案就寫在那裡。「我發現自己執迷於尋找不祥的模式，尋找事物之間的關聯。我今天看到那具骸骨時，就想到里昂・勾特的屍體，於是看到了一個模式，看到了兇手的簽名。」

「這並不表示你陷入了黑暗面，只表示你在發揮你法醫的職責。總是能看到整體形態。」

「你都沒看到簽名，為什麼我會看到？」

「因為你比我聰明？」

「這樣的回答太輕率了，珍。而且也不是事實。」

「好吧，那就讓我利用自己厲害的警察腦袋，說出我的觀察意見吧。你這一年過得很辛苦。你跟丹尼爾分手了，而且你大概還很想念他。對吧？」

「我當然想念他。」然後她輕聲補充：「我相信他也想念我。」

「然後還有你出庭作證，說出不利於韋恩．葛拉夫的證詞。你害一個警察去坐牢，所以波士頓警局的人因此不讓你好過。我看過有關壓力因素的研究，這類因素會讓人生病的。一段失敗的戀愛，工作上的衝突——要命，你的壓力指數高到破表，早該得癌症了。」

「真是多謝你，我又多一件事要擔心了。」

「然後現在又有這封信。她寄來的這封該死的信。」

女侍端著食物過來，她們於是沉默下來。總匯三明治給珍，凱薩沙拉——沙拉醬另外放——給莫拉。直到女侍離開後，莫拉才小聲問。

「你收到過他寄來的信嗎？」

她不必說出他的名字；兩個人都知道她指的是誰。珍出自本能地握緊十指，蓋住她手掌上的疤，那是沃倫．荷依插入解剖刀所留下的。她已經四年沒看過他了，可是她還記得他臉上的每個細節，那是一張平凡無奇的臉，可以融入任何人群中。監禁和生病無疑都讓他老化，但她沒興趣去看他的改變。知道一顆命中他脊椎的子彈已經為她實現了正義，且他的懲罰會持續終身，已經為她帶來夠多滿足了。

「他試過從獄中寄信給我，」珍說。「他口述給訪客聽，然後那些訪客寄給我。我一收到就丟掉。」

「你從來沒看過內容？」

「為什麼要看？他就是想藉這個方式留在我的生命中。讓我知道他還在想著我。」

「那個逃掉的女人。」

「我不光是逃掉，還撂倒了他。」珍冷笑一聲，拿起她的三明治。「他迷上我了，但我不會浪費百萬分之一秒去想他。」

「你真的完全不會想到他？」

這個輕聲問出的問題就懸在那裡，好一會兒都沒有回答。珍專注吃著三明治，想說服自己剛剛說的那些話是真的。但怎麼可能？儘管沃倫・荷伊全身癱瘓，卻還是能操縱她，因為她們有共同的過往。他見過她無助而恐懼的模樣，他見證了她被征服的那一刻。

「我不會讓他控制我，」珍說。「我拒絕去想他。你也應該這麼做。」

「即使她是我母親？」

「母親這個詞不適用在她身上。她只是一個ＤＮＡ捐贈者而已。」

「但這個捐贈者很有力量。我身體的每一個細胞都有她。」

「我還以為你早就已經下定決心了，莫拉。你已經走出她的陰影，發誓絕對不再回頭。為什麼現在又要改變主意？」

莫拉往下看著自己沒動的沙拉。「因為我看了她的信。」

「那我猜想她算得很準，完全擊中了你的要害。我是你唯一的血親。我們的血脈相連，牢不可破。諸如此類的，對不對？」

「對，」莫拉承認。

「她是反社會份子，你什麼都不欠她。撕掉那封信，忘掉那些內容吧。」

「她快死了，珍。」

「什麼？」

莫拉看著她，雙眼充滿痛苦。「她只剩六個月，頂多一年了。」

「騙人的。她是在耍你。」

「我昨天晚上看完信，就馬上打電話給監獄的護士。艾曼爾提亞已經簽了同意書，所以他們可以把她的醫療資訊告訴我。」

「她的把戲從來不會失手，對吧？她完全知道你會有什麼反應，預先就把陷阱佈置得恰到好處。」

「那個護士證實了。艾曼爾提亞有胰臟癌。」

「沒有人比她更活該了。」

「她是我唯一的血親，現在就快要死了。她想要我的寬恕。她哀求我原諒她。」

「她期望你會原諒她？」珍用餐巾憤怒而迅速地擦了幾下，擦掉手指上的美乃滋。「那她殺掉的那些人呢？她要找誰原諒？不會是你，因為你沒這個權利。」

「可是我可以原諒她遺棄我。」

「遺棄你是她唯一做過的好事。你沒被一個神經病老媽撫養長大，而是有機會過正常的生活。相信我，她會遺棄你，不是因為她認為這樣才是對的。」

「但現在我身心健全，珍。我的成長過程享盡種種優勢，被愛我的父母撫養長大，所以我沒什麼好怨天尤人的。現在這個女人快死了，我何妨給她一點安慰呢？」

「那你就寫一封信，跟她說你原諒她了，然後忘掉她。」

「她只剩六個月了。她想見我。」

珍扔下餐巾。「我們可別忘了她真正的本質。你有回跟我說，你看著她的雙眼就覺得不寒而慄，因為你覺得那不是人類的眼睛。你說你看到一片空蕩，看到了一個沒有靈魂的生物。當初說她是怪物的可是你啊。」

莫拉歎了口氣。「是啊，我說過。」

「那就不要走進怪物的籠子裡。」

莫拉的雙眼忽然閃著淚光。「再過六個月，等到她死了，我要怎麼處理那種愧疚？想到自己拒絕她最後的願望？到時候要改變心意就太遲了。這個就是我最擔心的。我怕自己的餘生都會覺得愧疚。而且我再也不會有機會搞清楚了。」

「搞清楚什麼？」

「為什麼我是這個樣子。」

珍望著莫拉苦惱的臉。「什麼意思？聰明？理性？太誠實了，反倒害了自己？」

「老是被黑暗面困擾。」莫拉輕聲說。

珍的手機響了。她一面掏出皮包裡的手機，一面說：「都是因為我們的工作，看過太多黑暗的事情。我們選擇了這一行，因為我們都不是那種開朗天真的小女生。」她按了手機上的接聽鍵。「我是瑞卓利警探。」

「電話公司終於把里昂・勾特的通聯紀錄交出來了。」

「有什麼有趣的內容嗎？」

「真的很有趣。他死掉那天打了幾通電話。一通打給傑瑞・歐布萊恩，這個我們已經知道了。」

「聯絡他們去取寇沃的屠體。」

「沒錯。另外他還打了一通電話到南非，給約翰尼斯堡的國際刑警組織。」

「國際刑警組織？他打電話給他們做什麼？」

「是有關他兒子在波札那失蹤的事情。這個案子的調查員不在辦公室裡，所以勾特就留了話，說他會再打去。結果當然再也沒打過。」

「他兒子是六年前失蹤的。為什麼勾特到現在才去打聽？」

「不曉得。不過他的電話裡還有一筆真的很有趣。在下午兩點半，他打了一個手機號碼，登記在住布魯克萊的裘蒂・昂得伍德名下。這通電話講了六分鐘。當天晚上，九點四十六分，裘蒂・昂得伍德回電給勾特。這通電話只通話十七秒，所以可能只是在他的答錄機裡面留話。」

「他的答錄機裡面沒有那一夜的留話啊。」

「沒錯。而且在九點四十六分，勾特很可能已經死了。因為隔壁鄰居說，她看到他家原先亮著燈，後來是在九點到十點半之間關掉的。」

「所以誰刪掉了這一筆電話錄音？佛斯特，這事情好詭異。」

「還有更詭異的呢。我打了裘蒂・昂得伍德的手機，打了兩次，都直接轉到語音信箱。然後我忽然想到，她的名字聽起來有點耳熟。你還記得嗎？」

「給點提示吧，拜託。」

「上星期的新聞。布魯克萊。」

珍的脈搏忽然加速。「有一樁兇殺案……」

「裘蒂・昂得伍德星期天晚上在自己家裡被謀殺了。就跟里昂・勾特的命案發生在同一夜。」

15

「我查了她的Facebook，」佛斯特說，「看過她的個人檔案。」

此時他們在前往布魯克萊的路上，破例由佛斯特開車，珍則拿著他的iPad在惡補，瀏覽他已經看過的那些網頁。她已經連上了Facebook，看到了一張美麗紅髮女子的照片。根據她的個人檔案，她現年三十七歲，單身，是一所高中的圖書館員。她有個姊姊名叫莎拉，她吃素，按過讚的包括善待動物組織，以及動物權團體、全人健康團體。

「她不是里昂·勾特喜歡的那種型，」珍說。「看起來他所支持的一切，她大概都很不屑。這樣的一個女人，為什麼會跟他講電話？」

「不曉得。我檢查了他之前兩個星期的電話通聯紀錄，兩個人沒有其他通話。只有星期天的這兩通。他在兩點三十分打給她，然後她在九點四十六分回電給他。那時候他大概已經死了。」

珍又把當天晚上必然的狀況想了一次。兇手還在勾特家，屍體已經掛在車庫裡，或許正開膛剖腹到一半。電話響了，轉到答錄機，裘蒂·昂得伍德留了話。這個留話中到底有什麼，才會讓兇手不得不刪掉，在答錄機上留下血跡呢？是什麼讓他開車到布魯克萊，執行當天晚上的第二宗謀殺呢？

她看著佛斯特。「我們在他屋子裡沒找到過通訊錄。」

「對。到處都搜過了，因為我們想知道他認識些什麼人。但是沒找到通訊錄。」

她想著兇手站在那裡，低頭看著電話機，看到了顯示出來裘蒂的號碼，是勾特當天稍早撥過的，也一定寫在他的通訊錄裡，連同裘蒂的通訊地址。

珍往下看著裘蒂的Facebook，閱讀著一篇篇紀錄。這個女人會定期貼文，至少每隔幾天就會貼。最後一篇是在星期六，就是她遇害的前一天。

看看我的泰式素食炒河粉。昨天晚上做給我姊和她老公吃，他們一點都不想念肉類了。這道料理健康、美味，而且對我們的星球有好處！

那天晚上吃著河粉和豆腐的裘蒂，可曾隱約感覺到，那會是她最後的幾頓飯之一？她所有飲食健康的努力，很快就會無關緊要了？

珍又看了裘蒂更早的幾篇貼文，有的是她所閱讀的書和她看過的電影，有的是朋友的婚禮和生日，還有一篇是在十月的一個陰雨天，她對人生的意義存疑。往後再過幾個星期，來到九月，比較開心了，那是新學年的開始。

看到熟悉的面孔回到圖書館，真是太美好了。

然後，在九月初，她貼了一張照片，裡頭是一個黑髮的微笑年輕男子，她還寫下了一段傷感的文字。

六年前，我失去了此生的最愛。我會永遠想念你，艾列特。

艾列特。「他兒子，」珍輕聲說。

「什麼？」

「裘蒂的Facebook貼文提到一個叫艾列特的男人。她寫著：六年前，我失去了此生的最愛。」

「六年前？」佛斯特震驚地看著她。「艾列特·勾特就是在六年前失蹤的。」

在十一月，時鐘還沒調回標準時間之時，新英格蘭地區的日落時分很早，而在這個陰暗的下午，才四點半，感覺上已是黃昏了。一整個白天，灰沉沉的天空看似就要下雨，等到珍和佛斯特抵達裘蒂·昂得伍德的住宅時，細細的雨點已經佔滿了擋風玻璃。一輛福特Fusion汽車停在屋前，他們看得到駕駛座上的那個身影是女人。珍還沒解開安全帶，那輛福特車的車門就打開，裡頭的女人下了車。她的體態有如雕像般高䠷優雅，時髦的髮型夾雜著一道道灰絲，她的穿著講究而務實：灰色長褲和西裝外套，淺褐色風衣，腳上是結實、舒適的平底鞋。珍也有這樣的衣服，這也不意外，因為這個女人也是警察。

「我是安爵雅·皮耳森警探，」那女人說。「布魯克萊警局的。」

「我是珍·瑞卓利，這位是巴瑞·佛斯特，」珍說。「謝謝你來跟我們碰面。」

他們握了手，不過沒浪費時間逗留在愈來愈密的細雨裡，皮耳森立刻帶著他們走上階梯，來到屋子的前門。這是一棟簡樸的住宅，小小的前院種著兩大叢連翹灌木，隨著秋天到來而掉光了葉子。一小段警方封鎖膠帶還掛在門廊的欄杆上，像是一面鮮豔的警告旗幟：前方有悲劇。

「我必須說，接到你的電話，把我嚇了一跳，」皮耳森警探說著掏出了房子的鑰匙。「裘蒂・昂得伍德的電話公司還沒交出她的通聯紀錄，她的手機又不見了。所以我們根本不知道她和勾特先生通過電話。」

「你剛剛說她的手機不見了，」珍說。「是被偷走了嗎？」

「還有其他東西也被偷了。」皮耳森警探打開門。「這樁命案的動機是竊盜。至少，我們是這麼假設的。」

他們走進屋子，皮耳森警探開了燈。珍看到木頭地板的客廳，家具裝潢是流暢的瑞典極簡風格，但是沒有血跡。唯一發生過犯罪事件的證據，就是指紋粉的污痕。

「她的屍體就躺在這裡，靠近前門。」皮耳森警探說。「星期一早上裘蒂沒去上班，校方就打電話給她姊姊莎拉，於是她開車過來，在早上十點左右發現了屍體。死者身上穿了睡衣褲和一件睡袍。死因很明顯。她的脖子上有繩子的勒痕，法醫同意那是勒殺。另外被害人的右太陽穴有個瘀傷，或許是因為兇手一開始先打昏她。沒有性攻擊的證據。那是閃電式突襲，大概她一開門就遭到攻擊了。」

「你說她當時穿著睡衣褲和睡袍？」佛斯特問。

皮耳森點點頭。「法醫估計死亡時間是晚上八點到凌晨兩點。如果她是在九點四十六分打電話給勾特，那就幫我們縮小範圍了。」

「假設那通電話真的是她打的，而不是其他人用她手機打的。」

皮耳森頓了一下。「是有這個可能，因為她的手機不見了。星期天打給她的每一通電話，都直接轉到語音信箱，所以不管誰拿走了手機，大概都關機了。」

「你說你們認為動機是竊盜。還有什麼東西失竊？」珍問。

「根據她姊姊莎拉的說法，失竊的東西包括了裘蒂的MacBook Air筆記型電腦、一台照相機、手機，還有她的皮包。這一帶最近發生了幾樁入屋行竊的案子，不過都是沒人在家的時候。被偷走的都是類似的貴重物品，大部分是電子用品。」

「你認為都是同一個小偷嗎？」

皮耳森沒有立刻回答，只是低頭看著地板，好像可以看到裘蒂．昂得伍德還躺在她腳邊。一綹帶著銀色的捲髮滑到她的臉頰，她往後撥，看著珍。「我不確定。其他幾樁竊案都留下了指紋，顯然是外行人幹的。但這個犯罪現場，沒有留下任何證據。沒有指紋，沒有工具痕跡，沒有鞋印。太乾淨、太俐落了，簡直就像是……」

「專業的。」

皮耳森警探點點頭。「所以我才會對她和里昂．勾特的通話很好奇。那個犯罪現場看起來像是鎖定目標的殺人嗎？」

「我不曉得是不是鎖定目標，」珍說。「但絕對不乾淨也不俐落，不像這個。」

「什麼意思？」

「我會把犯罪現場的照片傳給你。我很確定你會同意，里昂·勾特的謀殺案要更凌亂，也更怪誕。」

「所以這兩個案子或許無關，」皮耳森警探說。「但你知道他們為什麼要通電話嗎？他們是怎麼認識的？」

「我有個直覺，但是我得跟裘蒂的姊姊確認一下。你剛剛說她叫莎拉？」

「她家離這邊大概只有一哩。我先打個電話給她，說我們要過去。你就跟著我的車後頭走吧。」

「我妹妹痛恨里昂·勾特所支持的一切。他的大型動物獵殺，他的政治傾向，但最痛恨的，就是他對待自己兒子的方式。」莎拉說。「我不曉得他為什麼打電話給裘蒂，也不懂她幹嘛打給他。」

他們坐在莎拉家整潔的客廳裡，裡頭的家具全都是淺米色或玻璃的。顯然這兩姊妹品味相似，都偏愛瑞典極簡風格。她們長得也很像，都有紅色的捲髮和天鵝般修長的脖子。但不同於裘蒂在Facebook上微笑的照片，莎拉的臉像一張筋疲力竭的生活照。她端出一個托盤招待三名訪客，上頭放著茶和餅乾，但她自己那杯茶一直放到冷掉都沒喝。雖然她三十八歲，但在透入窗內的灰光中卻顯得更老，好像悲慟在她臉上形成了一種重擔，把她的嘴角和雙眼往下拉。

皮耳森警探和莎拉已經因為裘蒂的死而認識了，於是珍和佛斯特便決定讓皮耳森帶頭先問幾個問題。

「這些電話可能跟裘蒂的謀殺案根本無關，」皮耳森說。「不過也太巧了。過去幾個星期，裘蒂提到過里昂・勾特嗎？」

「沒有，而且過去幾個月、幾年都沒提過。她失去艾列特之後，就沒有理由再去談他父親了。」

「她以前是怎麼說里昂・勾特的？」

「她說他是全世界最卑劣的父親。裘蒂和艾列特住在一起大約兩年，所以她聽說了很多有關里昂的事情。知道他愛那些槍勝過自己的家人。知道他有天帶艾列特出去打獵，那時艾列特才十三歲。他獵到了鹿，叫兒子動手取出內臟，艾列特不肯，里昂就罵他是兔子。」

「真可怕。」

「那件事之後，里昂的太太立刻就跟他離婚，帶走艾列特。那是她身為母親所能做的最好選擇。早該這麼做了。」

「之後艾列特跟他父親常聯絡嗎？」

「偶爾。裘蒂跟我說過，里昂打給艾列特的最後一通電話，是在他生日的時候，不過通話很簡短。艾列特想保持禮貌，但後來不得不掛斷，因為他爸又開始詆毀他過世的母親。一個月之後，艾列特就去非洲了。那是他的夢想之旅，他計畫了好幾年。感謝老天，當時裘蒂沒辦法請假跟他去，不然她可能就……」莎拉垂下頭，看著那杯沒碰過的茶。

「艾列特失蹤後，」皮耳森警探說，「裘蒂跟里昂聯絡過嗎？」

莎拉點頭。「有幾次。他失去了兒子之後，才明白自己是個多麼混蛋的父親。我妹太好心了，還想給他一些安慰。他們從來就不投緣，但艾列特的追思儀式之後，她寫了一張卡片給里昂。還把艾列特最後一張照片印出來裱框，就是他在非洲的時候拍的。她把照片送給里昂，後來收到里昂寫的感謝信，還很驚訝。不過之後，他們就沒再聯繫了。據我所知，他們已經好幾年沒講過話了。」

在此之前，珍都保持沉默，讓皮耳森負責問話。現在她忍不住插嘴了。

「你妹妹還有艾列特在非洲拍的其他照片嗎？」

莎拉滿臉困惑看著她。「還有幾張，全都是他旅行期間用手機傳過來的。他的相機始終沒找到，所以那些手機照片就是那趟旅行唯一留下來的照片。」

「你看過那些照片嗎？」

「看過。就是很典型的旅遊照。他在飛機上、在開普敦的觀光景點拍的。沒有什麼特別難忘的。」她憂傷地笑了一聲。「艾列特的拍照技術並不特別高明。」

皮耳森皺眉看著珍。「你問起他的非洲照片，有什麼特別的原因嗎？」

「我們跟一個證人談過，他在星期日下午大約兩點半的時候去過勾特家。他聽到勾特在講電話，跟某個人說他要艾列特在非洲的所有照片。根據那通電話的時間，當時他應該正在跟裘蒂通話。」珍看著莎拉。「為什麼里昂會想要那些照片？」

「不知道。因為愧疚？」

「對什麼愧疚？」

「對於他沒能當個更好的父親。對於他犯過的錯、傷害過的人。或許他終於開始想念自己忽略多年的兒子了。」

傑瑞・歐布萊恩也是這麼告訴他們的，說里昂・勾特最近忽然對他兒子失蹤的事情念念不忘。隨著年老，他開始對以往的種種感到後悔，想到當年應該做些什麼，但對里昂來說，他再也沒有機會彌補艾列特了。獨自住在那棟房子裡，只有一隻狗和兩隻貓作伴，他忽然明白這三隻寵物根本代替不了一個兒子的愛嗎？

「對於里昂・勾特，我能告訴你們的就是這些了。」莎拉說。「我只見過他一次，就是六年前在艾列特的追思儀式上。從此我再也沒有見過他。」

最後一絲暮光已經消失，窗外現在一片黑暗。在一盞燈的溫暖亮光下，莎拉的臉似乎不那麼蒼老了，看起來比較年輕、比較有生氣。或許是因為她已經走出悲慟姊姊的角色，現在開始想解開她妹妹最後幾小時的謎團，以及為什麼跟里昂・勾特有關。「你剛剛說，他兩點半時打電話給裘蒂，」莎拉說，看著皮耳森警探。「當時她可能還在普利茅斯，在參加那個研討會。」

皮耳森警探對珍和佛斯特說：「我們曾試著重新建構裘蒂的最後一天。我們知道她星期天去參加一個圖書館研討會，在下午五點結束，所以她大概是過了晚餐時間才到家。這可能也是為什麼她會這麼晚回電給勾特，在九點四十六分。」

「我們知道他在兩點三十分的時候打電話給她，談到那些照片的事情，」珍說。「所以我假設，她那天晚上回電給他，也是為了同一件事。或許是要告訴他，說他找到了艾列特的……」珍暫停，看著莎拉。「你妹妹把艾列特非洲之旅的照片存在哪裡？」

「那是數位檔案，所以應該是存在她的筆記型電腦裡。」

珍和皮耳森警探面面相覷。「那台電腦不見了。」珍說。

來到門外，三個警探站在車旁的細雨中發抖，同時低聲商量著。

「我會把我們的辦案筆記傳給你們，麻煩也把你們的傳給我。」珍說。

「那當然。但我還是不清楚我們在追查什麼。」皮耳森警探說。

「我也不清楚，」珍承認。「不過感覺上有個什麼很重要，是跟艾列特在非洲的照片有關的。」

「你也聽到莎拉的描述了，那些只不過是典型的觀光客照片，沒什麼特別的。」

「那是對她來說。」

「而且那是六年前的照片了。現在怎麼有人會關心呢？」

「我不知道。我只是憑著一種……」

「直覺？」

這個字眼讓珍停頓了一下。她想到自己稍早跟莫拉的對話，當時莫拉對那具剛挖出來的骸骨有些直覺，但珍置之不理。一碰到直覺，她心想，我們通常只會相信自己的，就算再怎麼辯解都沒用。

皮耳森把一綹溼亮的頭髮撥到後頭，歎了口氣。「好吧，交換情報也不會有什麼壞處。這回碰到你真不錯。通常來說，男生會想要我的筆記，但是不肯把他們的給我。」她看著佛斯特。

「我可不是要批評男生。」

珍大笑。「這位男生不一樣。他什麼都會跟別人分享，只有洋芋片除外。」

「可是你照樣會搶去吃。」佛斯特說。

「等我一到家，就馬上把我手上的資料給你，」皮耳森警探說。「至於裘蒂的解剖報告，你可以直接找法醫拿。」

「負責驗屍的是哪位法醫？」

「那些病理學家我不見得都熟。是個大塊頭男人。聲音很大。」

「聽起來像是布里斯托醫師，」佛斯特說。

「沒錯，就是這個。布里斯托醫師。他是上星期二幫她解剖的。」皮耳森掏出自己的車鑰匙。「解剖的結果沒有任何意外。」

16

意外這種事就是這樣：你永遠不曉得什麼時候會有一個意外出現，改變了調查的方向。

次日下午，珍就花在安爵雅．皮耳森以電子郵件寄給她的檔案中，尋找這樣的意外。坐在自己的電腦前，吃剩的午餐攤在辦公桌上，她開始一頁接一頁閱讀著螢幕上的證人供述和皮耳森警探的筆記。裘蒂．昂得伍德在布魯克萊的那棟房子裡住了八年，房子是從父母那裡繼承來的，鄰居都說她安靜又客氣。她沒有敵人，目前也沒有男朋友。在她被謀殺的那天晚上，沒有鄰居聽到任何尖叫或喧譁，沒有任何跡象顯示有人正在為活命而奮戰。

皮耳森說這是閃電式攻擊，被害人很快就被制伏，沒有機會反擊。犯罪現場的照片也符合皮耳森的描述。裘蒂的屍體被發現仰躺在門廳，一隻手伸向前門，好像要把自己拉出去，越過門檻。她身穿條紋睡衣褲和深色睡袍。一隻拖鞋還在左腳上，另一隻落在幾吋之外。珍有一雙同樣的拖鞋，米色仿麂皮，有後鞋幫，內裡有抓毛絨，是從服飾直銷商 L. L. Bean 訂購的。以後她穿上這雙拖鞋，都一定會想到這張死者雙腳的照片了。

接著她看驗屍報告，由莫拉的同事布里斯托醫師口述。艾伯．布里斯托的性格誇張，笑聲響亮，胃口很好，吃東西的習慣很邋遢，但是在驗屍時，他的細心程度跟莫拉一樣。儘管犯罪現場沒有發現繩索，但被害人頸部的瘀傷讓布里斯托確定：勒住脖子的是繩索、而非鐵絲。死亡時間是晚上八點到凌晨兩點之間。

珍繼續閱讀，接下來幾頁描述體內器官（全都很健康）和生殖器檢查（沒有創傷，也沒有最近性交過的痕跡）。到此為止沒有意外。

接著珍察看衣物清單：女式條紋睡衣褲、上衣和長褲，百分之百純棉，小號。睡袍，深藍色起絨料，小號。女式抓毛絨有後跟式拖鞋，七號，品牌：L. L. Bean。

她點了下一頁。繼續看著交到鑑識實驗室的微物跡證清單，裡頭尋常的那些東西：剪下的指甲、梳下的陰毛、清過孔洞的小棉花棒。然後她注意到那一頁底部的物件。

三根毛髮，白／灰，可能是動物的，長約三至四公分。採自被害人的睡袍，靠近褶邊處。

可能是動物的。

珍想著裘蒂家樸素的木頭地板和雅緻的瑞典風家具，設法回想是否曾看到任何養寵物的跡象。或許是一隻貓，摩擦過那件藍色起絨料睡袍。她拿起電話，打給裘蒂的姊姊。

「她很愛動物，但她沒養任何寵物，除非幾個月前死掉的那隻金魚也算。」莎拉說。

「她從來沒養過狗或貓？」珍問。

「她不能養。她過敏很嚴重，只要靠近貓，就會開始打噴嚏。」莎拉哀傷地笑了一聲。「她小時候夢想要當獸醫，還跑去我們家附近的獸醫院當義工。害她生平第一次氣喘發作。」

「她有任何毛皮大衣嗎？或許是兔毛或貂皮？」

「不可能。裘蒂是善待動物組織的會員。」

珍掛上電話，瞪著自己電腦上的那些文字。三根毛髮，大概是動物的。

然後她心想：里昂．勾特養了兩隻貓。

「這三根毛髮製造出一個有趣的難題。」艾琳．沃許科說。她是波士頓警局的資深鑑識人員，專長是毛髮和纖維鑑識，多年來，艾琳曾指導過幾十個警探，帶領他們理解地毯纖維和毛髮的種種複雜分析，指出羊毛與棉質、合成與天然、拔起和割斷的毛髮間的種種差異。儘管珍湊在顯微鏡上看過好多次，也檢查過無數犯罪現場採得的毛髮，但她永遠也不會有艾琳那種辨識不同毛髮的本領。對珍來說，所有的金髮看起來都差不多。

「我已經把其中一根毛髮放在顯微鏡裡了，」艾琳說。「坐吧，我會讓你看看我的疑問。」

珍坐在實驗室的凳子上，湊在雙頭型教學顯微鏡上頭看。透過接目鏡，她看到一根斜放的毛髮出現在視野中。

「這是採自昂得伍德女士藍色睡袍的第一號毛髮，」艾琳說，湊在另一副接目鏡往裡看。「顏色：白。曲率：直。長度：三公分。你可以清楚看到表皮層、皮質層、髓質層。首先注意顏色。你看到整根顏色並不是很一致嗎？愈接近頂端，好像顏色愈淺，這個特徵稱之為條帶。人類的自然毛髮傾向於整根顏色一致，所以這是第一個線索，顯示這根毛並不是人類的。接下來看髓質層，就是貫穿整根毛髮中央的輸送管。這個髓質層比人類的大一些。」

「所以這是什麼動物的毛髮？」

「表皮層的最外層可以給我們很好的線索。我已經拍了顯微照片，你看一下。」艾琳轉身面對辦公桌上的電腦，敲著鍵盤。那根毛髮的放大影像出現在螢幕上。毛髮的表面是長三角形的鱗片，有如盔甲般層層覆蓋。

「這些鱗片的形狀，稱之為棘狀，」艾琳說，「看到沒？它們微微翹起，好像小花瓣就快要剝落似的。每樣東西在高倍率放大鏡底下都變得很複雜，我好喜歡這樣。那是一個全新的世界，我們用肉眼看不見的。」艾琳對著螢幕微笑，好像看著一個自己嚮往的異國城市。整天都關在這個沒有窗子的房間，她的巡邏轄區，就是這些角蛋白和蛋白質在顯微鏡下的風景。

「所以這是什麼意思？」珍問。「就是這根毛髮有棘狀鱗片？」

「這確認了我的第一印象：它不是人類毛髮。至於哪個物種，貂、海豹、家貓都有這種鱗片特徵。」

「通常就是最常見的，所以我想這是家貓的毛。」

艾琳點頭。「我不敢百分之百確定，但是家貓是最可能的。光是一隻貓，每年掉下的毛就有幾十萬根。」

「要命。那可得用吸塵器吸好久。」

「如果你家裡養了不止一隻貓，或是像有些人一養就是幾十隻，想像一下加起來會有多少毛。」

「我不敢想了。」

「我看過一份鑑識研究，裡頭說只要你進入養貓的人家裡，就一定會沾上貓毛。大部分美國家庭都至少會養一隻貓或狗，所以誰曉得這根毛是怎麼轉移到被害人睡袍上的？如果她自己沒養貓，那可能就是去過養貓的朋友家。」

「被害人的姊姊說，她有嚴重的過敏，所以會避開動物。我在想，這些毛有可能是經由另一個管道來的，就是兇手。」

「而你認為這個兇手，是在里昂・勾特的犯罪現場沾到這些毛的。」

「勾特有兩隻貓和一隻狗，所以他家就像個毛皮工廠。我光是走過那個地方，身上就沾了一堆貓毛。兇手也一定會沾上的。如果我從勾特養的貓身上採幾根毛，你能不能拿來跟這三根做DNA比對？」

艾琳歎了口氣，把眼鏡推到頭上。「恐怕DNA檢驗是有點困難。來自裘蒂・昂得伍德睡袍上的這三根毛髮，是在動物的休止期掉下來的，上頭沒有連著毛根。因此也就沒有細胞核DNA。」

「那用顯微鏡，做視覺比對呢？」

「那也只表示兩根白毛可能是來自同一隻貓。不足以當法庭證據的。」

「那有任何方法，可以證明這些毛髮是從勾特的房子裡轉移過來的嗎？」

「可能有。只要你花點時間觀察貓，就會發現牠們有多愛清理自己。牠們隨時都在打理，每回牠們舔自己的毛，嘴裡的上皮細胞就會留在毛上。我們或許可以從這些毛上找到粒線體DNA標記。不過送去檢驗之後，恐怕得花上好幾個星期，才能得到結果。」

「不過那就是物證了，對吧？」

「對。」

「那麼我就得去採集一些貓毛了。」

「要從動物身上拔下來，這樣才會有毛根物質。」

珍哀歎一聲。「這可不會容易，因為其中一隻貓不想被抓到。牠還在被害人屋裡，但是我們抓不到。」

「可憐。希望有人去餵牠。」

「猜猜誰每天過去留下食物和水，還有換貓砂？」

艾琳大笑。「不要講，讓我猜。佛斯特警探？」

「他宣稱他受不了貓，但是我發誓，他會為了救一隻小貓，不惜衝進起火的房子。」

「你知道，我一直很喜歡佛斯特警探。他真是個好人。」

珍冷哼一聲。「是啊，跟他一比，害我就像個賤貨。」

「他現在需要的，就是再給自己找個老婆，」艾琳說，把顯微鏡底下的載玻片拿出來。「我想撮合他跟我一個女生朋友，但是她不肯跟警察交往。說他們都很愛控制別人。」她把新的載玻片換上。「好了，再讓你看看同一件睡袍上採集到的另一根毛。這一根可完全把我給難倒了。」

珍坐回凳子上，湊向接目鏡往裡看。「看起來像第一根啊，有什麼不一樣？」

「乍看之下，的確很類似。白色，直的，大約五公分。這根毛有同樣的顏色條帶，所以我們知道，這大概也不是人類的毛。一開始，我以為這也是家貓的毛。但是用一千五百倍顯微鏡觀察，你就會發現那是來自不同的物種。」她往後轉回她的電腦，在螢幕上開了第二個視窗，秀出另一張顯微照片。然後她把兩張照片並列。

珍皺起眉頭。「第二根毛看起來一點也不像家貓的。」

「兩者的表皮層鱗片差很多。這根的鱗片看起來比較像是小平頂山的山峰，一點也不像家貓的棘狀鱗片。」

「第二根毛是哪種動物的？」

「我拿來跟我資料庫裡的每種動物比對過，但這個是我沒見過的。」

謎樣的生物。珍想著里昂．勾特的家，和那面掛著各種戰利品獸頭的牆。然後她想到他的標本剝製工坊，裡頭常常會處理來自世界各地的動物，他會剝下毛皮，然後予以展開、乾燥。「有可能是雪豹嗎？」她問。

「還真明確，為什麼會是雪豹？」

「因為勾特原先正在處理一張雪豹皮，而且那張毛皮現在不見了。」

「雪豹非常罕見，所以我不曉得要去哪裡找樣本來比對。不過要判定物種，還有一個辦法。還記得那椿中華街的謀殺案，當初我們是怎麼查出那根怪異毛髮的來源嗎？結果是猴子？」

「你當初是送去給奧勒岡州的一個實驗室。」

「沒錯，野生動物鑑識實驗室。他們有一個資料庫，裡頭有全世界各種物種的角蛋白模型。用電泳法可以分析出毛髮的蛋白質成分，拿來跟已知的各種角蛋白模型比對。」

「那就這麼辦吧。要是這根毛是雪豹的，那就幾乎可以確定是從勾特家轉移過去的。」

「同時，」艾琳說，「麻煩幫我弄來那些家貓的毛。如果DNA符合，你就有了證據，可以證明兩宗謀殺案有關聯了。」

17

「你是個大錯誤，」莫拉說。「我根本就不該帶你回家的。」

那隻公貓不理她，只顧舔著自己的爪子，一絲不苟地清理著。之前牠才剛狼吞虎嚥了一頓進口的西班牙橄欖油鮪魚罐頭大餐。這頓飯價值十元，害莫拉非常心疼。但這貓不肯碰乾貓糧，而莫拉那天下午回家的路上又忘了去買罐頭貓食。於是她搜尋食櫥，只找到那罐珍貴的鮪魚，是她本來打算加上嫩脆四季豆和胡蘿蔔，做成尼斯沙拉的。但是不，她這位貪心的小客人把鮪魚舔得一絲不剩，然後從容逛出廚房，表明不再需要莫拉的服務了。

*這就是我們的關係。我只是個下女。*莫拉用熱肥皂水沖過貓碗，放進洗碗機裡，準備讓殺菌水流再徹底洗一遍。弓形蟲有可能在一星期內，就從貓傳染到人身上嗎？最近她一直好擔心會得弓形蟲病，因為她讀到一些研究報告，說這種病有可能導致精神分裂症。瘋瘋癲癲的養貓女士會發瘋，就是因為她們的貓。這種狡猾的動物就是這樣控制你的，她心想。牠們會把一種寄生蟲傳染給我們，害我們昏頭，拿一個十元的鮪魚罐頭餵牠們。

門鈴響了。

她洗了手擦乾，同時想著*細菌，快死！*然後走向前門。

珍．瑞卓利站在門廊上。「我是為了貓毛來的，」她說，然後從口袋掏出鑷子和證物袋。

「勞駕你了。」

「為什麼不是你？」

「牠是你的貓啊。」

莫拉歎了口氣，接過鑷子走進客廳。那隻貓正坐在茶几上瞪著她，綠色的眼珠裡充滿猜疑。他們已經同住一星期了，但她跟這隻貓還沒有建立起感情。人有可能跟貓建立感情嗎？在勾特的犯罪現場，這隻貓曾對莫拉起勁地表達好感，不停磨蹭著她，拐得她上當而收養牠。但自從把牠帶回家之後，牠的態度就截然不同了，即使她大方地用鮪魚和沙丁魚招待牠也沒用。這是普天下失望妻子共同的悲歎：他魅惑我，追求我，然後現在我成了他的下女。

她在茶几旁跪下，那隻貓立刻跳下咖啡桌，慢悠悠走向廚房，帶著一種優雅的自傲態度。

「一定得從貓身上直接拔起來。」珍說。

「我知道，我知道。」莫拉跟著那隻貓沿著走廊往前，一邊喃喃道：「為什麼我覺得好荒謬？」

莫拉發現那隻貓坐在平常放貓碗的位置上，雙眼譴責地盯著她。

「或許牠餓了。」珍說。

「我才剛餵過牠。」

「那就再餵一次。」珍打開冰箱，拿出一盒液狀鮮奶油。

「我需要那個做一道菜，」莫拉說。

「我需要貓毛。」珍把鮮奶油倒進一個碗裡，然後把碗放下。那貓立刻開始舔食，甚至沒注意珍從牠的背部拔了三根毛。「如果其他方法都失敗，就試試看賄賂。」珍說。把三根毛放進證物袋封好。「現在我只要再去拔另一隻貓的毛就好了。」

「另一隻貓始終沒人抓得到。」

「是啊，這的確是個問題。佛斯特這星期每天都去那裡，從來沒看到那隻貓。」

「你確定貓還在那棟房子裡？沒跑掉？」

「貓食都吃掉了，而且那棟房子裡有很多地方可以躲。或許我可以想辦法逮住牠。你有紙箱能讓我用嗎？」

「你還需要手套。要是被貓抓傷的話，你知道可能會發生多少嚴重的感染嗎？」莫拉走到門廳的衣櫃，找出一雙褐色皮手套。「你試試看。」

「老天，這手套看起來好貴。我會盡量不要弄壞的。」她轉向前門。

「等一下。我也需要一副。我知道我這裡頭還有的。」

「你也要去？」

「那隻貓不想被抓到。」莫拉的手伸進一件大衣口袋，找到了另一副手套。「這件差事肯定需要兩個人。」

死亡的氣味依然在那棟房子裡徘徊不去。雖然屍體和內臟幾天前就都運走了，但當初分解時所釋放出來的獨特化學物質早已進入空氣中，各種熟爛的氣味鑽進了每個櫥櫃和每道縫隙，滲入了家具和地毯及窗簾。就像火災後的煙霧，那腐爛的臭味不肯輕易退去，頑固地堅守在勾特的家，像是他本人的鬼魂。目前還沒有清潔公司來打掃過，動物的血腳印還留在地板上。一個星期前，莫拉進來的時候，屋裡還有一些警探和鑑識人員，他們的聲音迴盪在各個房間裡。但今天，這棟被遺棄的屋子裡一片沉寂，唯一打破靜默的就是一隻在客廳裡亂飛的蒼蠅，發出了輕微的嗡響。

珍放下紙箱。「我們每個房間都輪流找過一遍吧。先從樓下的開始。」

「我為什麼忽然想到那個死掉的動物飼育員？」莫拉說。

「這是一隻家貓，不是豹。」

「就算可愛的家貓，基因裡也還是掠食者。」莫拉戴上手套。「我看過的一份研究報告估計說，全世界的寵物貓每年要殺掉將近四十億隻鳥。」

「四十億？真的？」

「貓天生就是那樣。沉默、機靈，而且迅速。」

「換句話說，很難抓到。」珍歎了口氣。

「很不幸，」莫拉從紙箱裡拿出一條她從家裡帶來的大浴巾，她打算丟浴巾把那隻貓蓋住，然後一整包扔進紙箱裡，免得被抓傷。「這件事反正遲早都要做。可憐的佛斯特也不可能天天來送貓食、換貓砂，弄上一輩子。等我們抓到了貓，你想佛斯特會肯收養嗎？」

「如果我們把貓送去收容所，他絕對不會再跟我們說話了。相信我，等到我把貓送去他家，他就會收留了。」

她們兩個人都戴上手套，開始尋找那隻貓。牆上掛的眾多動物頭標本往下瞪著她們。珍在地上跪爬著，檢查沙發和扶手椅底下。莫拉則去尋找貓可能會躲藏的櫃子和小隔間，然後她拍掉雙手的灰塵，直起身子，忽然注意到一個非洲獅的頭，玻璃眼珠閃著宛若活物的機靈光芒，搞得她有點擔心起那隻動物會從牆上跳下來。

「在這裡！」珍喊道。

莫拉急忙轉身，看到一團白色穿過客廳，迅速衝上樓梯。她抓了紙箱，跟著珍上了二樓。

「主臥室！」珍叫著。

她們走進那個房間，關上門。

「好吧，我們把牠困在這裡了。」珍說。「我知道那隻貓進來了。所以牠會躲在哪裡呢？」

莫拉瀏覽著房內的家具，看到一張加寬的雙人床，兩邊各擺著一個床頭櫃。還有一個很大的五斗櫥。牆上的一面鏡子照出她們發紅而喪氣的臉。

珍又跪下去檢查床底下。「不在這裡，」她宣佈道。

莫拉轉向那個落地衣物間，門微開著。那是房間裡唯一剩下可以躲藏的地方。她們彼此看了一眼，同時深吸一口氣。

「我們要去打獵嘍，」珍輕聲唱著，打開衣物間的燈。她們看到裡面的夾克和毛衣和太多的格子襯衫。珍推開一件沉重的連帽外套，望進衣物間的更深處。那隻貓忽然大吼著竄出來，她身子往後一縮。

「狗屎！」珍瞪著自己的右手臂，襯衫袖管已經被貓的爪子抓破了。「我現在正式宣佈我恨貓。媽的那臭傢伙跑哪兒去了？」

「跑到床底下了。」

珍氣沖沖走向那隻貓要報仇。「再也不當好警察了。臭貓，我非得逮到你不可。」

「珍，你流血了。我樓下皮包裡有酒精棉。」

「先抓到牠再說。你去床的那一頭嚇牠，把牠朝我這邊趕。」

莫拉跪趴在地上，看著床底下。一雙黃色的眼珠回瞪著她，喉嚨發出的低沉吼叫聲好兇猛，吼得莫拉手臂都冒出雞皮疙瘩了。這可不是和善的小貓咪，而是魔鬼惡貓。

「好，我已經拿著毛巾準備好了，」珍說。「把牠朝我這邊趕。」

莫拉朝那貓試探地揮了一下。「噓。」

那貓露出牙齒，發出嘶嘶聲。

「噓？」珍冷哼一聲？「拜託喔，莫拉，你就只會這樣？」

「好吧。出去，小貓！」莫拉晃動手臂，那貓後退。莫拉脫下一隻鞋，朝那貓用力一揮。

「出去！」

那貓從床下竄出，雖然莫拉看不到接下來的打鬥，但聽到了哀號和嘶嘶聲，還有珍跟獵物搏鬥時的低聲詛咒。等到莫拉站起來，珍已經把那魔鬼惡貓包在大浴巾裡，接著把掙扎中的貓連同毛巾扔進紙箱，關上箱蓋。七公斤重的貓在紙箱裡憤怒地碰撞又搖晃。

「我需要打狂犬病疫苗嗎？」珍問，看著自己被抓傷的手臂。

「你第一個需要的，就是肥皂和殺菌劑。你先去把手臂洗乾淨，我去樓下拿酒精藥棉。」

古老的童子軍信條隨時做好準備，也是莫拉信奉的。她的皮包裡有乳膠手套、酒精棉片、鑷子、鞋套、塑膠證物袋。到了樓下，她找到自己放在茶几上的皮包，拿出裡面的那包酒精棉片，轉身要回樓上時，才突然注意到牆上那根沒掛東西的釘子。釘子底下有一塊空白處，周圍都是里昂在各地打獵的裱框照片，手裡拿著步槍，旁邊是死去的戰利品。鹿、野牛、野豬，外加一頭獅子。另外還有《樞紐雜誌》上那篇有關勾特的文章：〈戰利品大師：專訪波士頓的動物標本剝製師〉也裱框掛在牆上。

珍下樓進入客廳。「所以，我該擔心狂犬病嗎？」

莫拉指著那根釘子。「這裡有東西被拿走了嗎？」

「我在擔心我的手臂會斷掉，你卻在問我牆上怎麼有一塊空白。」

「這裡有東西不見了，珍。上星期就是這樣嗎？」

「是啊，沒錯。我之前就注意到那根釘子了。我可以檢查犯罪現場的錄影，確認一下。」珍暫停一下，忽然朝著那根釘子皺起眉來。「不曉得……」

「怎麼？」

珍轉向她。「勾特打過電話給裘蒂・昂得伍德，跟她要艾列特在非洲的照片。」她指著牆上的那片空白。「你想他打電話給她，會跟這個有關嗎？」

莫拉困惑地搖搖頭。「一張不見的照片？」

「同一天，他也打電話給南非的國際刑警組織。也是為了艾列特的事情。」

「為什麼他現在忽然關心起他兒子？艾列特不是幾年前就失蹤了嗎？」

「六年了。」珍又轉頭看著那塊空白處。「在波札那。」

18

波札那

一個人能撐多久不睡覺？我很好奇，同時看著強尼在火光中打盹，他的雙眼半閉，軀幹往前垮，像一棵就要倒下的樹。但他的手指還牢牢握著放在腿上的步槍，好像那武器也是他身體的一部分，是他延長的四肢。一整個晚上，其他人都觀察著他，我知道理查想去搶那把槍，但就算半睡半醒的強尼，也還是讓人敬畏得不敢跟他打架。自從伊佐夫死掉之後，強尼就只有白天偶爾小睡一下，同時下定決心整夜都不睡。如果他繼續這樣下去，再過兩三天，他就會得緊張症，或是發瘋。

無論哪一個，到時候槍都在他手上。

我看著環繞著營火邊的每一張臉。席維雅和薇薇安依偎在一起，她們的金髮同樣亂糟糟，表情同樣充滿憂慮。真奇怪，非洲荒野能徹底改變一個人，就連美麗的女人也不例外。這片大地剝去了她們所有光鮮的表面，弄暗了她們的金髮，擦掉了她們的化妝品，把她們沖刷得只剩肉和骨。這會兒我看著她們，就只看到兩個正被緩緩侵蝕的女人，逐漸露出原本的肉身。這樣的狀況已經發生在松永太太身上了，她被折磨到只剩脆弱、破裂的核心。她還是不肯吃東西。我給她的那盤肉還原封不動放在她腳邊。為了讓她吸收一些營養，我在她的茶裡加了兩匙糖，但她一喝就立刻吐出來，現在她不信任地看著我，好像我想毒死她似的。

事實上，現在每個人看我的目光都帶著不信任，因為我沒加入他們怪罪強尼的行列。他們認為我已經棄明投暗，成了強尼的密探。但其實我唯一想做的，就是找出最好的方法，讓我們都能保住性命。我知道理查並不擅長戶外生活，雖然他自認很擅長。笨拙、嚇壞了的艾列特已經好幾天沒刮鬍子，雙眼充血，現在我覺得他隨時就會像個瘋子似的胡言亂語起來。兩個金髮女郎也在我面前崩潰。唯一還能保持理智，真正知道在這裡該怎麼做的人，就是強尼。我投他一票。

這就是為什麼其他人都不看我了。他們的目光掠過我，或是穿透我，彼此鬼鬼祟祟地交換眼色，眨著眼皮像在打密碼。我們正活在電視實境秀《我要活下去》的真實版裡，顯然大家投票要把我趕出小島了。

兩個金髮女郎先去睡覺了，離開火邊時還湊在一起講悄悄話。然後艾列特和慶子也回到各自的帳篷。一時之間，只剩理查和我還坐在火邊，因為太提防對方而說不出話。真難以想像，我曾經愛過這個人。在非洲荒野過的這些天，為他俊美的外表增添了幾分粗獷，但我現在看得到表面之下那種狹隘的虛榮心。他不喜歡強尼的真正原因，就是自己比不上他。歸根結柢，一切都是要爭看誰比較像個男子漢。理查向來就是非得當自己故事裡的英雄不可。

他好像正要說些什麼，此時我們同時意識到強尼醒著，他的雙眼在陰影中發亮。於是理查什麼都沒說，站了起來。就連我看著他大步離開、鑽進自己的帳篷內時，我都知道強尼的雙眼看著我，可以感覺到那目光在我臉上的熱度。

「你是在哪裡認識他的？」強尼問，他靠著樹幹坐著，一動也不動，因而感覺上他好像也是樹幹的一部分了，他的身體就像一條長長的、彎曲的樹根。

「書店裡，當然了。他來為他的書《殺戮抉擇》簽名。」

「那本是寫什麼的？」

「啊，典型的理查．倫威克驚悚小說。主角英雄發現自己和一群恐怖份子困在一個偏僻小島。於是利用他的荒野求生技巧，把他們一個接一個幹掉。男性讀者很吃這一套，像吃糖果似的，那場簽書會我們店裡爆滿。之後，他找書店員工一起去酒館喝酒。我原先很確定他看上了我的同事莎笛。但結果不是，他帶回家的人是我。」

「你好像很驚訝。」

「你沒見過莎笛。」

「這是多久以前的事情？」

「將近四年前。」久到足以讓理查厭煩。久到足以累積起各式各樣的傷害和不滿，讓一個男人懷疑自己有更好的選擇。

「那你們應該彼此很了解了，」強尼說。

「應該吧。」

「你不確定？」

「這種事有人能確定嗎？」

他看著理查的帳篷。「有些人大概不可能吧。就像某些動物你永遠不確定。你有可能馴服一頭獅子或大象，甚至學著信賴牠們。但絕對不能信賴一隻豹。」

「你覺得理查是哪一種動物？」我半開玩笑地問。

強尼沒笑。「你告訴我啊。」

他的回答很平靜，卻逼得我回想起跟理查共度將近四年的時光。這四年我們睡同一張床、一起吃飯，但兩人之間始終有距離。有所保留的人是他，嘲笑結婚念頭的人是他，彷彿婚姻不適合我們，但我想，我一直知道為什麼他不會跟我結婚：我只是不肯向自己承認而已。他在等待他的真命天女，而那個人不是我。

「你信任他嗎？」強尼輕聲問。

「為什麼問這個問題？」

「即使共度四年後，你真的了解他的為人？他有什麼能耐嗎？」

「你不會以為就是理查——」

「你真了解他嗎？」

「其他人就是這麼說你的。說我們不能信任你。說你故意讓我們困在這裡。」

「你是這麼想的嗎？」

「我認為如果你想殺我們，早就動手了。」

他瞪著我，我強烈意識到那把步槍放在他旁邊。只要他掌握了槍，他就控制了我們。現在我很納悶自己是不是犯下了無法挽回的錯誤，是不是不該跟他透露這些祕密。

「告訴我其他人還說了些什麼，」他說。「他們在計畫些什麼？」

「沒有人在計畫什麼。只不過他們很害怕。我們全都很害怕。」

「你們沒有理由害怕，只要別做出任何鹵莽的事情就好了。只要你們信任我，除了我，不能信任其他任何人。」

*就連理查也不能信任*是他的言外之意，雖然他沒說出來。他真認為發生的這些事該怪理查嗎？或者這是強尼的把戲，想藉著散播猜疑的種子，離間我們，再一一擊破？

而那些種子已經開始生根了。

稍後，我躺在慶子的帳篷裡，回想起住在倫敦時，那些理查遲歸的夜晚。他說是去跟他的文學經紀人見面了。或者跟出版社的工作人員出去。我以前最大的恐懼，就是他劈腿找別的女人。但現在我心想，自己是不是太缺乏想像力了，說不定他的理由比偷吃更陰暗、更令人震驚。

在帳篷外頭，昆蟲的夜間合唱正熱鬧，同時掠食動物繞著我們的帳篷打轉，唯一讓牠們裹足不前的就是營火，以及一個拿槍的男人。

強尼希望我信任他。強尼承諾會保護我們的安全。

我終於睡著時，就堅守著這個念頭。強尼說我們都會活著度過這個困境，而我相信他。

直到天亮後，一切都改變了。

這一回，尖叫的是艾列特。他恐慌地大喊*啊老天！啊老天！*硬把我吵醒，回到現實生活的夢魘中。慶子不見了，帳篷裡只有我一個人。我連長褲都沒穿，身上只有T恤和內褲就衝出帳篷，中間只暫停下來穿上靴子。

整個營地都醒來了，每個人都朝艾列特的帳篷靠近。兩個金髮女郎緊挨著彼此，頭髮油膩又凌亂，雙腿在寒冷的清晨中發抖。跟我一樣，她們也是身上只有內褲就匆忙衝出來。慶子身上還穿著睡衣褲，腳上穿著小小的日式涼鞋。只有理查全身穿得很整齊，他站在那裡抓著艾列特的肩膀，想讓他冷靜下來，但艾列特一直搖著頭，哭哭啼啼的。

「牠走了，」理查說。「現在不在了。」

「牠說不定還在我的衣服裡！或在毯子裡。」

「我會再幫你看一遍，好嗎？可是我剛剛都沒看到。」

「如果還有另一個呢？」

「另一個什麼？」

他們全都轉向我，我看到他們眼中的戒備。大家都不信任我，因為我加入了敵人的陣營。

「一條蛇，」席維雅說，雙手抱著自己發抖。「不知道怎麼會跑進艾列特的帳篷裡。」

我看了地上一眼，有點以為會看到一隻大蛇滑向我的靴子。這片大地上充滿了蜘蛛和會咬人的昆蟲，所以我早就學會絕對不能打赤腳走路。

「牠朝著我嘶嘶叫，」艾列特說。「於是把我吵醒了。我睜開眼睛，牠就在那裡，盤繞在我腿上。我還以為我死定了……」他顫抖的手擦了一下臉。「啊老天。我們不可能再撐一個星期的！」

「艾列特，別說了。」理查命令道。

「碰到了這種事，我以後怎麼睡得著？你們誰睡得著？你根本不曉得有什麼可能會爬進你的床裡。」

「要我猜的話，」強尼說。「那是鼓腹蝰蛇。」

這回他又是悄悄走近，嚇了我一跳。我轉身看著他把木頭丟進快熄滅的火裡。

「你看到那條蛇了？」我問。

「沒有。但是艾列特說那蛇朝他發出嘶嘶聲。」強尼走向我們，拿著那把永不離手的步槍。

「是黃褐兩色？有斑點，頭是三角形的？」他問艾列特。

「那是蛇，我只知道這個！你以為我還會去問牠叫什麼？」

「鼓腹蝰蛇在非洲荒野地帶很常見。我們往後大概還會再看到。」

「這種蛇有多毒？」理查問。

「要是不趕緊治療的話，有可能會致死。但有件事你聽了大概會高興一點，牠們咬人通常只是乾咬，不會釋放毒液的。爬進艾列特床上的那條，大概只是為了取暖。那是爬蟲類的本能。」他看了我們一圈。「所以我才警告你們所有人，帳篷的拉鍊隨時都要拉上。」

「我拉上了。」艾列特說。

「那牠是怎麼進入你帳篷的？」

「你知道我有多怕得瘧疾的。我向來都會拉上帳篷的拉鍊，免得蚊子跑進去。我沒想到跑進去的居然他媽的會是一條蛇！」

「有可能是白天跑進去的，」我說，「趁你不在帳篷裡的時候。」

「我告訴你，我從來不會讓帳篷門敞開的。即使是白天，我也會拉上拉鍊。」

強尼一言不發，繞到艾列特帳篷的另一頭。他是在找那條蛇嗎？他認為那蛇還會潛伏在帆布底下，想趁機再度入侵嗎？強尼忽然蹲下，我們看不見他了。那段沉默讓人難以忍受。

席維雅聲音不穩地朝他喊：「那條蛇還在那裡嗎？」

強尼沒回答。他站起來，我看到他的表情時，忽然覺得雙手發冷。

「怎麼了？」席維雅問。「怎麼回事？」

「你們自己過來看吧，」他平靜地說。

沿著帳篷的底部邊緣有一道裂口，幾乎被茂盛的青草掩蓋了。不是撕裂的，而是乾淨、筆直的一刀劃過帆布，我們所有人立刻就明白了其中的含意。

艾列特不敢置信地看著我們。「是誰幹的？他媽的是誰割破我的帳篷？」

「你們全都有刀，」強尼指出。「任何人都有可能。」

「不是任何人，」理查說。「當時我們都在睡覺。你是整夜在外頭的人，說是在守夜。」

「天剛亮，我就離開營地去找柴火了。」強尼上下打量著理查。「你呢？你起床穿好衣服有多久了？」

「你們看得出來他在做什麼，對吧？」理查轉頭看著我們。「別忘了手裡有槍的是誰。看是誰負責發號施令，才會讓情勢一路惡化到這個地步。」

「為什麼是我的帳篷？」艾列特的聲音變得好尖利，把他的恐慌傳染給我們所有人。「為什麼是我？」

「男人，」薇薇安輕聲說。「他先要把男人除掉。他殺了克萊倫斯，然後是伊佐夫，現在又是艾列特……」

理查朝強尼走了一步，強尼的步槍立刻舉起來，槍管指著理查的胸膛。「後退，」強尼下令道。

「所以事情就會是這樣了，」理查說。「他會先射殺我，然後殺了艾列特。那女人呢，強尼？也許米莉站在你那邊，但如果我們一起反擊，你不可能把我們同時撂倒的。」

「是你，」強尼說。「搞鬼的人是你。」

理查朝他又逼近一步。「我是會阻止你的人。」

「理查，」我懇求他。「別這樣。」

「現在你該選邊站了，米莉。」

「沒有什麼邊！我們得好好談這件事，我們得理性一點。」

理查又朝強尼走了一步。那是一種挑釁，比看誰膽子大。這片荒野奪去了他的理智，他現在根本憑著一股怒氣在行動，把強尼視為對手，把我視為叛徒。時間變慢了，我看到了每個細節，清晰得令人難受。強尼眉際的汗水。理查身體前傾時，靴子壓斷樹枝的脆響。強尼的手，肌肉繃緊了，準備要開火。

然後我看到慶子——嬌小的、虛弱的慶子——悄悄溜到強尼背後。我看到她舉起雙臂。我看到那塊石頭轟然砸向強尼的後腦。

他還活著。

被砸中幾分鐘後，他的眼睛眨了眨睜開了。那石頭砸破了他的頭骨，他流了好多血，但他的臉上卻是眼神清晰、完全清醒。

「你們犯了個大錯，所有人都是，」他說。「你們得聽我的話。」

「才沒有人要聽你的話呢，」理查說。他的影子掠過強尼，站在那兒往下瞪著他。現在步槍在他手上了，主掌大局的人變成他。

強尼呻吟著想起身，但現在就連要坐起來都很掙扎。「沒了我，你們撐不下去的。」

我們圍著強尼站著，理查看了我們一圈。「我們要投票嗎？」

薇薇安搖頭。「我不信任他。」

「那我們要怎麼處理他？」艾列特問。

「把他綁起來。就這樣處理。」理查對兩個金髮女郎點了個頭。「去找繩子來。」

「不，不要。」強尼艱難地站起來，雖然身子還搖搖晃晃，但他還是太令人生畏，沒有人敢撲倒他。「你想殺我的話，就開槍吧，理查。就是這裡，就是現在。但我不會讓你們綁住我的。我不會讓你們丟下我等死。」

「快去，把他綁起來！」理查對兩個金髮女郎厲聲說，但她們站在那裡不動。「艾列特，你去！」

「試試看！」強尼怒吼道。

艾列特臉色發白地往後退。

強尼轉向理查說：「所以現在槍在你手上了，嗯？證明你是領頭的男子漢。這個遊戲的重點到底是什麼？」

「遊戲？」艾列特搖著頭。「不，我們只是想活命而已。」

「那就不要信任他。」強尼說。

理查握著步槍的雙手繃緊了。老天，他就要開槍了。他要冷血殺了一個手無寸鐵的人。我撲過去，把槍管使勁往下一拉。

理查狠狠賞我一耳光，把我打趴在地上。「你想害死我們嗎，米莉？」他大叫道。「這就是你的目的嗎？」

我摸著自己抽痛的臉頰。他從來沒打過我；要是換了別的地方，我會馬上打電話報警，但在這裡，我無路可逃，沒有辦法打給警察。我看著其他人，他們的臉上沒有憐憫。兩個金髮女郎、慶子、艾列特——他們全都站在理查那一邊。

「好吧，」強尼說。「槍在你手上，理查。你隨時都可以用。但如果你要射殺我，就得朝我背後開槍了。」他轉身，開始要離開。

「如果你回來營地，我就會殺了你！」理查喊道。

強尼回頭喊：「我寧可在荒野裡碰運氣。」

「我們會保持警戒！要是讓我們看到你接近——」

「不會的。我寧可相信動物。」強尼停下，回頭看著我。「跟我走，米莉。拜託，來吧。」

我來回看著理查和強尼，被這個局面嚇得全身僵住。

「不，留下來，」薇薇安說。「隨時都會有飛機出來找我們的。」

「等到飛機回來，你們都死了，」強尼說。他朝我伸出一隻手。「我會照顧你的，我發誓。我不會讓你出事的。求求你信任我，米莉。」

「別傻了，」艾列特說。「你不能相信他。」

我思索著出錯的每件事：克萊倫斯和伊佐夫，他們的肉被扯離骨頭。那輛貨車突然神祕地無法發動。毒蛇鑽進艾列特剛被割開的帳篷。我想起強尼幾天前才說過的，說他小時候養過蛇。除了強尼之外，還有誰懂得如何捕捉並駕馭一條毒蛇呢？發生的這一切不僅僅是運氣壞而已；不，是有人刻意要讓我們死在這裡的，而只有強尼可以執行這樣的計畫。

他看得出我眼中的決定，他的反應是一臉痛苦，好像我給了他致命的一擊。一時之間，他挫敗地站在那裡，肩膀往下垮，滿臉憂傷。「我願意為你做任何事，」他輕聲對我說。然後，他一搖頭，轉身大步離去。

他消失在荒野間時，我們所有人還在注視著。

「你認為他會再回來嗎？」薇薇安問。

理查拍拍他身旁的步槍，現在那把槍他片刻不離身。「如果他敢，我會準備好對付他的。」

我們圍繞著營火而坐，艾列特生起一堆熱烈燃燒的大火，以對抗黑夜。那火焰太高又太熱，讓人很不舒服，而且這樣浪費柴火太愚蠢了，但我明白他為什麼忍不住要一直朝火裡加木頭。即使在此刻，也還是有掠食動物在觀察我們，那些火焰可以讓牠們不敢進攻。我們沒看到其他營火，所以在這片漆黑的夜裡，強尼人在哪裡？在這片大地上，到處都是利爪和牙齒，他還能耍什麼花招保命？

「我們兩個人一組，輪流守夜，」理查說。「不能有任何人落單。艾列特和薇薇安負責第一班。席維雅和我接第二班。這樣就可以撐過黑夜。我們這樣繼續下去，保持腦袋清醒，就能平安度過，等到飛機出來找我們了。」

故意不排我守夜，實在太明顯了。我明白為什麼慶子不必幫忙，她在出其不意地攻擊強尼之後，又再度退回沉默中。至少她現在肯吃東西了，幾匙罐頭豆子和幾片脆餅乾。但我身體健全，也準備好要幫忙，偏偏其他人連朝我看一眼都不肯。

「那我呢？」我問。「我該做什麼？」

「我們來就好了，米莉。你什麼都不必做。」他的口氣不容許任何質疑，更絕對不可能讓我這個膽敢站在強尼那邊的女人出聲反對。我一言不發離開火邊，溜回我們的帳篷。今晚我要回去跟理查一起睡，因為慶子不希望我再去她的帳篷了。我是賤民，是可能趁她睡著時捅她一刀的叛徒。

一個小時後，理查爬進帳篷來到我身邊時，我還醒著。

「我們之間完了。」我說。

他沒費事跟我爭辯。「沒錯，顯然是這樣。」

「所以你會挑哪個？席維雅還是薇薇安？」

「有差別嗎？」

「應該沒差吧。無論是哪個，反正重點就是要換一個新的。」

「那你跟強尼呢？承認吧？你本來都準備好要離開我，加入他那一邊了。」

我轉向理查，但只看到他被帆布外的火光照出的剪影。「我留下了，不是嗎？」

「只因為槍在我手上。」

「所以這樣你就贏了，是嗎？非洲荒野之王？」

「我他媽的是為在我們的生命奮戰。其他人都明白，為什麼你就不明白呢？」

我哀傷地長歎一聲。「我的確明白，理查。我知道你認為自己在做正確的事情。即使你根本不曉得接下來該怎麼辦。」

「不管我們之間有什麼問題，米莉，我們現在都得團結合作，否則就撐不過去了。現在我們有槍，也有補給品，而且我們的人數比較多。但是我沒法預測強尼會做些什麼。我不曉得他只是逃進荒野，或是想再回來把我們幹掉。」他暫停一下。「畢竟，我們都是目擊證人。」

「目擊什麼？我們從來沒看到他殺人。我們不能證明他做了什麼壞事。」

「那就等我們離開之後，讓警方來證明。」

我們沉默躺在那邊一會兒。隔著帆布，我聽到守夜的艾列特和薇薇安在火邊的談話聲。我聽到昆蟲的尖聲鳴唱，聽到遠處鬣狗的狺狺叫聲，然後我想著強尼是不是還活著，或者就在這一刻，他的屍體正被動物撕扯開來大吃。

理查碰觸我的手，緩緩地，試探地，手指握住我的。「人總是要往前走的，米莉。這並不表示過去三年是浪費掉的。」

「四年。」

「我們已經跟當年剛認識時不一樣了。人生就是這樣，我們得成熟面對，商量看要怎麼分我們的東西，怎麼告訴我們的朋友。冷靜一點，不要搞得很難看。」

他說得當然容易。先提出分手的或許是我，但他其實早就在做了。這時我才明白，其實好久好久以前，他就已經逐漸離開我了。來到非洲，時機才終於成熟，非洲讓我們明白彼此有多麼不適合。

我可能愛過他，但現在我覺得自己從來沒有真正喜歡過他。而眼前，當他就事論事談著我們分手的種種安排，也當然無法讓我喜歡。他說等我們一回到倫敦，我就該立刻找到新公寓搬走。我姊姊願意暫時收留我，好讓我一邊找房子嗎？還有我們一起買的那些東西。廚房用具可以全都給我，那CD和電子用品歸他，可以嗎？還好我們沒養寵物，免得還要為此爭執。我想起那一夜我們依偎在沙發上，計畫著這趟波札那之旅，現在感覺上好遙遠了。我曾想像過繁星點點的天空和圍繞著營火的雞尾酒，但從沒想到過這些無情的分手安排。

我翻身側躺，不想理他了。

「好吧，」他說。「我們晚一點再商量吧。像兩個文明人。」

「是啊，」我咕噥道。「文明人。」

「現在我得睡一下了。我四點得起來守夜。」

那是他對我說過的最後一句話。

我在黑暗中醒來，一時之間很困惑自己在哪個帳篷裡。然後我忽然明白過來，痛苦地回到現實。我和理查分手了，往後我就要獨自生活了。帳篷裡好黑，我無法分辨他是不是還躺在我旁邊。我伸手去摸，只發現一片空蕩。這就是未來；我得習慣自己一個人睡覺了。

我聽到小樹枝被踩斷的聲音，有個人走過我的帳篷外頭。

我竭力想看清帆布外面的狀況，但實在太黑了，黑得連營火的微弱火光都看不見。是誰讓火燒光的？在營火完全熄滅之前，得有人趕緊去加點柴火才行。我穿上長褲，伸手去拿靴子。這些沒用的白癡，講了那麼多有關保持警戒、輪流值夜的大話，結果連最基本的防衛事項都沒能做到。

正當我拉下帳篷門的拉鍊時，第一聲槍響傳來。

一個女人在尖叫。席維雅？薇薇安？我認不出是哪一個，只聽到她的恐慌。

「他拿著槍！啊老天，他拿著槍——」

我在黑暗中盲目地尋找背包，我的手電筒就放在裡面。我摸到背帶時，第二聲槍響傳來。

我手忙腳亂爬出帳篷，只看到重重黑影。有個什麼經過即將熄滅的木炭前。強尼，他回來報仇了。

第三聲槍響轟然傳來，我衝向荒野的黑暗中，快到防護細線時，腳底下絆到了東西，於是整個人跪趴在地。我感覺到溫暖的肉，纏結的長髮。還有血。是金髮女郎之一。

我立刻又站起來，盲目地溜進黑夜。我的靴子鉤到防護細線，發出一陣鈴鐺聲。

下一顆子彈離我好近，近得我都能聽得到呼嘯掠過的聲音。

但現在有黑夜保護，強尼看不見我的。我身後傳來了恐懼的尖叫，還有最後一發雷霆般的槍響。

我沒有選擇，只能獨自衝進黑夜深處。

19 波士頓

「他老是想證明自己很行，那就至少該準時出現啊，」克羅說，氣呼呼看著自己的手錶。「他二十分鐘前就該到了。」

「我相信譚警探的遲到有個好理由。」莫拉說著，把無名氏女子的右股骨放在解剖學應有的位置，不鏽鋼解剖台上發出一個不祥的吭噹聲。在冰冷的驗屍間燈光下，那根骨頭看起來像塑膠的。沒了一名年輕女子的皮和肉，只剩下了空蕩的骨架。送來驗屍處的人體骨骼通常是殘缺不全的，缺了手部和腳部的小骨頭，因為很容易被食腐動物帶走。但這位無名氏女子原先被包在防水布裡，又埋得夠深，所以沒遭到爪子和牙齒及鳥喙攻擊。反之，昆蟲和微生物吃掉了她的肉和內臟，把她的骨頭清理乾淨。莫拉把那些骨頭放在解剖台上，按照精確的解剖位置擺好，像是一個策略大師正在準備要進行一場解剖學的棋局比賽。

「只因為他是亞裔，每個人就都以為他是某種學者，」克羅說。「哼，他根本不像他自己以為的那麼聰明。」

莫拉沒興趣加入這段談話——其實，她不想跟克羅警探有任何對話。他平常大罵其他人無能時，最常罵的對象就是律師和法官。而眼前他抱怨起自己的搭檔，讓莫拉格外覺得不舒服。

「而且他最近有點鬼鬼祟祟的。你注意到了嗎？他背著我不曉得在幹什麼。」克羅說。「我昨天碰巧看到了他的筆電螢幕，問他是什麼。結果呢，他立刻就按了退出鍵，關掉檔案。只說那是他自己在查的東西。哼。」

莫拉找到了左腓骨和左脛骨，並排放在解剖台上，就像一道骨頭形成的鐵軌。

「我看到他電腦上是一份『暴力犯罪逮捕計畫』的檔案。我從來沒說要去查那個資料庫。他有什麼事瞞著我？他在搞什麼？」

莫拉眼睛還是看著那些骨頭。「去查那個資料庫，又沒有違法。」

「居然不告訴自己的搭檔？我告訴你，他在偷偷搞鬼。而且他沒有專心在辦我們的案子。」

「或許他查那些，跟你們的案子有關。」

「那他為什麼要偷偷進行？好在適當時機忽然丟出來，讓每個人佩服他？給大家一個驚喜，天才警探譚先生破了這個案子！是啊，他才愛在我面前炫耀呢。」

「這種事不太像他的作風。」

「你還不了解他呢，醫師。」

不過我倒是很了解你，莫拉心想。克羅的抱怨是投射心理的典型例子。最渴望受到注意的人，莫過於克羅自己了，同事們私底下都說他是好萊塢警察。只要附近有電視新聞拍攝小組，他就會出現，一身曬成古銅色的皮膚和準備上鏡頭的訂製西裝。莫拉把最後一根骨頭放在解剖台上時，克羅已經又回去打手機，又留了一通火大的語音留言給譚。處理沉默的死者要容易太多了。

正當無名氏女子在解剖台上耐心地等待時，克羅就在解剖室內踱步，散發出敵意的毒雲。

「警探，你想聽聽有關無名氏女子遺骸的狀況嗎？還是寧可等我的書面報告？」莫拉問，希望克羅會選擇後者，留給她清靜。

克羅把手機塞進口袋裡。「好啦，好啦。你說吧。有什麼情況？」

「很幸運的是，這副骨骼很完整，所以我們就不必間接推定了。這是女性，年齡十八到三十五歲。根據她的股骨長度，我估計身高是一六〇到一六三公分。等到電腦人臉塑形軟體處理出來，我們可以對她的外貌有個概念。不過如果你看看她的頭骨……」莫拉拿起頭骨，檢查了鼻骨。然後她把頭骨上下顛倒，看著上排牙齒。「鼻腔狹窄，鼻根很高。上顎門齒很整齊。這些都符合高加索人種的特徵。」

「白人女子。」

「沒錯，牙齒狀況很好。四顆智齒都拔掉了，而且沒有蛀牙。她的牙齒排列得非常整齊。」

「有錢的白人女子。不是英格蘭來的。」

「相信我，英格蘭人也會做牙齒矯正的。」莫拉試著不去理會他那些討厭的評語，把注意力轉到胸廓。再一度，她的目光直瞪著劍突上的那個割痕。她曾想過是否有其他方式會在胸骨造成那樣的刻痕，但想來想去，還是覺得只可能是刀刃造成的。沿著腹部往上劃一道線，刀子就會碰觸到那裡：護衛著心臟和肺部的胸骨。

「或許是刺傷，」克羅說。「或許兇手是要刺心臟。」

「有這個可能吧。」

「你還是認為她被開膛剖腹過，就像里昂．勾特。」

「我想所有理論都不能排除。」

「你能不能給我個更好的死亡時間？」

「沒有什麼更好的死亡時間。只有更精確的。」

「隨便啦。」

「就像我在埋屍地點告訴過你的。完全骨骼化可能花上幾個月或幾年，要看埋的深度而定。任何估計都可能不精確，但因為她有明顯的關節脫離……」她暫停，忽然盯著一根胸肋骨。在埋屍地點時，她漏掉了這個細節，即使是現在，在明亮的驗屍間燈光下，那些痕跡還是幾乎看不見。三道等距的刻痕，位於那根肋骨的背面。就像這個女人頭骨上的刻痕。*是同樣的工具造成的。*

驗屍間的門忽然推開，譚警探走進來。

「遲到四十五分鐘，」克羅兇巴巴地說。「你幹嘛還來呢？」

譚只是匆匆看了他的搭檔一眼，注意力放在莫拉身上。「我查到你要的答案了，艾爾思醫師。」他說，然後遞給她一個檔案夾。

「什麼？你現在改去法醫處工作了？」克羅說。

「之前艾爾思醫師要我幫她一個忙。」

「好笑了，你居然沒告訴我。」

莫拉打開那個檔案夾，看著第一頁。然後翻到下一頁，接著再下一頁。

「我不喜歡祕密，譚。」克羅說。「而且我真的很不喜歡我的搭檔有祕密瞞著我。」

「你告訴瑞卓利警探這件事了嗎？」莫拉忽然插嘴，看著譚。

「還沒有。」

「我們最好馬上打電話給她。」

「為什麼要把瑞卓利扯進來？」克羅問。

莫拉看著解剖台上的骨頭。「因為你和瑞卓利警探就要一起合作這個案子了。」

雖然調到兇殺組才一個月，強尼・譚查詢起聯邦調查局線上的「暴力犯罪逮捕計畫」已經是快如閃電。才迅速按了幾個鍵，譚就登入了執法部門的入口網頁，進入這個聯邦調查局的資料庫，裡頭收集了全國各地超過十五萬宗的暴力案件。

「要交出這些犯罪分析報告的檔案很辛苦，」譚說。「沒有人想回答兩百個問題，還要寫一篇文章，只為了把你的案子加進這個資料庫。所以我很確定這個清單並不完整。但是我在這個資料庫查詢到的結果，的確讓我很不安。」他把自己的筆電往後轉，讓其他坐在會議桌旁的人可以看到他的螢幕。「這是根據我第一批搜尋條件，初步查到的結果。這些案子都發生在過去十年。我做了一份摘要，就在剛剛給你們的那些檔案夾裡。」

莫拉坐在會議桌的另一頭，看著珍、佛斯特、克羅翻閱著譚剛剛發給他們的那疊文件。隔著關上的門，她聽得到走廊傳來的笑聲，還有電梯發出的叮咚聲。但在這個房間裡，只有翻著紙頁的聲音和懷疑的咕噥聲。她很少參加警探們針對個別案子的討論會議，但今天上午譚要求她以顧問的身分列席。她的地盤在驗屍間，那裡的死人不會跟她爭辯；而在這個充滿警察的房間裡，她覺得很不自在，因為每個人隨時都準備好要反駁她。

克羅把一張紙扔在他那堆文件上。「所以你認為，有個兇手在全國到處亂跑，殺掉了這些被害人？而你坐在辦公桌前打打鍵盤、查查資料，就能逮到他？」

「第一份清單只是個起點，」譚說。「給我們一些資料可以開始著手而已。」

「你有八個州的謀殺案！三個女性，八個男性。九個白人，一個拉丁美洲裔，一個黑人。各種年齡都有，從二十歲到六十四歲。這個兇手的犯案模式也太怪異了吧？」

「你也知道我有多不想贊成克羅的意見，」珍說。「不過他說得有道理。這些被害人的差異太大了。如果是同一個兇手，他為什麼要挑這些被害人呢？照我看來，他們根本沒有共同點。」

「因為一開始的共同點，就是艾爾思醫師看到無名氏女子所第一個注意到的：腳踝的橘色尼龍繩。跟勾特的一樣。」

「那一點我跟她討論過了，」珍說。「我不認為那足以證實兩個案子有關。」

莫拉注意到珍說的時候都不看她。她心想，因為她很氣我？因為她認為我的工作是在驗屍間拿解剖刀，而不是扮演警察？

「你們就只用那個憑據，把幾十件命案串連起來？被繩子捆綁？」克羅說。

「就這兩位被害人來說，用的都是橘色實心編織、十六分之三吋粗的尼龍繩。」

「全國每個五金行都買得到。」克羅嗤之以鼻。「要命，我的車庫裡說不定也有呢。」

「尼龍繩不是我唯一搜尋的條件，」譚說。「這幾十個被害人都被發現倒吊著。有些是吊在樹上，有些是吊在屋樑上。」

「這還是不足以構成兇手的簽名。」克羅說。

「克羅警探，讓他講完吧，」莫拉說。在此之前，她都難得開口說一個字，但現在她忍不下去了。「等到你聽完了，或許就會明白我們查出了什麼。我們這兩個案子和其他全國各地的案子，有可能真的彼此相關的。」

「你和譚就要從帽子裡拉出兔子來了呢。」克羅從檔案夾裡抽出幾張紙，攤在桌上。「好吧，我們來看看你們查出了什麼。一號被害人，加州沙加緬度的五十歲白人律師。六年前被發現倒吊在車庫裡，雙手和腳踝被捆綁，喉嚨被割開。

「二號被害人，二十二歲拉丁美洲裔的男性貨車司機，被發現倒吊在亞利桑那州鳳凰城。雙手和雙腳被捆綁，軀幹上到處都是燒傷和割傷，生殖器被割掉。哼，好極了。讓我猜猜看：販毒集團幹的。

「三號被害人，三十二歲白人男性。有竊盜輕罪前科，被發現在緬因州的一棵樹上倒吊下來，腹部劃開，內臟被食腐動物吃掉。糟糕，這個案子的兇手已經知道了。警方對他的好友發出逮捕通緝令。所以把這個案子從清單上劃掉吧。」克羅抬頭看。「艾爾思醫師，還要我繼續唸下去嗎？」

「這個被害人不光是腳踝被那種繩子捆綁而已。」

「是啊，我知道。還有那三個刀痕，也許是用刀子割的，也許不是。這只是白費力氣而已。或許譚會幫你跑腿，不過我還有我自己的案子要辦。而且你還沒告訴我無名氏女子是什麼時候死的。」

「我已經把估計的死亡時間告訴你了。」

「是啊，死了兩年到二十年。還真精確呢。」

「克羅警探，你的搭檔花了很多時間在這個分析上。你至少也該聽他講完吧。」

「好吧。」克羅扔下筆。「說吧，譚。告訴我們，這份清單上的死人，怎麼會全都跟我們的無名氏女子有關。」

「不是全部，」譚說。會議室裡的火氣或許多了幾分，但他看起來還是跟往常一樣冷靜。「你們所看到的第一份清單，只是初步的搜尋結果，根據繩子的款式，以及死者被發現倒吊的事實而查詢到的。然後我又做了另一次搜尋，用的關鍵詞是移除內臟，因為我們知道勾特是這樣。而艾爾思醫師懷疑無名氏女子也遭到了同樣的狀況，因為她的胸骨上有割痕。『暴力犯罪逮捕計畫』資料庫又給了我們幾個名字，這些被害人只有被移除內臟，但是沒有用繩子吊起來。」

珍看著佛斯特。「這種句子你可不是每天都能聽到。只有被移除內臟。」

「我閱讀這些移除內臟的案子時，其中一樁案子特別引起我的注意，是四年前的。被害人是內華達州一位三十五歲的女性背包客，跟朋友去露營。這群人總共兩男兩女，但她是唯一被發現的。其他三個人還是在失蹤狀態。根據昆蟲證物，她當時已經死了三到四天。屍體還夠完整，法醫可以判定她的內臟被掏出來了。」

「在野外三到四天，還能留下足夠的屍體，讓法醫看得出這點？」

「沒錯。因為她不是被棄屍在地上。她的屍體是在一棵樹上被發現的，放在一根大樹枝上。

移除內臟，外加把屍體放在高處。我很好奇這個組合會不會就是關鍵。掛起來、開膛剖腹。這讓我又回到里昂・勾特，以及他和打獵、獵人的關聯。我又繼續查了『暴力犯罪逮捕計畫』資料庫，從頭開始。這一回，我尋找野外地區沒有破的案子。任何被害人有胸骨割痕，或其他任何涉及移除內臟的。這回我發現了一些有趣的。不光是一個被害人，而是另一組失蹤的團體，就像那四個內華達州的背包客。三年前，在蒙大拿州，三名獵鹿人消失了。三位都是男性。一個後來被發現部分骨骼化，卡在一棵樹上。幾個月後，在一個美洲獅的巢穴附近，又發現了另一個男人的一塊頷骨——只有這塊，沒有別的了。法醫的理論是他遭到了熊或美洲獅的攻擊，但熊不會把屍體拖到樹上。於是法醫推斷可能是美洲獅攻擊。不過我不確定美洲獅會不會把獵物拖到樹上。」

「你剛剛說他們是獵人，所以他們應該帶著槍。」佛斯特說。「兇手要怎麼撂倒三個帶著槍的男人？」

「好問題。其中一把步槍始終沒找到，另外兩把槍還在他們的帳篷裡。被害人一定是遭到出其不意的攻擊。」

在此之前，珍都一臉懷疑的表情。但現在她身子前傾，全副注意力放在譚身上。「多說一點內華達那個女背包客的事情。法醫說她的死因是什麼？」

「那個案子，美洲獅攻擊也被列為可能死因之一。不過這可是四個背包客，其中兩個是男的。所以死因被列為『不確定』。」

「美洲獅有可能一口氣撂倒四個成人嗎？」

「不曉得，」譚說。「這個我們得去請教大貓專家。即使美洲獅真的殺死了四個背包客，也還有一個小細節讓法醫很困擾。這就是為什麼那個女性被害人被加入『暴力犯罪逮捕計畫』的資料庫。」

「胸骨有割痕？」

「沒錯。還有三個彈殼。全都是在附近的地上發現的。那些背包客沒帶槍，但顯然那個地區有其他人帶了。」譚看著其他三名警探。「我從尼龍繩開始找，最後找到了另外一組完全不同的共同點。移除內臟。抬高屍體。還有獵人可能出現的地帶。」

「那緬因州的那個小賊呢？就是被發現吊在樹上、開膛剖腹的？」佛斯特問。「你剛剛說，這個案子查出了一個嫌疑犯。」

譚點點頭。「那個嫌犯叫尼克．提布鐸，是被害人所謂的哥兒們。白人男性，一八八公分，九十公斤。他有過入室竊盜、偷竊、企圖傷害與毆擊的前科。」

「所以就是有暴力犯罪的前科了。」

「一點也沒錯。然後聽聽這個：提布鐸是個酷愛獵鹿的獵人。」譚把筆記型電腦轉過去，讓其他人看螢幕上的照片：一個頭髮剃得很短的年輕男子，目光看著鏡頭。他站在戰利品旁邊，那是一頭公鹿，被綁起後腿掛在樹上，皮剝到一半。即使穿著一身厚重的打獵裝束，也看得出來尼克．提布鐸肌肉發達且孔武有力，有粗粗的脖子和厚壯的雙手。

「這張照片是大約六年前拍的，所以想像一下他現在會老一點，」譚說。「他從小在緬因州長大，很熟悉荒野，也很會用槍。同時根據這張照片，他也知道該怎麼處理一隻獵到的鹿。」

「或許還懂得處理其他大型獵物。」莫拉說。「這就是我們的共同連結點：打獵。或許提布鐸獵鹿獵煩了。或許殺人會給他更大的快感，於是他決定去找更有挑戰性的獵物。想一想這些殺人案的時間。五年前，提布鐸的哥兒們被殺害、掛起來、移除內臟。然後提布鐸消失了。一年後，四個沒帶槍的背包客在內華達州被攻擊。又過了一年，三個帶槍的獵人在蒙大拿州遇害。這個兇手胃口愈來愈大，挑戰愈來愈刺激。而且或許風險也愈來愈大。」

「里昂．勾特也可能是他挑戰的目標，」佛斯特同意道。「他家裡有很多槍，而且在打獵的圈子裡很有名。兇手應該聽說過他。」

「但這個兇手為什麼要殺害無名氏女子？」克羅說。「一個女人？這有什麼挑戰？」

珍冷哼一聲。「是喔，因為我們女人都好軟弱無力。不過呢，她也可能是獵人啊。」

「別忘了裘蒂．昂得伍德。她也是女人，」佛斯特說。「而且她的謀殺案似乎跟勾特有關。」

「我想無名氏女子是我們應該關注的焦點。」譚說。「如果她被殺害的時間超過六年，那她可能是最早的被害人之一。要是能查出她的身分，就有可能成為破案的關鍵。」

珍闔上她的檔案夾，打量著譚。「你跟莫拉似乎合作得不錯嘛。這是從什麼時候開始的？」

「從她拜託我幫忙去查『暴力犯罪逮捕計畫』，尋找任何類似的案子開始。」譚說。「然後我就去查了。」

珍看著莫拉。「你可以打電話給我的。」

「沒錯，」莫拉承認。「不過我唯一的憑據就只是我的直覺。而且我不想浪費你的時間。」

她站起來要走。「謝了，譚警探。你考慮得很周全，我沒有什麼要補充的。那我就回驗屍處了。」那裡都是順從的死人，才是真正屬於我的地方，莫拉心想，然後走出會議室。

她進入電梯時，珍跟著溜進來。

「跟我談談吧，」珍說，同時門關上，讓莫拉沒法逃避。「為什麼你去找譚？」

莫拉直直瞪著前方的樓層指示燈。「因為他願意幫我。」

「而我就不願意？」

「我認為這兩個案子很類似，但是你不同意我的看法。」

「你有明確要求過我，讓我幫你去搜尋資料庫嗎？」

「譚反正為了無名氏女子的案子，正要提報一份檔案給『暴力犯罪逮捕計畫』。他才剛到兇殺組，很急著想證明自己。他對我的理論並不排斥。」

「而我只不過是憤世嫉俗的老鳥。」

「你是懷疑論者，珍。我得努力說服你幫我做這件事，那真的太花力氣了。」

「太花力氣了？朋友間會計較這個？」

「即使是朋友都嫌太累。」莫拉說著走出電梯。

珍可不想就這麼算了，她還是緊跟著莫拉走出大樓，朝向室內停車場。「之前我不同意你的觀點，你還在記恨。」

「沒有。」

「就是有，否則你就會來找我，而不是去找譚。」

「你拒絕接受勾特和無名氏女子的案子有共同的地方，但是兩個案子明明有關。我感覺得到。」

「感覺？從什麼時候開始，你會去聽從直覺，而不是證據？」

「以前老在談直覺的人是你。」

「但是你從來不。你向來只看事實和邏輯，所以到底是什麼改變了？」

莫拉走到她的車子旁站住了，但她沒解鎖，只是站在那裡，瞪著自己映在車窗玻璃上的鏡影。「她又寫信給我了，」她說。「我母親。」

接下來是一段頗長的沉默。「你沒有把信直接扔掉？」

「我做不到，珍。在她死前，我得搞清楚一些事情。為什麼她遺棄我。還有我到底是個什麼樣的人。」

「你知道你是什麼樣的人，而且跟她一點關係都沒有。」

「你怎麼知道？」她朝珍走了一步。「也許你只看到了我讓你看到的那一面。也許我隱瞞了實情。」

「怎麼，原來你跟她一樣，也是某種惡魔？」莫拉之前湊得很近，兩個人站在那裡眼對眼，但珍只是大笑。「你是我所認識的人裡頭最不可怕的了。唔，只有佛斯特除外。艾曼爾提亞是怪胎，但這一點她可沒遺傳給你。」

「她的確遺傳給我一點。我們都會看到黑暗。當其他每個人都看到陽光的時候，我們卻會注意陰影裡頭有什麼。身上有瘀青的小孩，害怕得不敢說話的妻子，總是緊閉窗簾的屋子。艾曼爾提亞說那是認出邪惡的天賦。」莫拉從皮包裡掏出一個信封，遞給珍。

「這什麼？」

「她從報紙上收集來的。她把所有提到我的剪報都留著，追蹤我在辦的每個案子。」

「包括勾特和無名氏女子。」

「那當然了。」

「現在我知道這是哪裡來的了。艾曼爾提亞・蘭克告訴你兩個案子有關聯，而你相信她。」

珍搖搖頭。「我不是警告過你要小心她嗎？她在耍你。」

「她看到了別人看不出來的東西。她注意到埋藏在所有細節裡的線索。」

「怎麼可能？她根本沒有獲得細節的管道啊。」

「即使在監獄裡，她也還是會聽說很多事情。會有人告訴她，或寫信給她，或寄剪報給她。她看到了關聯，而這次的關聯，她是正確的。」

「是啊。要不是她已經被定罪了，那她會是一個偉大的犯罪分析師呢。」

「有可能。畢竟，她是我母親啊。」

珍舉起雙手扮出投降狀。「好吧，你想給她那樣的力量，我也沒辦法阻止你。但是只要有錯誤出現在我眼前，我都能看出來的。」

「而且你向來很樂意指出。」

「不然還有誰會說？這就是朋友會做的，莫拉。當朋友的人會阻止你，免得你又會搞亂自己的人生。」

又。莫拉無法反駁，只是沉默回瞪著，被珍所說的實話刺傷了。又。她想著幾個月前，珍曾經一再阻止她犯下錯誤，而那個錯誤至今仍縈繞在她心頭不去。當時她和丹尼爾．布洛菲神父的軌道愈來愈接近，被吸引著陷入一場絕無可能快樂收場的戀情中，當時珍一直是理性的聲音，警告她往後會心碎。而莫拉一直漠視她的聲音。

「拜託，」珍低聲說。「我只是不希望你受傷。」她伸出手，堅定地握住莫拉的手臂。「你在其他方面都那麼聰明的。」

「但是碰到人就完了。」

珍大笑。「的確，問題就出在人，不是嗎？」

「或許我應該跟貓相處就好，」莫拉說著打開車門，上了車。「跟貓在一起，至少你很清楚自己的地位。」

20

龍蝦和駝鹿肉和野生藍莓。一提到緬因州，大部分人就會想到這些東西，不過珍的印象卻要陰森得多。她想到了黑暗的樹林和陰森的沼澤，以及一個人消失後可能會隱藏的所有地方。同時她想到佛斯特上回開車來緬因州的那個夜晚，距今只有五個月，最後的收場是在一片鮮血與死亡的迷霧中。對珍來說，緬因州可不是度假地，而是壞事會發生的地方。

五年前，有件壞事就發生在一個名叫布蘭登．泰隆的小賊身上。

他們沿著一號沿岸公路往北開，佛斯特負責駕駛，開到半路，小雨轉成了凍雨。即使暖氣開著，珍．瑞卓利還是覺得雙腳發冷，恨不得自己那天早上穿了靴子，而不是現在這雙薄薄的平底鞋。儘管她很不想承認夏天結束了，但只消看一眼車窗外光禿禿的樹和鉛灰色的天空，就曉得最黑暗的季節已經來臨。感覺上，他們好像正開往冬天。

佛斯特減速，車子經過兩個穿著亮橘色服裝的獵人，正把一隻去除內臟的母鹿搬上他們的小卡車。他難過地搖了一下頭。「斑比的媽媽。」

「十一月，一年一度的打獵季。」

「這麼多槍在開火，害我連越過州界都覺得緊張。砰！又獵到一個臭麻州佬！」

「你打過獵嗎？」珍問。

「從來不想。」

「因為斑比的媽媽？」

「我並不反對打獵。只不過我不明白樂趣在哪裡，扛著沉重的步槍走進樹林。凍得半死。然後……」他打了個寒噤。

「還得去除內臟？」她大笑。「不，我沒辦法想像你做那種事。」

「唔，那你有辦法做嗎？」

「如果非做不可的話，我也只能做了。肉就是這樣來的啊。」

「不，肉是從超級市場來的，包在塑膠容器裡。不必牽涉到去除內臟。」

在他們車外，光禿禿的樹枝滴著冰冷的水，昏暗的雲層懸在地平線上方。這真不是個在樹林走動的淒慘日子，兩個小時後，等到他們終於抵達那個步道起點的停車場時，她並不意外地發現沒有其他車子。他們坐在車上一會兒，看著昏暗的樹林和散佈著落葉的野餐桌。

「唔，我們來到這裡了。那他在哪裡？」珍說。

「他只遲到十分鐘。」佛斯特掏出手機。「沒有訊號。我們要怎麼聯絡他？」

珍推開她那邊的車門。「唔，我沒辦法等了。我得去樹林裡走一走。」

「你確定要去？打獵季？」

她指著釘在附近一棵樹上的「禁止打獵」告示牌。「這個地區有公告了。應該很安全。」

「我想我們應該在車裡等他。」

「不行，我真的沒辦法等了。我得上小號。」她爬下車，開始走向樹林。寒冷如刀的風立刻穿透她薄薄的長褲，她的膀胱在冷風中凍得發痛。她朝樹林裡走了幾碼，但十一月的樹葉都掉光了，隔著光禿的樹枝，她還看得見汽車。她繼續走，樹林裡一片寂靜，搞得每次小樹枝踩斷的聲音都像是嚇人的開火。她躲進一叢常綠小樹後頭，解開長褲拉鍊蹲下來，希望不會有健行的人經過，看到她光著屁股。

一聲槍響傳來。

她還來不及起身，就聽到佛斯特喊她的名字，聽到腳步聲穿過林下的灌木叢衝向她。忽然間佛斯特出現了，而且不是一個人：在他身後幾步站著一名壯碩的男子，一臉好笑的表情看著她拉起長褲。

「我們聽到槍響聲，」佛斯特紅著臉說，趕緊避開眼睛。「對不起，我不是故意——」

「算了啦，」珍兇巴巴地打斷他，終於把拉鍊拉好。「這裡有公告說不准打獵。誰還在那邊開槍啊？」

「聽起來可能是山谷那邊，」那名大塊頭男子說。「而且你們沒穿亮橘色衣服，不該進入樹林的。」那男子的連帽外套外頭罩著一件螢光橘的背心，當然不會有人看走眼。「你一定是瑞卓利警探了。」他看向她剛剛蹲過的地方，沒伸手要握。

「這位是巴柏警探，緬因州警局的。」佛斯特說。

巴柏只是點了個頭。「你們昨天打電話來的時候，我還很驚訝。真想不到結果尼克・提布鐸會在波士頓。」

「我們沒說他在那裡，」珍說。「我們只不過想更了解他一點。他是什麼樣的人，還有他會不會是我們要找的兇手。」

「唔，你們想看看五年前我們發現泰隆屍體的地方。那我就帶你們去看吧。」

他領著路，信心十足地踩過林下灌木叢。才走幾步，珍的褲管就鉤到一根生滿刺的黑莓藤，她只好停下來把那藤解開。等到她再度抬頭，巴柏的亮橘色背心已經走得好遠了，中間隔著密密麻麻的禿枝。

遠方又傳來一聲轟然槍響。而我身上穿著黑色和褐色，就跟熊一樣。她匆忙往前趕，急著要前往那片螢光橘的安全地帶。等到她追上了，巴柏已經帶領他們進入一條清理過的步道。

「當初發現泰隆屍體的，是兩個來自維吉尼亞州的露營客。」巴柏說，根本懶得回頭看她是不是跟上了。「他們帶了一隻狗，那隻狗就帶著他們直接到屍體那裡了。」

「是啊，在這種地方，發現屍體的向來都是狗。」佛斯特說，忽然一副野外屍體專家的口吻。

「當時是夏末了，所以樹葉很茂密，遮住了屍體。如果風向對的話，他們自己說不定也會聞到。不過樹林裡向來有死掉的動物，所以偶爾碰上了也是預料之中。但你沒預料到的是有個男人倒吊著，肚子被劃開了。」他朝著步道前方點了個頭。「我們就快到那個地點了。」

「你怎麼曉得？」珍問。「這些樹看起來都一樣啊。」

「因為那個。」巴柏指著步道旁一塊「禁止打獵」的告示牌。「過了這個標語，再朝樹林走幾十步就到了。」

「你覺得這個地點很重要嗎？這個告示牌具有某種意義嗎？」

「是啊，那對當局是個大大的操你的。」巴柏說。

「也或許訊息就只是：禁止打獵。因為我們在波士頓的一個被害人是獵人，我們想知道這個兇手是不是想表達某種政治觀點。」珍說。

巴柏搖頭。「那你們找錯人了。尼克・提布鐸可不是那種擁護動物權的瘋子。他很愛打獵。」他走出小徑，進入樹林。「我帶你們去看那棵樹。」

隨著每走一步，感覺上似乎就愈冷。珍的鞋子溼掉了，寒氣滲透了鞋皮。這裡的落葉深及小腿，掩蓋了泥坑以及會害你扭斷腳踝的樹根。在五年前那個溫暖的八月天，兇手走過這片樹林應該會舒服得多，不過他可能也會驚擾起成群的蚊子。當時被害人還活著，走在兇手旁邊，沒察覺到同伴的意圖嗎？或者布蘭登・泰隆早已經死了，像一頭被掏出內臟的鹿，被兇手扛在肩膀上？

「就是這棵樹。」巴柏說。「當時他就從樹枝上倒掛下來。」

珍抬頭看著那根樹枝，樹梢上還有幾片褐色的葉子在風中顫抖。她看不出這棵櫟樹跟其他樹有什麼兩樣，上頭完全沒有五年前吊著一具屍體的痕跡。那只是一棵平凡無奇的樹，不會告訴你任何祕密。

「根據法醫的判斷，當時泰隆已經死亡兩天了。」巴柏說。「掛在這裡，唯一能接觸到他的野生動物就是鳥類和昆蟲，所以他的屍體還很完整。」他暫停一下。「除了內臟，應該立刻就被食腐動物吃掉了。」他抬頭看著那根樹枝，好像可以看到布蘭登・泰隆還懸吊在那裡，籠罩在夏日濃密的樹蔭中。「我們始終沒找到他的皮夾或衣服。大概兇手丟掉了，讓警方更難查出死者的身分。」

「也或者他當成戰利品拿走了，」珍說。「就像獵人剝下動物的皮帶走，好回味那種興奮感。」

「不，我不認為他把這個當成任何儀式。尼克只是務實而已，他向來就是這樣。」

珍看著巴柏。「聽你的口氣，好像認識嫌犯。」

「沒錯。我們在同一個小鎮長大，所以我認識他和他哥艾迪。」

「有多熟？」

「熟到知道這些人從小就惹麻煩。十二歲的時候，尼克就會去偷其他小孩外套裡的零錢。到了十四歲，他會撬開汽車門偷裡頭的東西。十六歲，就是闖進別人家裡。被害人布蘭登．泰隆是同樣的故事。尼克和泰隆常一起來這邊，偷露營客帳篷裡或汽車裡的東西。尼克殺了泰隆後，我們在泰隆的車庫裡發現一袋贓物。或許他們就是因此吵起來。那個袋子裡有一些好東西。幾台相機、一個銀製打火機、一個裝滿信用卡的皮夾。我想他們是為了分贓擺不平而打起來，尼克失手殺了對方。那個殘忍的小混蛋。只有他才會這樣。」

「那你認為尼克．提布鐸現在人在哪裡？」

「我原先以為他會跑去西部。或許是加州吧。沒想到結果他就在這麼近的地方，波士頓，但或許他不想離他哥哥艾迪太遠。」

「艾迪住在哪裡？」

「離這邊大概有八公里。啊，我們狠狠盤問過艾迪，但直到今天，他還是不肯告訴我們尼克在哪裡。」

「不肯？或是他不知道？」

「他發誓說他不知道。但這些提布鐸家的小子，在他們心中，他們兄弟要對抗全世界。別忘了，緬因州位於阿帕拉契山北端，這些土生土長的家族，把忠誠看得比什麼都重。不管你的兄弟做了什麼，都要支持他。我想艾迪就是這樣。他想出一個計畫，讓尼克離開這裡，幫助他消失。」

「消失了五年？」

「如果你有兄弟的幫助，要消失五年並不算太難。所以我到現在還一直盯著艾迪。我知道他去了哪裡、打電話給誰。啊，他很受不了我，因為他知道我不會放過他。他知道我一直在盯著他。」

「我們得跟艾迪．提布鐸談談。」珍說。

「你們問不出實話的。」

「我們還是想試試看。」

巴柏看了手錶一眼。「好吧，我有一個小時的空檔。我們現在可以過去他家。」

珍和佛斯特交換了一個眼色。佛斯特說：「或許我們自己過去找他會比較好。」

「你們不希望我在場？」

「你們兩個以前有過一些不愉快，」珍說。「要是你在場，他就會有戒心。」

「啊，我懂了。我是黑臉，你們想扮白臉。嗯，有道理。」他看著珍腰帶上的槍套。「我看到你們兩個都帶了槍。這樣很好。」

「為什麼？艾迪會怎麼樣嗎？」佛斯特問。

「他很難說。想想尼克怎麼對泰隆，你們小心一點。因為這對兄弟什麼事都做得出來。」

一隻掏完內臟的四叉角公鹿倒掛在艾迪・提布鐸的車庫內。這個車庫裡頭凌亂堆積著工具和備用輪胎、垃圾桶和釣具，看起來就像美國任何的郊區車庫，只除了那頭從天花板掛鉤懸吊下來的動物，在水泥地上滴了一灘血。

「有關我弟弟的事情，我不曉得還能說些什麼。能說的我都老早告訴警方了。」艾迪朝那隻公鹿的後腿舉起一把刀，先沿著踝關節割一圈，然後劃過腳踝到鼠蹊的皮膚。他手腳熟練俐落，顯然處理過很多次。然後他雙手抓住鹿皮，用力得發出悶哼聲，使勁把皮往下剝，露出了皮下銀亮的筋膜所包住的泛紫肌肉和筋腱。這個敞開的車庫裡很冷，他暫停下來喘氣時，呼出了一團團白霧。艾迪就像他弟弟尼克的照片，有寬闊的肩膀和深色的眼珠，還有同樣冷漠的表情，不過他比弟弟不修邊幅，身上穿著有血漬的工裝褲，頭上戴著羊毛帽，他今年三十九歲，一臉鬍碴已經泛灰。

「他們發現泰隆被吊在那棵樹上後，州警局就不停來騷擾我，同樣的問題一問再問。尼克躲到哪裡去了？誰窩藏他？我一再告訴他們，說他們搞錯了。說尼克一定也出事了。如果他要跑路，絕對不會不帶走他的逃生包的。」

「那是什麼樣的包？」佛斯特問。

「別跟我說你沒聽過逃生包。」艾迪皺起眉頭，隔著那隻鹿張開的後腿看著他們。

「那到底是什麼？」

「裡頭裝了所有求生的基本物品，以備整個系統完蛋的時候，可以保命的。你知道，要是發生了什麼大災難，比方有顆髒彈或恐怖份子攻擊，大城市的人會死傷嚴重。大停電，所有人都陷入恐慌。這種時候，你就需要一個逃生包。」艾迪又把鹿皮往下剝一些，血腥的鹿肉氣味生猛有勁，搞得佛斯特皺起臉後退。

艾迪好笑地看了他一眼。「不愛吃鹿肉？」

佛斯特看著那發著光澤的肉，上頭還有一條條脂肪。「吃過一次。」

「喜歡嗎？」

「不太喜歡。」

「那就是料理得不對，或者殺的方法不對。要讓肉好吃，鹿就要死得很快。一顆子彈，沒有掙扎。如果鹿只是受傷，你就得追殺牠，肉裡頭就會有恐懼的滋味。」

佛斯特瞪著那些裸露的肌肉，一度曾支撐這隻公鹿走過原野和森林。「那恐懼是什麼滋味？」

「就像燒焦的肉。恐慌會讓動物全身分泌出各種荷爾蒙，破壞了味道。」牠俐落地從後腿切下一塊拳頭大小的鹿肉，扔進一個不鏽鋼盆。「這一隻殺的方法很正確。牠根本還不曉得是什麼擊中了自己，當場就死了。燉出來一定很好吃。」

「你跟你弟一起去打獵過嗎？」珍．瑞卓利問。

「尼克和我從小就一起去打獵。」他又割下一大塊肉。「真想念那段時光。」

「他槍法好嗎？」

「比我好。他手很穩，而且總是不慌不忙。」

「所以他在樹林裡可以生存。」

艾迪冷冷看了她一眼。「已經五年了。怎麼，你以為他還在那裡，活得像個山裡的野人？」

「那麼，你認為他在哪裡？」

艾迪把刀子放進一個水桶裡，滲了血的水濺到水泥地上。「你找錯人了。」

「那正確的人是誰？」

「不是尼克。他不會殺人的。」

珍看著那隻死鹿，左腿現在只剩下骨頭。「他們發現尼克的哥兒們泰隆的時候，他被開膛剖腹，像這隻鹿一樣倒吊著。」

「所以呢？」

「尼克是獵人。」

「我也是，可是我沒殺過任何人。我只是餵飽我的家人，這種事情你們這些人老早就脫離了，你們大概連剔骨刀都沒用過。」他從桶子裡拿起那把涮過水的刀子，朝珍遞過去。「你來試試看吧，警探。來，拿去。割下一塊肉，體驗一下自己辛勞獲得晚餐的感覺。或者你怕自己的手沾上血？」

珍看到他眼裡的鄙視。啊不，一個城裡姑娘絕對不會弄髒雙手的。都是靠提布鐸兄弟這樣的男人去打獵、耕種、宰殺，她才有牛排可吃。她可能瞧不起他這種人，但他也一樣，瞧不起她這種人。

她接過刀，走向那隻公鹿，然後深深劃下一刀，深達骨頭。當冰冷的肉割開，她聞到這隻鹿前世的所有氣味：新鮮的青草、橡實、森林青苔。還有血，野生而帶著銅味。肉從骨頭上剝離，一塊扎實的紫色，她扔進了盆子裡。她沒看艾迪一眼，就繼續又動手割下一塊。

「如果尼克沒殺掉他的朋友泰隆，」她說，刀子劃過肉。「那你認為是誰殺的？」

「不曉得。」

「尼克有暴力前科。」

「他不是聖人。他跟別人打過架。」

「他跟泰隆打過嗎？」

「一次。」

「據你所知。」

艾迪拿起另一把刀，伸手到屠體內部，開始割一條里脊肉。他的刀子離她只有一臂之遙，但她冷靜地又從腿上割下一大塊肉。

「泰隆也不是聖人，他們兩個又都愛喝酒。」艾迪拉出那條血淋淋的里脊肉，滑溜得像鰻魚，然後扔進盆裡。然後他把刀子在冰冷的水裡涮了一下。「只因為一個人偶爾失控，並不表示他就是怪物。」

「或許尼克不光是失控而已。或許他們吵得太兇，導致了比打架還要糟糕很多的結果。」

艾迪直直看著她。「那他為什麼要把他掛在樹上，就放在外頭，隨便什麼人都可以發現？尼克又不笨。他知道怎麼掩蓋形跡。要是他殺了泰隆，他會把他拖到樹林裡，挖個洞埋了。或者把屍塊散佈到各處，好讓動物吃掉。泰隆的死法很不正常，很病態。那不會是我弟幹的。」他走到房間另一頭的工作檯去磨刀，所有的對話暫時中斷，只有磨刀機發出的吱嘎響聲。鋼盆裡的肉現在已經堆得很高，至少有九公斤了，還剩半隻鹿的肉還沒處理完。敞開的車庫外頭，細細的凍雨降下。這條冷清的鄉村道路上沒幾棟房子，過去半小時她沒看到汽車經過。而眼前，他們身在這片荒郊野外，看著一個憤怒的男人磨著他的刀。

「你弟弟以前常去波士頓嗎？」她在磨刀的尖嘯聲中喊道。

「有時候，不常去。」

「他提到過一個叫里昂．勾特的人嗎？」

艾迪抬頭看了她一眼。「原來就是因為這個？里昂．勾特的謀殺案？」

「你認識他？」

「不認識，不過我當然聽過他的名字。大部分獵人都聽過。他太貴了，我請不起，不過如果你想把你的獵物剝製成標本，勾特是最佳人選。」艾迪暫停下來。「這就是為什麼你會跑來這裡，問起尼克？你認為他殺了勾特？」

「我們只是想知道他們是不是彼此認識。」

「我們在《戰利品獵人》雜誌上讀過勾特的報導。我們還跑去過卡貝拉獵具店，看他剝製的一些大型動物標本。但據我所知，尼克從來沒見過他。」

「他去過蒙大拿州嗎？」

「幾年前。我們一起去的，去黃石公園玩。」

「到底是幾年前？」

「有差嗎？」

「對，有差。」

艾迪放下正在磨的刀子，然後靜靜地說：「你們幹嘛問起蒙大拿州？」

「還有其他人被殺害，提布鐸先生。」

「你的意思是，像泰隆那樣？」

「有一些類似的地方。」

「其他人是誰？」

「獵人，在蒙大拿州，事情發生在三年前。」

艾迪搖搖頭。「我弟弟五年前就失蹤了。」

「可是他去過蒙大拿，他熟悉那一州。」

「我們他媽的是去黃石公園玩！」

「那內華達州呢？」佛斯特問。「他去過嗎？」

「沒有。怎麼，你們認為他也在那裡殺了什麼人嗎？」艾迪輪流看著珍和佛斯特，冷哼一聲。「你們還有別的謀殺案，想算在尼克頭上嗎？他反正沒辦法為自己辯白了，所以你們乾脆就把所有沒破的懸案全都套在他頭上算了。」

「他人在哪裡，艾迪？」

「我知道就好了！」他懊惱地伸手擊向一個空盆，那盆子摔到水泥地上，發出刺耳的匡嚐聲。「我真希望你們他媽的警察可以做好你們他媽的工作，找出答案來！但結果你們只是不斷來騷擾我，問我尼克在哪裡。我已經五年沒見過他或聽過他了。我最後一次看到他，他就在門廊上跟泰隆喝酒。那時他們正在拌嘴，為了他們在露營場弄來的一些垃圾。」

「弄來？」珍冷哼一聲。「你的意思是，偷來的。」

「隨便啦。不過那不是吵架，好嗎？那只是——熱烈的談判，如此而已。然後他們離開，去泰隆家，就這樣，那就是我最後一次看見他。幾天後，州警跑來這裡。他們發現尼克的卡車停在步道起點。而且他們發現了泰隆的屍體。不過他們始終沒找到任何尼克的蹤跡。」艾迪好像疲倦得再也站不住，跌坐在一張凳子上，呼出一口大氣。「我所知道的就是這樣，沒別的了。」

「你剛剛說，尼克的卡車停在步道起點。」

「沒錯。警方猜想他是進入荒野地帶，認為他就像藍波躲在森林裡，靠野外求生活下去。」

「那你認為發生了什麼事？」

有好一會兒，艾迪沉默不語，只是低頭看著自己生了繭的雙手，指甲上結著一層乾掉的血。

「我想我弟弟死了，」他輕聲說。「我想他的骨頭四散在某個地方，我們只是還沒找到而已。也可能他就像泰隆一樣，被吊在某棵樹上。」

「所以你認為他被謀殺了。」

艾迪抬起頭看著她。「我想他們在那裡碰見了另一個人，在樹林裡。」

21

波札那

太陽升起時，我獨自置身於荒野中。我已經在黑暗中跌跌撞撞地走了好幾個小時，不曉得距離營地有多遠；我只知道自己在往下游的某處，因為一整夜，我一直聽到河流的聲音在我左邊。當天空變亮，從粉紅色轉為金色，我渴得跪在水邊，像個野獸似地喝著水。才不過昨天，我會堅持要把水煮沸，或先用碘淨化。我會擔心水裡有各種可怕的微生物，隨著每一口都會喝下致命的細菌和寄生蟲。但現在一切都無所謂了，因為我反正會死掉。我雙掌捧起水，貪婪地喝著，喝得水都濺到臉上，從下巴流淌而下。

最後終於喝飽了，於是我往後蹲，凝視著對岸的一叢莎草，還有更遠處的樹和搖曳的青草。對於居住在這片綠色異國世界的生物來說，我只不過是一塊走動的肉食來源，無論看向哪裡，我都想像著會有牙齒等著要吃掉我。隨著太陽升起，鳥類也開始聒噪鳴唱，我抬頭，看到禿鷹在天空懶懶地兜著圈子。牠們已經鎖定我當成下一餐了嗎？我轉向上游，朝營地的方向看去，看到了自己沿著河岸留下了一道清楚的足跡。我想到強尼，他連最模糊的爪印都可以輕易看得出來。對他來說，我的足跡一定就像霓虹燈般顯眼，一點都不難找。現在天亮了，他會來獵殺我了，因為他不能放過我。因為所有曉得發生過什麼事的人都死了，只剩我這個活口。

我站起來，繼續往下游逃。

我不准自己去想理查或其他人。我唯一要專注的事情，就是設法活下去。恐懼讓我持續往前走，推著我更深入荒野。我不曉得這條河會流到哪裡去。我還記得旅遊指南書上提到過，奧卡萬戈三角洲上的眾多河流和小溪，是源自安哥拉高原的降雨。一年一度氾濫的洪水，形成了眼前這些小湖泊和沼澤，眾多的野生生物也從水中神奇地湧現，最後河水會流入乾燥的喀拉哈里沙漠。我抬頭打量了一下太陽的方向，現在太陽剛升到樹梢上。我正在朝南走。

而且我好餓。

我的隨身背包裡有六根能量棒，每根兩百四十卡洛里。我還記得之前在倫敦把這些能量棒塞進行李箱裡，只是為了以防萬一我受不了非洲荒野的食物，我也記得當時理查嘲笑我的味蕾毫無冒險精神。我三兩下就吃掉了一根能量棒，硬逼著自己把剩下的五根留到以後再吃。如果我緊靠著河流走，至少就會有喝不完的水，雖然裡頭當然也會帶有大量我連唸都不會唸的疾病。但是水邊也很危險，因為掠食動物和獵物常常會出現，這裡也是生死的交會之處。我腳邊有一個動物的頭骨，被太陽曬成了白色。某種類似鹿的生物在這片河岸性命告終。一道波紋擾動水面，一隻鱷魚小小的圓眼珠冒出來。這個地方不宜逗留。我轉向進入草叢，發現這裡有一條被踩平的小徑。印在土地上的腳印告訴我，這是一群大象踩出來的足跡。

當你害怕時，一切事物都變得清晰無比。你會看到太多，聽到太多，我被一連串迅速切換的影像和聲音淹沒了，任何一個都可能是我喪命前的唯一警訊，我必須一口氣全部處理。那片草的搖擺？只不過是有風吹過。藺草上方忽然有俯衝的模糊雙翼？一隻魚鷹。林下灌木叢裡傳來的窸窣聲？只是一隻疣豬漫步經過。黃褐色的高角羚和顏色更深的非洲水牛在遠方沿著地平線走過去。舉目所見，到處都是生命，在飛翔、聒噪、游水、進食。美麗又飢餓又危險。而且現在蚊子發現我了，正在盡情享受我的血。我珍貴的藥丸放在帳篷裡，所以我的死法清單上又加上了瘧疾，另外還有被獅子咬死、被野牛踩死、被鱷魚拖進水裡淹死，以及被河馬壓死。

氣溫逐漸升高，蚊子也變得更殘酷。我邊走邊拚命揮手趕，但牠們愈來愈密集，形成一朵叮咬的濃雲，讓我無法脫逃。絕望之餘，我只好回到河岸，雙手挖起一把爛泥，塗在臉上和脖子上和手臂上。那黏滑的淤泥裡有腐爛的植被，臭得讓我乾嘔起來，但是我塗了一層又一層，直到自己完全被爛泥包住。我站直身子，像個從污泥裡冒出來的原始生物。像亞當。

我繼續循著那條大象踩出來的通道往前。牠們也偏愛沿著河畔而行，我邊走邊看到了其他腳印，於是知道很多不同生物也會利用這條路線。這是非洲荒野的高速公路，我們全都跟著大象的足跡往前走。要是高角羚和旋角羚會走這條路，那麼獅子當然也會來。

這又是另一個殺戮區，掠食者會在這裡找到獵物。

但小徑兩旁的長草裡隱藏著同樣多的威脅，我也沒有力氣在這片茂密的荒野裡開出自己的路。我必須趕緊往前走，因為正在後頭追趕我的是強尼，最殘酷無情的掠食者。為什麼我一直拒絕看到這一點？當其他人一個接一個被除掉，他們的肉與骨餵給這片飢餓的大地，我卻對他的把戲視而不見。強尼看著我的每個表情，對我說的每一句體貼話，都只是殺人的前奏而已。

太陽升到最高點時，我還在大象小徑上跋涉。身上的爛泥已經結成一層硬殼，我吃著第二條能量棒時，一塊塊爛泥就掉進我嘴裡，我照樣吃下去，管他有沒有砂礫。我知道自己該省著吃，但實在已經餓壞了，而最糟糕的悲劇，就是倒下去死掉時，背包裡還有食物。那道小徑又朝水邊彎去，我來到一個小湖，那湖水好黑又一片靜止，水面映出了藍天。正午的熱氣讓大地一片靜默：就連鳥類也沉寂下來。水邊一棵樹上有幾十個奇怪的懸垂小囊，像是聖誕燈球。我熱昏了，又筋疲力盡，一時還以為自己是碰到了一片外星生物所產下的繭，留在這個沒有人會發現的地方孵化。然後一隻鳥拍翅飛過，鑽進其中一個小囊中。啊，原來是織布鳥的巢。

那個小湖的水翻動，好像有個什麼才剛甦醒。我後退，覺得這裡很不對勁，等著要抓住沒提防的人。我覺得背脊發冷，再度退回草叢裡。

那天晚上，我走進了象群中。

在這麼茂密的荒野裡，就連大象這麼巨大的東西都可能隱藏其間，然後在你沒料到的時候忽然出現。當時我正走出一片金合歡樹林，忽然間，一頭母象就在我面前。她好像跟我一樣嚇了一跳，發出喇叭似的驚叫聲，響亮得像是直接對著我轟過來。我震驚得愣住不動，整個人呆站在那裡，背後是金合歡樹林，前面是那隻大象，跟我一樣呆站著。我們彼此瞪著對方時，我看見一個個巨大的灰色形體在我周圍移動。原來是一整群大象，正在撥動大樹枝、折斷小樹枝。當然了，牠們知道我在這裡，於是暫停進食，警覺地看著這個一身乾泥巴的闖入者。牠們任何一頭都可以輕易殺掉我。象鼻一揮，大腳一踩，就可以除掉這個威脅了。我覺得那些大象全都在打量我，決定我的命運。然後一頭象冷靜地舉高鼻子，折斷一根小樹枝，送進口中。隨後一隻接一隻，牠們又開始進食。牠們已經做出判決，決定暫緩我的死刑。

我悄悄溜回樹林裡，走向一棵高高聳立在眾多金合歡樹之上的雄偉大樹。我沿著粗壯的樹幹往上爬，一直爬到那群大象上方夠高的地方。然後我安頓在一棵大樹枝的彎曲處。就像我靈長類的祖先一樣，我在樹上找到了安全。遠處傳來鬣狗的嘎嘎叫聲和獅子的吼聲，警告著黃昏的戰鬥即將來臨。從我棲身的高處，我看著太陽西沉。在樹下的陰影中，大象繼續進食，樹葉沙沙聲和腳步拖曳聲令人覺得好安心。

整個黑夜隨著尖叫聲和吼聲而熱鬧起來，星星眨著眼，在黑色的夜空中一片晶亮。隔著頭頂上交錯的樹枝，我看到了天蠍座，剛到這片荒野的第一夜，強尼指給我看過。他教過我好多在這片荒野生存的技巧，這只是其中之一而已。這會兒我很納悶他為什麼要教我。好讓我有反抗的機會，成為更有挑戰的獵物嗎？

莫名其妙地，我竟然比其他人撐得更久。我想到克萊倫斯和艾列特，想到松永夫婦和兩個金髮女郎。但我想得最多的是理查，以及我們曾共度的時光。我回想起我們許下過的諾言，想起我們相擁入眠的那些夜晚。忽然間我哭了起來，為理查，為我們所擁有過的一切，而我的啜泣聲在這片吵雜的夜間大合唱裡，就像另一隻動物一般。我哭到胸口發痛、喉嚨沙啞。直到我累得倒下。

我睡著的地方，就像一百萬年前我的祖先們那樣，在一棵樹上，在星空之下。

第四天的黎明，我拆開最後一根能量棒。我慢吞吞吃著，每一口都是在對食物的神聖力量致敬。因為這是我的最後一餐了，每一顆果仁，每一片燕麥的風味都令人欣喜，那是我以前從未真正領略過的。我想到自己以前吃過的那些假日大餐，沒有一次像這一頓這麼神聖，在一棵樹上，升起的太陽照得天空一片金光。我舔掉包裝紙上最後幾粒碎屑，然後爬下樹，來到河岸，像是在祈禱般跪下，喝著奔流的水。

我站起來，覺得奇異地飽足。我不記得飛機預定哪一天會回到那片降落跑道，但現在其實也不重要了。強尼會告訴飛行員說發生了一場可怕的災禍，所有人都死了，沒有人活著可供搜尋了。不會有人來找我。對這個世界來說，我已經死了。

我從河裡挖起泥巴，在臉和手臂又塗上新的一層。我已經感覺到太陽的熱力曬在後頸，成群蚊子從藺草叢中升起。白天才剛開始，我已經累壞了。

我逼自己站起來，再度向南跋涉。

次日下午，我餓得彎腰，抱著絞痛的肚子。我去河邊喝水，希望水能減緩疼痛，但是我喝得太多又太急，結果全都吐出來了。我跪在泥巴裡邊吐邊哭。如果現在能放棄，那就太輕鬆了，我可以躺下來，讓動物結束我的生命。我的肉，我的骨頭，都會被這片荒野吃掉，永遠成為非洲的一部分。人類起源自這片土地，而我又回到了這片土地。這裡是很適合的葬身之處。

水裡有個什麼發出潑濺聲，我抬頭，看到兩隻耳朵冒出水面。是河馬。我靠得太近而驚動了牠，但我再也不怕了，再也不在乎自己是死是活。雖然牠知道我在這裡，但牠還是繼續蠻不在乎地曬太陽。渾濁的河水隨著小魚和昆蟲的活躍而泛起陣陣波紋，不時還有從天而降的鶴。在這個我即將死去的地方，卻有這麼多生命。我看著一隻昆蟲朝一叢莎草飛去，忽然間我餓得連那隻蜻蜓都可以吃下肚。但我動作不夠快，伸手去抓，只抓到一把粗而多纖維的莎草。我不曉得會不會被毒死，但我不在乎。我只是想找些東西填滿我的胃，減輕絞痛。

我從背包裡找出折疊小刀，割下一把莎草，咬著草莖。那草莖的外皮很柔軟，裡面吃起來黏糊糊的。我嚼了又嚼，嚼到嘴裡只剩一團硬硬的纖維，這才吐掉，覺得肚子裡的絞痛緩和了。我又割了一把莎草啃著，像個動物。像冷靜地在附近吃青草的河馬。割了又嚼，嚼了又割。隨著每一口，我把這片荒野吃下肚，感覺到自己與這片大地合而為一。

我，米莉．傑可布森，已經來到了人生的盡頭。我跪在河邊，聽天由命。

22

波士頓

莫拉看不到牠，但知道牠正在觀察她。

「那裡，就在岩架上面，」動物園的大型貓科動物專家阿倫・羅茲博士說。「牠就在那一叢草後頭。很難看得出來，因為牠的毛色跟岩石完全融為一體了。」

然後莫拉才看到那對黃褐色的雙眼，定定看著她，而且只看她，帶著掠食動物凝視獵物那種冷靜、雷射光般的專注。「要不是你，我可能根本都漏掉了，」她喃喃說。在冷風中她本來就已經發著抖，現在看到那隻美洲獅盯著她不放，她就覺得寒意更深了。

「牠可不會把你給漏掉，」羅茲說。「大概從我們轉過那個彎，進入牠的視野之後，牠就一直盯著你了。」

「你說他一直盯著我，但不是你？」

「對掠食動物來說，最重要就是找出最容易得到的獵物下手。美洲獅會先選擇小孩或女人攻擊，而不是成年男子。你看到剛剛走過來的那家人嗎？注意那隻美洲獅的反應，觀察牠的眼睛。」

在岩架上，那隻美洲獅的頭忽然轉向，然後完全警覺起來，牠肌肉如波浪般起伏，抬起身子呈蹲踞姿勢。他那對雷射眼不再看著莫拉，轉而鎖定在一個蹦跳著奔向牠展館的新目標：一個小孩。

「吸引牠的是動作和體型大小，」羅茲說。「兒童跑過牠的籠子時，那就像是撥開了大貓腦袋裡的一個開關。本能接管一切。」羅茲轉向她。「我很好奇你為什麼忽然對美洲獅有興趣。不過反正我不介意回答你的問題。」他又趕緊補充。「事實上，如果你願意的話，有空我們可以一起吃中餐，我很樂意告訴你更多。」

「我覺得貓科動物很迷人，不過我來這裡，其實是因為我手上的一個案子。」

「所以是為了公事了。」

他的口氣是失望嗎？她無法從他的表情判斷，因為他的臉已經轉向了展區，雙肘撐在護欄上，目光又回到那隻美洲獅。她想著跟阿倫·羅茲吃午餐會是什麼樣子。跟一個顯然對自己工作很熱情的男子，進行有趣的談話。她看到他眼裡的智慧，而儘管他並不特別高，但因為工作常跑野外，讓他曬得黝黑且體格健壯。她應該要愛上這種結實、可靠型的男人，但是兩人之間就是沒有火花。追求那種該死的火花從沒給她帶來過任何好處，只有哀傷；為什麼碰到一個能讓她快樂的男人，偏偏就是不來電呢？

「美洲獅的習性，怎麼會跟法醫的案子有關呢？」

「我想更了解牠們的獵食模式。想知道牠們是怎麼殺掉獵物的。」

他朝她皺起眉頭。「麻州發生了美洲獅攻擊事件嗎？那就可以證實我聽到的那些傳言了。」

「什麼傳言？」

「關於麻州出現了美洲獅。新英格蘭各地都有人說看到了美洲獅，但目前牠們就像鬼魂，只有人宣稱看到，但從來沒證實過。只除了幾年前康乃狄克州死掉的那隻。」

「康乃狄克州？是動物園逃出來的嗎？」

「不，那隻一定是野生的。在米爾福德的高速公路上，被一輛越野休旅車撞死。根據DNA分析結果，牠是源自南達科塔州的一個野生美洲獅群，遷徙到這邊。所以美洲獅一定是來到了東岸。很可能麻州這邊也有。」

「我覺得這樣好可怕。但你的口氣好像很興奮。」

他難為情地笑了。「鯊魚專家熱愛鯊魚。恐龍專家為暴龍而瘋狂。這不表示他們自己想碰到鯊魚或暴龍，但我們都對大型掠食動物很驚歎。你知道，以前北美洲有很多美洲獅，到處都有，但後來東岸的跑光了。我覺得牠們又回來的消息很令人振奮。」

帶著小孩的那一家人離開這個展示區，沿著動物園的參觀步道往前走了。那隻美洲獅的目光又回到莫拉身上。「如果麻州有美洲獅，」她說，「大家就不敢去樹林裡散步了。」

「這一點我倒是不會太緊張。看看加州有多少美洲獅。夜間動作偵測攝影機拍到牠們在洛杉磯的葛瑞菲斯公園裡到處遊蕩，但你很少聽到有什麼事故發生，雖然牠們不時會攻擊慢跑者和單車客。那是天生的，牠們就是會去追奔跑的獵物，所以移動的東西特別吸引牠們的目光。」

「所以碰到美洲獅的話，我們就該停下來面對牠們？反擊？」

「老實說，你根本不會看到美洲獅接近你。等到你意識到有美洲獅，牠們的爪子已經抓住你的脖子了。」

「就像黛比・羅培茲。」

羅茲頓了一下，然後低聲說：「對，就像可憐的黛比。」他看著她。「所以麻州有美洲獅攻擊事件嗎？」

「那是內華達州的案子。在內華達山脈。」

「那邊鐵定有美洲獅。那個案子的狀況是怎麼樣？」

「被害人是女性背包客。她的屍體被發現時，已經被食腐的鳥類吃過了，不過有幾個細節讓法醫認為可能是美洲獅攻擊。首先，被害人被移除內臟了。」

「大型貓科動物常有這樣的習性。」

「另一個讓法醫疑惑的，就是屍體發現的地點。是在一棵樹上。」

他瞪著她。「樹上？」

「她被放在一根大樹枝上，離地大約十呎。問題是，她是怎麼上去的？有可能是美洲獅拖上去的嗎？」

他想了一會兒。「這不是美洲獅的典型行為。」

「之前那隻豹殺死黛比・羅培茲之後，就把她拖到岩架上。你說過牠那樣做是出自本能，要保護自己的獵獲物。」

「沒錯，那是非洲豹的典型行為。在非洲荒野，牠們要面對其他大型肉食動物的競爭——獅子、鬣狗、鱷魚。把大型獵獲物拖到樹上，才能避免其他食腐動物的搶奪。一旦把獵獲物安全地藏在樹枝間，那隻豹就可以慢慢享用。在非洲，當你看到一隻死掉的高角羚在樹上，那就一定是豹拖上去的。」

「那美洲獅呢？他們會利用樹來儲藏獵獲物嗎？」

「北美的美洲獅不必面對非洲那樣的食腐動物競爭。美洲獅可能會把獵物先拖到茂密的灌木叢或洞穴裡再吃。但拖到樹上？」他搖搖頭。「這就稀奇了。那比較像是非洲豹的行為。」

莫拉又轉身面對著展區。那隻大貓的雙眼依然牢牢盯著她，好像只有她可以滿足牠的飢餓。「再多談一些豹的事情吧。」她輕聲說。

「我很懷疑內華達州有任何豹，除非是從動物園脫逃的。」

「不過我還是想多了解這種動物。牠們的習性。牠們的獵食模式。」

「唔，我最熟悉的就是非洲豹。另外還有一些亞種——遠東豹、印度豹、華北豹——不過相關研究比較少。在被人類獵殺得瀕臨滅絕之前，亞洲、非洲各地都有豹的蹤跡，最遠甚至到英格蘭。看到現在全世界的豹沒剩下多少，真是讓人難過。尤其是因為我們人類的演化，有一部分也要拜牠們之賜。」

「怎麼說？」

「有個理論說，早期非洲人科動物所吃的肉，並不是靠打獵得來，而是偷取豹存放在樹上的。那應該就等於是當時的速食店。不必親自去追殺高角羚，只要等著豹去動手，再把獵物拖上樹。豹會先吃飽了，然後離開幾個小時。這時候，你就可以趁機去偷剩下的屠體。這種現成的蛋白質來源，可能增進了我們祖先的腦力。」

「那些豹不會阻止你嗎？」

「有人用無線項圈攝影機觀察證實了，白天時，豹不會守著自己的獵獲物。牠們會先大吃一頓，離開一陣子，幾個小時後再回來吃。因為屠體通常都已經清掉內臟，肉可以保持幾天內不腐壞。這讓人科動物有機會溜去偷晚餐。但是你說得沒錯，這種事不會沒有風險。古代豹的洞穴裡，就有很多史前人科動物的骨頭。我們偷牠們的晚餐，而牠們有時候也會拿我們當晚餐。」

莫拉想著自己家裡那隻貓，牠觀察她的專注程度，就跟眼前這隻美洲獅沒兩樣。貓科動物和人類之間的關係，不光是掠食動物和獵物那麼簡單而已。一隻家貓可能坐在你的膝上、從你手裡吃東西，但牠還是有獵殺的本能。

我們也一樣。

「牠們孤僻嗎？」莫拉問。

「是的，大部分貓科動物都習慣獨來獨往。獅子是例外。豹尤其孤僻。母豹會扔下幼豹離開長達一星期，因為牠們寧可獨自去打獵、覓食。到了一歲半，幼豹就會離開母親，出去建立自己的活動範圍。除了繁殖期間，牠們都獨來獨往。非常隱密、非常難看到。牠們是夜間獵食，而且以偷襲聞名，所以你就明白，為什麼豹在古代神話中有那麼鮮明的地位。這些神話會讓古代人很害怕黑暗，因為他們知道，任何一個夜晚，你可能都會發現一隻豹的下顎鉗住你的喉嚨。」

莫拉想到黛比．羅培茲，這種恐懼會是她所意識到的最後一件事。她回頭看了幾呎外的花豹館一眼。自從黛比死後，那隻豹的籠子外就加裝了一層暫時的遮板，但兩個遊客現在正站在那裡，拿著手機拍照。死亡就像搖滾巨星，總是能吸引觀眾。

「你剛剛說，大貓會把獵物的內臟先清掉，」她說。

「那是牠們的進食習慣。豹會先從臀部撕開體腔，讓內臟掉出來，在二十四小時之內先吃掉。這讓獵獲物的肉不會太快腐敗，往後可以慢慢再吃。」他暫停下來，因為他的手機響了。他一臉歉意地接了電話。「喂？啊老天，瑪西，我完全忘了。我馬上趕過去。」他歎著氣掛上電話。「抱歉，不過他們等著我去參加一個董事會議。又是有關募款的事情。」

「謝謝你見我。你幫了很多忙。」

「沒問題。」他沿著步道往前走，然後又回頭喊道：「如果你想在閉園時間來參觀，隨時通知我！」

莫拉看著他匆匆轉彎，然後忽然間，又只剩下她孤單一人，在寒風中發抖。

不，不完全孤單。隔著空豹籠的鐵柵，她看到了金髮，像是獅子的黃褐色鬃毛，還有穿著褐色刷毛夾克的寬闊肩膀。那是動物園的獸醫歐伯林醫師。片刻間，他們四目相對，像兩隻機警的動物不期然地在荒野中面對面。然後他簡單地點個頭，揮揮手，就又回到灌木叢後頭消失了。

像美洲獅一樣看不見，她心想。我之前根本不曉得他在那兒。

23

「如果這些不同州的攻擊事件真的彼此相關的話，那我們面對的就是一套高度複雜的儀式行為。」羅倫斯·札克醫師說。身為波士頓警察局的犯罪心理學家顧問，札克蒼白、龐大的身影常常出現在重案組。這天上午，他站在會議室內桌首的位置，看著莫拉和其他四名警探。札克身上有一種令人不安的爬蟲類特質，當他的目光掃過莫拉，她覺得就像是一隻蜥蜴的舌頭涼涼地拂過她的臉。

「先不要操之過急，」克羅警探說，「我們還不確定這些攻擊是彼此相關的。提出這個理論的是艾爾思醫師，不是我們。」

「而且我們還在追查，」珍·瑞卓利說。「佛斯特跟我昨天開車到緬因州，去查一個發生在五年前的案子。一個叫布蘭登·泰隆的被害人被發現開膛剖腹，吊在一棵樹上。」

「那你們有什麼感想？」札克問。

「沒有進一步收穫。緬因州警局只鎖定一個嫌疑犯，叫尼克·提布鐸的。他和被害人很熟。兩個人可能大吵一架，導致殺人。」

克羅說：「我打了電話去蒙大拿和內華達，跟承辦案子的警探談過。他們相信兩個事件都可能是美洲獅攻擊。我看不出這些外州的案子，或是緬因州的那起兇殺案，跟我們的案子怎麼扯得上關係。」

「這些案子都有共通的象徵性，」莫拉說，無法再保持沉默了。她不是警察，也不是心理學家，但札克醫師邀她來，於是她再一次成為這個會議的闖入者。這會兒每個人都轉過來看著她，她覺得那種懷疑的態度形成一堵牆，擋在她面前，而她必須把這堵牆打倒。克羅是全力抗拒。佛斯特和珍都試圖表現出開放態度，但她聽得出珍的聲音缺乏熱情。至於強尼・譚，他還是跟以往一樣莫測高深，不透露自己的意見。

「我請教過羅茲博士之後，才明白這些案子的共同點，就是豹的生物特性。豹打獵的方式，進食的方式，把獵獲物拖到高處的方式。這些被害人都有。」

「所以我們要找的兇手是誰？」克羅嗤笑。「豹人？」

「你開玩笑沒關係，克羅警探，」札克說。「但是不要排除艾爾思醫師的理論。她昨天打電話跟我談的時候，我本來也很懷疑。然後我仔細看了那些外州的兇殺案。」

「內華達和蒙大拿的案子，未必是兇殺案。」克羅指出。「再說一次，那邊的法醫說這些案子有可能是美洲獅攻擊。」

「羅茲博士說，美洲獅通常不會把獵獲物拖到樹上，」莫拉說。「而且那兩組人的其他成員呢？內華達州那一組有四個背包客，只有一個被發現。蒙大拿州那一組有三個獵人，找到的遺骸只有兩個人。美洲獅不可能把他們全部殺掉。」

「或許是一個美洲獅家族。」

「根本就不是美洲獅。」莫拉說。

「你知道，艾爾思醫師，你的理論變來變去，我有點跟不上。」克羅看了會議桌一圈。「一開始，你說這個兇手痛恨獵人，所以才會把獵人吊起來又開膛剖腹。現在是怎樣？又變成某個自以為是豹的瘋子？」

「他不見得是瘋子。」

「嘿，如果我走來走去，假裝自己是一隻豹，」克羅說，「你們就會找精神病院的人把我抓去關起來。」

珍咕噥道：「拜託，我們可以現在就安排嗎？」

札克醫師說：「你得聽聽艾爾思醫師的說法。」他看著莫拉。「有關勾特先生屍體的狀況，麻煩你再跟我們描述一次吧。」

「我們都看過驗屍報告了，」克羅說。

「無論如何，讓她再描述一次那些傷口吧。」

莫拉點點頭。「顱骨的右頂骨有一道壓迫性裂傷，符合鈍器擊打的特徵。另外胸部有幾道平行劃傷，大概是死後造成的。甲狀軟骨有幾處擠壓傷，很可能導致被害人窒息。一道切口從胸骨的劍突開始，往下直到恥骨，胸腔和腹腔的內臟都移除了。」她暫停。「還要我繼續講下去嗎？」

「不必了，我想這樣已經夠清楚了。現在我要唸一段話，是一位醫師的描述，來自另一個犯罪現場。」札克戴上眼鏡。「『被害人是女性，大約十八歲，黎明時分被發現死在她的小屋裡。她的咽喉被壓爛，臉部和頸部被某種看似多爪的物體撕開，她的肉嚴重毀損，看起來被吃掉了一部分。腸子和肝臟不見了，但我注意到一個特別的細節，就是腸子一端切得很整齊。進一步檢查後，我發現腹部的切口特別直而俐落——我所知道的野生動物不可能造成這樣的傷口。因此，儘管我的第一印象認為這位可憐的被害人是遭到豹或獅子的攻擊，但最後我必須下結論，毫無疑問，行兇者是人類。』」他放下那份資料。「你們一定都同意，這份報告跟艾爾思醫師剛剛所描述的，有不可思議的相似之處吧？」

「那是什麼案子？」佛斯特問。

「這是一位在獅子山工作的德國傳教士醫師所寫的。」札克暫停。「在一九四八年。」會議室裡忽然一片死寂。莫拉看了一圈，發現佛斯特和譚一臉震驚，而克羅臉上的表情則是懷疑。那珍在想什麼？認為我終於發瘋，現在開始追逐鬼魂了？

「我就直說吧，」克羅說。「你認為這個兇手在一九四八年就開始幹這種事？這麼一來，他大概就是八十五歲了吧？」

「那根本不是我們的意思，」莫拉說。

「那你的新理論到底是什麼，艾爾思醫師？」

「我們的意思是，這類儀式性謀殺案，在歷史上是有前例的。今天所發生的事情——平行的抓傷、移除內臟——過去幾個世紀以來，都不斷在發生。」

「你指的是有個異教團體？還是鬼魂？還是又回到了豹人？」

「老天在上，讓她把話說完吧，克羅。」珍看著莫拉。「我只希望你要講的不光是超自然的怪事。」

莫拉說：「這個非常真實。但首先我們要先介紹一點歷史，回到將近一世紀之前。」她轉向札克。「可以麻煩你跟他們介紹一下背景嗎？」

「樂意效勞。因為這段歷史很迷人，」札克說。「大概是一次世界大戰期間，西非出現了幾樁神祕死亡。被害人有男有女，還有兒童。他們被發現時，身上有類似爪子造成的傷口，咽喉被劃破，內臟被移除。有些屍體還被吃了一部分。這些都是大貓攻擊的特徵，而且有一位目擊證人說他看到了一個他認為是豹的東西，溜進了荒野中。大家認為是有隻可怕的大貓在附近活動，伺機入侵村莊，攻擊睡覺中的人。

「但當地警方很快就明白，這些攻擊事件其實不是豹造成的。兇手是人類，是一個有好幾百年歷史的古老異教裡的成員。這個祕密會社跟豹非常有共鳴，因而他們的成員認為自己只要喝了人血或吃了人肉，就會變成豹。他們殺人是為了取得這種圖騰動物的力量，讓自己產生強大的威力。在執行這些儀式性的殺戮時，成員們要披上豹皮，利用鋼爪劃傷他們的被害人。」

「豹皮？」珍說。

札克點點頭。「那張雪豹皮的失竊，就因此有了新的意義，對吧？」

「這個崇拜豹的異教團體，在非洲還存在嗎？」譚問。

「還有一些傳言，」札克說。「一九四〇年代，在奈及利亞有幾打謀殺案被認為是這些豹人犯下的，甚至有幾樁是在光天化日之下行兇。當局為了鎮壓，就增加了幾百名警察，最後逮捕並處決了一些嫌犯，然後這類攻擊就停止了。但那個異教真的被摧毀了嗎？或者只是轉入地下——而且更散播到別處呢？」

「散播到波士頓來？」克羅問。

「嘿，我們這裡還有巫毒教和撒旦崇拜的案子呢，」譚說。「為什麼不可能有豹人？」

「那些非洲發生的豹人異教謀殺案，」佛斯特說，「動機是什麼？」

「有一些可能是政治性的。要除掉對手。」札克說。「但還有一些殺害婦女和兒童的案例，顯然是隨機犯案。不，背後還有別的動機，跟促使世界各地採取儀式性謀殺的異教團體是一樣的。很多信仰會採用活人獻祭，犧牲了大量的人。不論你殺人是為了恫嚇對手，還是為了安撫神明——比方古希臘的宙斯或印度教的時母——一切都歸結到同一件事：權力。」札克看著圍坐在會議桌前的所有人，莫拉再度感覺到那種爬蟲類的溼冷舌頭輕拂。「把這些謀殺案的特徵加起來，你們就會開始看得出共同點：獵殺可以帶來權力。這個兇手可能看起來完全正常，有一份正常的工作。但殺人所帶來的快感或權力感，是工作沒辦法給他的。所以他旅行各地以尋找獵物，而且他有這類旅行所需的方法和自由。還有多少死亡被錯歸為野外的意外事件？還有多少失蹤的健行客或露營客其實是他的被害人？」

「里昂．勾特不健行也不露營，」克羅說。「他是在自己家的車庫裡被殺害的。」

「或許是為了偷那張豹皮。」札克說。「豹皮是這個兇手的圖騰象徵，用於儀式性的目的。」

佛斯特說：「我們知道勾特曾在網路打獵論壇裡頭吹噓雪豹的事情。他跟所有人宣佈，他被委託要處理一隻這種罕見的動物。」

「這又再度顯示，你們的嫌犯可能是獵人。這在象徵面和實際面都說得通。豹是大自然最完美的獵人，這個兇手認同這種動物。同時他在野外很自在。但是不同於其他獵人，他追獵的目標不是鹿，而是人類。健行客或戶外活動人士。這是最終極的挑戰，而且他偏好在荒野地帶找獵物下手。內華達州的山區，緬因州的樹林，蒙大拿州。」

「波札那。」珍輕聲說。

札克皺眉看著她。「你說什麼？」

「里昂．勾特的兒子在波札那失蹤。他當初是跟著一群遊客到一個偏僻地區參加狩獵旅行。」

提到艾列特．勾特，莫拉的心跳忽然加快。「就跟那些背包客一樣。就跟那些獵人一樣，」她說。「他們進入荒野地帶，從此再也沒有人看過他們。」模式。一切的關鍵就在於找出模式。她看著珍。「如果艾列特．勾特也是被害人之一，那表示這個兇手六年前就開始找獵物下手了。」

珍點點頭。「在非洲。」

那份國際刑警組織波札那國家中心局發來的電子檔案，在珍．瑞卓利的電腦裡面放了好幾天了。整份檔案有將近一百頁，裡頭包括了來自波札那馬翁的警察單位、南非警方、約翰尼斯堡國際刑警組織分支單位的報告。她剛收到檔案時，還不相信這個案子和六年後的里昂．勾特有關，於是只大略瀏覽了一下。但是內華達州失蹤的健行客和蒙大拿州失蹤的獵人，與艾列特．勾特那場在劫難逃的狩獵旅行，實在相似得令人不安，於是現在她坐在自己的辦公桌前，點開了那份檔案。就在兇殺組不時冒出電話鈴聲，且佛斯特在座位上把三明治包裝紙揉得沙沙作響時，珍再度閱讀那份檔案，但這回仔細得多。

國際刑警組織的報告有一份事件和調查摘要。六年前的八月二十日，來自四個不同國家的七名遊客，在波札那馬翁搭上了一架叢林小飛機，飛到奧卡萬戈三角洲。他們降落在一條偏僻的飛機跑道上，和來自南非的野外嚮導與追蹤師會合。這場狩獵旅行將進入三角洲深處，每天晚上都在不同的地點過夜，他們搭乘貨車旅行，住在帳篷內，以野生動物為食。那位野外嚮導的網頁上保證：「在地球上少數僅存的原始樂園中，進行一場真正的荒野歷險。」

對這七位不幸遊客的其中六位而言，這場歷險成了一場永別之旅。

珍點了下一頁，那是一份已知被害人清單，其中列出了他們的國籍，以及遺體是否已尋獲。

席維雅·范奧夫維根（南非）。失蹤，推測已死亡。未發現遺體。

薇薇安·克勞斯維克（南非）。死亡。尋獲部分遺體，DNA檢測確認。

艾列特·勾特（美國）。失蹤，推測已死亡。未發現遺體。

松永伊佐夫（日本）。死亡，發現遺體埋葬在營地。DNA檢測確認。

松永慶子（日本）。失蹤，推測已死亡。未發現遺體。

理查·倫威克（英國）。失蹤，推測已死亡。未發現遺體。

克萊倫斯·英格波（南非）。死亡。尋獲部分遺體，DNA檢測確認。

她正要點下一頁時，忽然又停下來，雙眼看著被害人清單中的一個名字。那名字喚起了一段模糊的記憶。為什麼感覺上很熟悉？她努力回想這個名字所喚起的影像，然後想起了另一份清單，裡頭有同樣的姓。

她轉向正在開心大吃火雞肉三明治的佛斯特。「你有緬因州那份布蘭登·泰隆命案的檔案嗎？」

「有啊。」

「你看過沒？」

「看過了。大部分內容都是巴柏警探告訴過我們的。」

「裡頭有一份清單，列出他們在泰隆的車庫裡所發現的贓物。可以再讓我看一下嗎？」

佛斯特放下三明治，翻查著他辦公桌上的一疊疊檔案。「我不記得裡頭有什麼特別值得注意的東西。幾台相機、幾張信用卡和一個iPod……」

「不是還有一個銀製打火機？」

「是啊。」他拿出一個檔案夾遞給她。「所以呢？」

她翻著那份檔案，找到了布蘭登·泰隆和尼克·提布鐸在那個緬因州露營區的帳篷和汽車裡所偷來贓物的清單。她往下瀏覽，停留在一件她記得的項目。香菸打火機，標準純銀。上面刻著名字：R·倫威克。她望向自己的筆記型電腦，看著波札那的那些被害人姓名。理查·倫威克（英國）。失蹤，推測已死亡。

「我的老天，」她說，伸手拿電話。

「怎麼了？」佛斯特說。

「或許沒事。或許很有事。」她按了一個電話號碼。響了三聲後，一個聲音接了：「我是巴柏警探。」

「嘿，我是珍．瑞卓利，波士頓警局的。你知道你給我們的那份布蘭登．泰隆謀殺案的檔案？裡頭有份清單，登記了你們在泰隆的車庫裡找到的贓物。」

「是啊。就是他和尼克在露營區偷來的東西。」

「那些贓物，你們都找到物主了嗎？」

「大部分。信用卡、上頭有名字的東西都很容易找到。我們找回露營區贓物的新聞發佈之後，又有其他幾個物主來認領。」

「我對其中一件特別感興趣。一個純銀打火機，上頭刻了名字的。」

巴柏毫不猶豫地說：「這個一直沒找到物主。」

「你確定沒有人來認領過？」

「確定。每個來認領的人，我都會訪談一下，因為他們有可能在露營區看到了什麼，說不定看過尼克和泰隆在那裡。但那個打火機始終沒有人來認領，我還滿意外的。因為那是標準純銀的。顯然很貴。」

「你有試著追查上頭刻的名字嗎？R．倫威克？」

巴柏大笑。「你試試看去Google搜尋R．倫威克吧。大概會有兩萬筆結果。我們唯一能做的，就是發佈消息，希望物主能聯絡我們。或許物主沒聽到消息，也或許他根本沒發現搞丟了。」巴柏暫停一下。「你為什麼問起那個打火機？」

「那個名字，R・倫威克。出現在另一個案子。有個被害人叫理查・倫威克。」

「哪個案子？」

「多重謀殺，六年前。在波札那。」

「非洲？」巴柏冷哼一聲。「那也扯太遠了。你不認為那個名字比較可能是巧合嗎？」

或許，珍掛上電話時心想。也或許這個名字能把所有案子全都串在一起。六年前，理查・倫威克在非洲被謀殺。一年後，一個刻著R・倫威克的打火機出現在緬因州。是裝在兇手的口袋裡來到美國的嗎？

「你要不要告訴我發生了什麼事？」佛斯特說，看著她又開始撥電話。

「我得查出一個人的下落。」

他看著她背後的筆記型電腦螢幕。「波札那的檔案？這跟我們的案子有什麼——」

珍舉起一手示意他安靜，同時聽到她丈夫慣常的簡短開場白。「我是嘉柏瑞・狄恩。」

「嘿，探員先生。你能不能幫我個忙？」

「讓我猜猜看，」他笑著說。「家裡又沒有牛奶了。」

「不是，這回要動用你聯邦調查局的身分。我想找一個人，但是不曉得她人在哪裡。你有個好朋友在國際刑警組織，駐南非的單位。叫韓克什麼的。」

「韓克・安吉森。」

「對，或許他可以幫我。」

「是跨國案子嗎？」

「波札那的一樁多重謀殺案。我跟你提過，幾個遊客去狩獵旅行時消失了。問題是，那是六年前的案子了，我不曉得這個人現在人在哪裡。我猜想她回倫敦了。」

「她叫什麼名字？」

「米莉・傑可布森。唯一的倖存者。」

24

南非

過去五天的每天早晨，都有一隻胭脂紅蜂虎鳥來拜訪那棵瓶刷樹。即使我拿著一杯咖啡走進後院，那隻鳥還是毫不驚擾，像個鮮豔的紅色裝飾品，棲息在茂盛的樹叢和花朵中。我一直很努力整理這個花園，挖土、施肥、除草、澆水，把這塊灌木叢生的荒地打造成我的私人隱居處。但在這個溫暖的十一月天，我卻對滿園的夏日繁花或那隻來訪的蜂虎鳥幾乎視而不見。昨天晚上的那通電話讓我心煩意亂，根本沒法思考別的事情了。

克里斯也來到後院加入我，當他拿著咖啡在戶外餐桌的對面坐下來時，我聽到鍛鐵椅子刮擦過露台石板地面的聲音。「你打算怎麼辦？」他問。

我呼吸著花香，雙眼盯著被茂密藤蔓淹沒的格子棚架。「我不想去。」

「所以你決定了。」

「對。」我歎了口氣。「不。」

「這件事我可以幫你處理。我會叫他們別再打擾你。你已經回答過他們所有的問題，所以他們還想要什麼？」

「或許是一點勇氣吧。」我低聲說。

「上帝啊，米莉。你是我所認識最勇敢的女人了。」

我聽了大笑，因為我一點也不覺得自己勇敢。我覺得自己像一隻發抖的老鼠，害怕離開這個我覺得好安全的家。我不想離開，是因為我知道外頭的世界有什麼在等著我。我知道誰在那裡等著我，光是想到要再看到他，就讓我雙手顫抖起來。但她要求我做的就是這樣，那個從波士頓打電話來的女警。你看過他的臉。你知道他怎麼思考、怎麼獵殺。我們需要你來幫忙抓到他。她這麼說。

免得他再度殺人。

克里斯伸手越過桌面，握住了我的手。此時我才注意到自己有多冷。而他又有多麼溫暖。

「你昨天晚上又做那個惡夢了，對吧？」

「你發現了。」

「我就睡在你旁邊，要發現並不難。」

「我好幾個月沒做過那個夢了。我還以為以後不會再夢到了。」

「那通該死的電話，」他咕噥道。「你知道他們根本沒有任何確實的根據。只有一套理論。他們搞不好完全找錯人了。」

「他們發現理查的打火機了。」

「不見得是同一個打火機啊。」

「同樣刻著R．倫威克？」

「這個姓名不算少見。總之，就算是同一個打火機好了，這表示兇手離我們很遠。他已經往前走，跑到另一個大陸去了。」

這就是為什麼我想待在這裡，這樣強尼就找不到我了。我瘋了才會去尋找一個惡魔。我喝掉咖啡站起來，椅子吱嘎刮過石板。真不懂我當初在想什麼，居然買了鍛鐵花園桌椅。或許是因為那種永恆感，我可以確信它持久耐用，但鍛鐵椅子沉重而難以移動。我走進屋內時，感覺上好像拖著另一個負擔，沉重得像鍛鐵，由恐懼所打造，把我固定在這個地方。我走到水槽去洗咖啡杯碟，又把本來就很乾淨的流理台清理了一遍。

你知道他怎麼思考、怎麼獵殺。

強尼．波司圖穆斯的臉忽然浮現在我腦海，真實得就像站在我的廚房外，隔著窗子往裡看。我往後瑟縮，一根湯匙嘩啦掉在地板上。他始終在那裡，糾纏著我不放，不時出現在我腦海。當初離開波札那時，我很確定有一天他會找到我。我是唯一的活口，是他唯一無法殺害的目擊者。這當然是他無法忽視的挑戰。但幾個月過去了，然後是幾年，我沒再接到波札那或南非警方的消息，於是開始期望強尼死了。希望他的屍骨散佈在那片荒野。像理查一樣，像其他人一樣。只有靠著想像他死了，我才能覺得安全。過去六年來，沒有人見過或聽過他，所以我可以合理地相信他死了，再也不能傷害我了。

但那通波士頓打來的電話，改變了一切。

腳步聲輕輕沿著樓梯往下，我們的女兒凡麗特手舞足蹈地進入廚房。她今年四歲，還是天不怕地不怕，因為我們跟她撒謊。我們告訴她，這個世界和平又明亮，她不曉得世上真的有惡魔。

克里斯把她抱起來旋轉，然後兩人大笑著進了客廳去看卡通，那是他們星期六的慣例。碗盤洗好了，咖啡壺沖乾淨了，所有東西都已經歸位，但我仍在廚房走來走去，想找事情做，什麼事都好，只要能讓我分心。

我坐在電腦前，看到昨天夜裡到現在，已經有一批新信件出現在我的收件匣裡，我姊姊從倫敦發過來的、凡麗特托兒所班上其他媽媽發來的，以及某個奈及利亞人，說想電匯一大筆錢到我的銀行帳戶，只要我把自己的帳戶號碼告訴他。

另外還有一則郵件的寄件人是波士頓的珍．瑞卓利警探，昨天晚上寄出，就在我們通過電話一個小時之後。

我猶豫著沒點開信，已經感覺到這是最後的折返點。一旦我越過這條線，我就不能再躲回我那座厚實的拒絕之牆後頭。在隔壁的客廳，克里斯和凡麗特被卡通裡的騷亂逗得大笑，而我卻坐在這裡，心跳好厲害，手僵住不動。

我點了滑鼠。那簡直就像是點燃了一根炸藥的引信，因為出現在螢幕上的內容，就像一場爆炸。那是一個純銀打火機的照片，出自警方在緬因州找到的一袋贓物。我看到上頭的名字R．倫威克，是以理查很喜歡的Engraver's Bold字體刻成的。但吸引我視線的是那道刮痕。雖然很淺，但清晰可辨，就像發亮表面的一道爪痕，劃過R的上方。我想到這道刮痕發生的那天，打火機從理查的口袋掉出來，摔在倫敦市區的人行道上。我想到我有多常看到他用這個打火機，也想到我在他生日送出這個禮物時，他有多高興。這種虛榮又浮誇的禮物就是他會想要的，理查就是這樣，總是想標示他的領土，即使這塊領土只是一小片發亮的純銀。我想起他曾坐在營火旁，用這個打火機點他的高盧牌香菸，還有打火機闔上時發出的脆響。

我毫不懷疑，這個打火機確實是他的。不知怎地，這個打火機離開了奧卡萬戈三角洲，放在兇手的口袋裡，跨越大洋去了美國。而現在他們要求我追隨兇手的腳步。

我看了瑞卓利警探隨著那張照片寄來的訊息。是同一個打火機嗎？如果是，我們得趕緊跟你進一步討論。你能來波士頓嗎？

廚房窗外的陽光明亮，我的花園正值夏日最燦爛的全盛期。在波士頓，冬天的腳步接近了，我想像那裡寒冷又灰暗，甚至比倫敦還灰暗。她不曉得她對我的要求有多過分。她說她知道發生過的那些事實，但事實是冰冷無情的，就像眾多的小塊金屬熔接在一起，成為一座雕像，卻缺乏靈魂。她不可能明白我在奧卡萬戈三角洲經歷過什麼。

我深吸一口氣，打了我的回信。很抱歉，我沒辦法去波士頓。

25

在海軍陸戰隊服役時期，嘉柏瑞學會了很多生存技巧，其中一個令珍嫉妒的本事，就是她的丈夫只要有機會，就能隨時偷空睡上幾小時。機艙裡的燈才剛關掉幾分鐘，嘉柏瑞就把座位往後傾斜，閉上眼睛，立刻墜入夢鄉。珍則是一路完全清醒，算著時間直到降落，同時想著米莉．傑可布森。

那趟在劫難逃的狩獵旅行之後，珍原先以為這位唯一的倖存者會回到倫敦，但結果並沒有，米莉現在住在南非賀克斯河谷的一個小鎮。她當初在那片荒野中掙扎求生，滿身乾燥發硬的泥塊，只吃莎草和青草，度過可怕的兩星期。之後這位倫敦長大的書店經理沒有回到自己熟悉的大都會，而是選擇定居在差點讓她送命的這塊大陸上。

米莉．傑可布森逃出非洲荒野之後所拍的幾張照片，清楚顯示出那場大難對她的傷害有多深。她英國護照上的相片是一個深色頭髮的年輕女子，有著藍眼珠和心形臉，平凡而討人喜歡，不漂亮也不醜。但她住院那段恢復期所拍的照片，卻是整個人變了樣，珍簡直不敢相信是同一個人。在荒野中，以前的那個米莉．傑可布森像蛇一樣褪了皮，露出了一個瘦骨嶙峋、雙眼驚惶、皮膚曬黑的女人。

趁著飛機上的其他人似乎都在睡覺，珍再度研究起那宗波札那狩獵旅行謀殺案的警方檔案。當時這個案子在倫敦相當轟動，因為理查．倫威克是頗受歡迎的驚悚小說作家。他在美國沒名氣，珍也從沒看過他的書，但倫敦的《泰晤士報》描述他的書是「充滿刺激情節」和「男性冒險犯難」。那篇《泰晤士報》的報導幾乎完全集中在倫威克身上，關於他的同居女友米莉・傑可布森只提了兩段。但現在吸引珍所有注意力的，卻是米莉。珍凝視著國際刑警組織所提供的檔案照，是在那場荒野大難之後沒多久拍的，在米莉的臉上，珍看到自己幾年前的模樣。她們兩個人都曾被兇手冰冷的手觸摸過，但倖存下來。那種觸摸是你永遠不會忘記的。

她和嘉柏瑞離開波士頓時，大風吹著凍雨和雨水，中間在倫敦轉機期間，天氣同樣灰暗寒冷。所以幾個小時後，當他們下了飛機，走進開普敦的夏日溫暖中，那真是一大震撼。這裡的季節似乎顛倒過來，機場裡其他人都穿著短褲和無袖洋裝，珍身上卻還是波士頓的高領衫和毛衣。等到他們領了托運行李、走出海關時，她已經熱得只想趕緊把衣服脫掉，只留背心上衣。

她才剛把高領衫拉到臉的上方，就聽到一個男子低沉響亮的聲音：「大機器狄恩！你終於來到非洲了！」

「韓克，謝謝你來接我們。」嘉柏瑞說。

珍把高領衫脫掉，發現她的丈夫正和一個體型龐大如野牛的金髮男子在互相拍背，這種奇特的男性寒暄方式既是攻擊，也是擁抱。

「搭了很久的飛機，嗯？」韓克說。「不過現在你可以享受溫暖的天氣了。」他轉向珍，那目光讓她覺得自己無所遁逃。他的臉被太陽曬得紅紅的，眼珠的顏色似乎淡得很不自然，那種帶著銀光的藍，她曾在一頭狼的身上看過。「所以你就是珍了，」她說，伸出潮溼而肉乎乎的大手。「我是韓克・安吉森。很高興終於認識讓大機器定下來的女人。我以前還以為沒有人能辦得到的。」

嘉柏瑞大笑。「珍可不是普通女人。」

他們握手時，珍可以感覺到韓克在打量她，同時她在想，韓克是否以為大機器狄恩會娶一個更漂亮的女人，走出飛機時不會像一塊擰乾的溼抹布。「我也聽他提起過你，」她說。「有關十二年前在海牙一個喝醉酒的夜晚。」

韓克看了嘉柏瑞一眼。「希望你告訴她的是節錄版。」

「你的意思是，除了兩名男子走進一家酒吧，還有別的？」

韓克大笑。「你知道這些就夠了。」他拿了她的行李箱。「來吧，我帶你們去開我的車子。」

他們離開航廈時，珍刻意落後他們幾步，好讓他們敘敘舊，交換一下彼此生活的最新情報。嘉柏瑞從倫敦飛過來的一路幾乎都在睡覺，現在走起路來腳步輕快，有那種熱情迎接新一天的活力。她知道韓克的年紀比嘉柏瑞大了足足十歲，離過三次婚，他來自布魯塞爾，過去十年都在南非的國際刑警組織支部工作。她也知道他喝酒喝很兇、頗有女人緣，而且她很好奇在海牙那個惡名昭彰的夜晚，他拖著嘉柏瑞惹上了什麼麻煩。當然帶頭的是韓克，因為她無法想像一板一眼的嘉柏瑞會是個闖禍精。光是從背後看著他們，她就曉得哪個人比較有紀律。嘉柏瑞有慢跑者那種精瘦的身材，走起路來明確又堅定，而韓克胖大的腰圍則顯示他無法控制食慾。不過他們顯然很合得來，這份友誼是多年前他們在科索沃調查謀殺案所建立起來的。

韓克帶著他們來到一輛銀色的ＢＭＷ，這是每個尋找豔遇的男人最偏愛的車子，然後他指著前座。「珍，你要不要坐前面？」

「不用了，讓嘉柏瑞坐吧。你們兩個還有好多話要聊呢。」

「後座的視野沒那麼好，」韓克說，看著他們兩個上車扣好安全帶。「不過我保證，我們要去的地方，那個視野你們一定會很愛。」

「我們要去哪裡？」

「桌山。你們待的時間太短了，不過這個地方一定不能錯過。反正你們飯店的房間現在大概也還沒準備好，所以我們就直接去桌山看看吧？」

嘉柏瑞轉向她。「你想去嗎，珍？」

她真正渴望的，就是沖個澡，然後去睡覺。她的頭被大太陽曬得發痛，她嘴裡感覺像個柏油坑，但是如果嘉柏瑞可以立刻去觀光一日遊，那她最好盡力配合。「我們去吧，」她說。

一個半小時後，他們開進了桌山的下纜車站停車場。一下車，珍就抬頭瞪著那些往上直達桌山一側的架空纜線。她並不特別怕高，但是想到要上升到那個高得令人頭暈的山頂，就讓她的胃往下沉。忽然間，她再也不覺得疲倦了；她唯一能想到的，就是纜線斷裂，然後下墜兩千呎摔死。

「上頭就是我跟你們保證過的視野。」韓克說。

「耶穌啊，有人吊掛在那片懸崖的側面！」珍說。

「桌山是很熱門的攀岩勝地。」

「他們瘋了嗎？」

「啊，每年都會有幾個攀岩者送命。從那麼高的地方掉下去，就用不著援救了，只能去找回屍體。」

「我們就是要去上面那裡？」

「你怕高嗎？」那對淡藍的狼眼帶著笑意轉向她。

「相信我，韓克，」嘉柏瑞笑著說。「就算她怕，也絕對不會承認的。」

總有一天，我會被自尊心給害死，她心裡想著，跟其他幾打遊客擠進了纜車裡。她很想知道整個纜車系統上回檢查是什麼時候，又認真盯著一個個纜車工作人員，尋找任何酒醉或嗑藥或神經病的跡象。她數著人頭，好確定他們沒有超載，同時希望當初設定人數限制時，把重量算得很寬，以備像韓克這麼大塊頭的人。

然後纜車衝向天空，她唯一能專心的，就是眼前的視野。

「你看到非洲的第一眼，」韓克說，湊近了在她耳旁說。「覺得驚訝嗎？」

她吞嚥著。「跟我原先想像的不一樣。」

「你原先想像的是什麼？到處都有獅子和斑馬跑來跑去？」

「唔，是啊。」

「大部分美國人所想像的非洲都是這樣。他們看了太多電視上的野生動物節目，等到這些人穿著戶外夾克和卡其褲下了飛機，就很驚訝發現眼前是像開普敦這樣的現代化城市。看不到斑馬，除非在動物園。」

「我還滿希望能看到斑馬的。」

「那你就該多待幾天，飛到荒野地帶去。」

「真希望可以，」她歎了口氣。「可是我們局裡管得很嚴。沒有時間玩。」

纜車停下，門打開了。

「那我們也順便開始工作吧？」韓克說。「但是同時，我們沒有理由不能享受美景啊。」

從桌山高原的邊緣，珍驚奇地看著韓克指出開普敦的幾個地標：岩石裸露的魔鬼峰和信號山、桌灣，還有北邊的羅本島，南非前總統曼德拉曾經被囚禁在那裡將近二十年。

「這裡有好多歷史。我可以告訴你們好多關於這個國家的故事。」韓克轉向她。「但現在我們先談公事吧。波札那的謀殺案。」

「嘉柏瑞跟我說，你也參與了這個案子。」

「一開始的調查是在波札那，我沒參與。後來波札那警方發現兇手越過邊境、進入南非，國際刑警組織才開始介入。兇手在邊境城鎮用過兩個被害人的信用卡，那些店家不需要輸入個人密碼。狩獵旅行的貨車被發現棄置在約翰尼斯堡市區外。雖然犯罪是發生在波札那，但強尼．波司圖穆斯是南非公民。這個案子跨越了不同的國家，所以國際刑警組織也加入辦案。我們對波司圖穆斯發佈了紅色通緝令，但到現在還是完全不知道他的下落。」

「這個案子有任何進展嗎？」

「沒有重大的突破。不過你要了解我們在這裡所面對的挑戰。這個國家每天有大約五十件謀殺案——是美國兇殺率的六倍。很多案子始終沒破，警方的工作量太大，而且證物實驗室的經費不足。同時，這些謀殺案發生在波札那，那是另一個國家。不同國家間的警力要合作，讓辦案的困難度更高。」

「但是你們確定強尼．波司圖穆斯是你們要找的兇手。」嘉柏瑞說。

安吉森暫停一下，那短短幾秒鐘的沉默勝過千言萬語。「我有……我的疑惑。」

「為什麼？」

「我清查過他的過去。強尼．波司圖穆斯生於南非，父母經營農場。十八歲的時候，他離家去薩比桑茲動物保留區的一家打獵旅館工作。接著他又去過莫三比克和波札那，最後成為獨立接案的嚮導。從來沒有人投訴他。這些年來，他建立了良好的聲譽，大家公認他很可靠。除了一次酒醉鬧事之外，他沒有任何犯罪紀錄，也沒有任何暴力前科。」

「據你所知道的。」

「沒錯，說不定還有其他事件，只是沒有報案而已。在荒野裡殺人，屍體可能永遠找不到。困擾我的是，之前從來沒有任何警告的徵兆，他之前的行為從來看不出任何跡象，顯示他有一天會帶著八個人深入三角洲，然後殺了其中七個人。」

「根據唯一倖存者的說法，當時就是發生了這樣的事。」珍說。

「沒錯，」韓克承認。「她是這麼說的。」

「你懷疑她嗎？」

「她指認波司圖穆斯的唯一憑據，就是一張兩年前護照上的照片，是波札那警方拿給她看的。他的照片並不多，而且七年前他父母的農場燒毀，大部分照片也都沒了。而且別忘了，米莉．傑可布森走出荒野時只剩半條命。她經歷過那樣的苦難，而且又只有一張護照上的照片，她的指認真的可以相信嗎？」

「如果那個人不是強尼．波司圖穆斯，那會是誰？」

「我們知道他用過被害人的信用卡。他拿走了他們的護照，而且在那些人被發現失蹤之前的兩三個星期，他有機會利用他們的身分。所以他可以假冒成任何人，去世界上幾乎任何地方。包括美國。」

「那真正的強尼．波司圖穆斯呢？你認為他死了？」

「那只是我的推理。」

「但是有任何證據可以支持嗎？比方屍體，或是任何遺骸？」

「啊，我們有幾千件等著要確認身分的人類遺骸，來自全國各地的犯罪現場。現在缺的是鑑定死者身分的資源。因為犯罪實驗室裡積壓了太多待辦的ＤＮＡ鑑定工作，所以要查出一個被害人的身分，可能要等上好幾個月，甚至好幾年。波司圖穆斯可能就在其中。」

「也或者他可能還活著，現在就住在波士頓。」珍說。「他之所以沒有犯罪前科，說不定只是因為他從來沒犯過錯，直到在波札那。」

「你指的是米莉．傑可布森。」

「他讓她逃掉了。」

韓克沉默了一會兒，眺望著桌灣。「我想，當時他可能不覺得讓她逃掉是個問題。」

「讓一個能指認他的人跑掉？」

「在那種地方，那就跟死掉沒兩樣。如果換了其他遊客困在奧卡萬戈三角洲，無論是男是女，都撐不過兩天，更別說兩星期了。她應該要死在那裡的。」

「那為什麼沒死？」

「勇氣？幸運？」他聳聳肩。「那是個奇蹟。」

「你見過那個女人，」嘉柏瑞說。「你覺得她怎麼樣？」

「我訊問她已經是幾年前的事情了。她現在不姓傑可布森，而是德布魯因。她嫁給了一個南非人。我記得她……一點也不起眼。這是我的印象，而且老實說，我很驚訝。我看過她的供述，知道她在多麼嚴酷的考驗下倖存。我本來以為她會像個女超人。」

珍皺起眉頭。「你不認為她的供述是實話？」

「說她走進了野生大象群裡？說她沒食物、沒武器，在荒野裡走了兩星期？說她只靠吃青草和莎草莖撐下來？」他搖搖頭。「難怪波札那的警方一開始也不相信她的說法。直到他們確認那七個外國人沒有登上原定要回家的國際航班飛機。他們找到了當初載那些遊客進入荒野的飛行員，問他為什麼沒有通報那些人失蹤。那個飛行員說他接到過一通電話，說他們都已經搭車回到馬翁了。波札那警方又花了幾天，才終於明白米莉．傑可布森講的是實話。」

「但你好像很懷疑。」

「因為我碰到她的時候，覺得她有一點，呃……難搞。」

「怎麼個難搞法？」

「孤僻，不太願意幫忙。她現在住在鄉下的一個小鎮，她丈夫在那裡有個農場。她幾乎從不離開那個地區，也拒絕到開普敦來接受問話。我還得自己開車到陶斯河鎮去見她。」

「我們明天要去那裡，」嘉柏瑞說。「這是她唯一肯接受的見面方式。」

「開車過去的那段路風景很美。有漂亮的山脈、農場，和葡萄園。不過要開很久。她丈夫是個高大又嚴厲的荷蘭裔南非人，對任何人都保持距離。我想是為了保護她，反正他表明不希望警方去煩他太太。你們想跟她談，就得先通過他那一關。」

「我完全了解，」嘉柏瑞說。「任何丈夫都會這麼做的。」

「把老婆隔離在荒郊野外？」

「盡一切努力，保護她的安全。不過也要她願意合作。」他看了珍一眼。「因為啊，天曉得，不是每個老婆都肯合作的。」

韓克大笑。「顯然你們兩位針對這個問題爭執過。」

「因為珍太愛冒險了。」

「我是警察，」珍說。「如果你為了安全把我關起來，我要怎麼抓到壞人？聽起來這個丈夫就是這樣，把他太太關起來，藏在鄉下。」

「你們得先解決他，」韓克說。「跟他解釋他太太的協助有多麼重要。說服他這樣不會為她帶來任何危險，因為他唯一在乎的，就是她的安全。」

「強尼．波司圖穆斯現在可能又跑去殺害其他人，他難道不覺得困擾嗎？」

「他不認識其他被害人。他只能保護自己的家人，你得贏得他的信任。」

「你認為米莉會跟我們合作嗎？」嘉柏瑞問。

「只會配合到某個程度，但是誰能怪她呢？想想看她花了多大的力氣，才活著走出那個三角洲。當你從一個這樣的嚴酷考驗中倖存下來，你就再也不會跟以前一樣了。」

「有的人會變得更堅強，」珍說。

「有的人會被毀掉。」韓克說著搖搖頭。「米莉呢，恐怕她現在比鬼魂好不了多少。」

26

儘管米莉・傑可布森在非洲荒野中受過種種折磨，但她沒有回到熟悉又舒適的倫敦，而是定居在西開普省賀克斯河谷的一個小鎮。要是換了珍在荒野裡熬過地獄般的兩星期，成天躲避獅子和鱷魚，全身覆滿結成硬塊的泥巴，吃樹根和青草，她倖存之後會立刻回家找自己的床，待在她熟悉的街坊地帶，享受各種城市的便利。但米莉・傑可布森這位在倫敦出生、長大的書店經理，卻放棄了自己所熟悉的一切，放棄了過往種種，住在偏遠的陶斯河鎮。

望著車窗外，珍可以清楚看到是什麼吸引米莉來到這片鄉間。她看到一片有群山和河流和農田的風景，展現著夏日的種種鮮翠顏色。這個國家的一切對珍來說似乎都不太對勁，從顛倒的季節到太陽偏北的方向，當車子繞過一個彎道，她忽然覺得暈眩，好像整個世界上下倒轉過來。她閉上雙眼，等著一切停止旋轉。

「好漂亮的鄉村景色。讓你不想回家。」嘉柏瑞說。

「這裡離波士頓好遠。」她喃喃說。

「離倫敦也好遠。不過或許我明白她為什麼不想回去。」

珍睜開眼睛，瞇起眼睛看著一排排的葡萄樹，看著陽光下成長的果實。「唔，她丈夫的家鄉在這裡。為了愛，人會做出很瘋狂的事情。」

「比方收拾家當搬到波士頓？」

她看著他，「你後悔過嗎？為了跟我在一起而離開華府？」

「讓我想一下。」

「嘉柏瑞。」

他大笑。「我後不後悔結了婚，有一個全世界最可愛的小孩？你認為呢？」

「我想很多男人不會做出這種犧牲。」

「你就繼續這樣想吧。有個感激的老婆總不是壞事。」

她又看著外頭飛逝而過的葡萄樹。「說到感激，我們該好好感謝老媽幫我們帶小孩。你覺得我們應該寄一箱南非葡萄酒回去送她嗎？你知道她和文斯有多喜歡……」她暫停下來。安琪拉的生命裡再也沒有文斯·考薩克了，現在她父親回來了。她歎了口氣。「我從來沒想到我會這麼說，但是我想念考薩克。」

「顯然你媽也想念他。」

「我希望我爸回去找他的那個情婦，留給我們清靜，這樣是不是表示我是壞女兒？」

「你是個好女兒，對你母親來說。」

「但是她根本不聽我的。她想讓每個人快樂，除了她自己。」

「那是她的選擇，珍。即使你不明白，也得尊重她的意願。」

就像她不明白米莉·傑可布森為何選擇這個遠離她過往一切的國家，躲在這個偏遠的角落。在電話裡，米莉表明她不會去波士頓協助調查。她的丈夫和四歲的女兒都需要她，這是一個女人會提出的典型藉口，因為她不想承認真正的原因：她害怕外面的世界。韓克曾說米莉是個鬼魂，警告說他們永遠都無法勸她離開陶斯河鎮。而且米莉的丈夫也絕對不會答應。

當珍和嘉柏瑞把車停在那棟農場住宅前，那個丈夫是第一個出來迎接他們的，只要看一眼他紅潤的臉，珍就知道他們即將面對一場挑戰。克里斯・德布魯因就像韓克所敘述的那樣，高大而令人生畏。他比米莉大十歲，一頭金髮已經有一半轉灰，他站在那裡雙臂交抱，像一堵無法移動的肌肉之牆要擋掉入侵者。當珍和嘉柏瑞下了他們租來的車，他沒走下台階來招呼，只是等著他不受歡迎的客人走過去。

「德布魯因先生？」嘉柏瑞說。

他只是點了個頭。

「我是聯邦調查局的探員嘉柏瑞・狄恩。這位是波士頓警察局的珍・瑞卓利警探。」

「他們派你們大老遠來到這裡，對吧？」

「這個調查跨州也跨國。有好幾個不同的執法單位都參與了。」

「而你們認為，這一切都連向了我太太。」

「我們認為她是這個案子的關鍵。」

「這跟我有什麼關係？」

兩個男人加上太多的睪固酮，珍心想。她走上前，德布魯因皺眉看著她，好像不確定該如何斷然拒絕一個女人。

「我們趕了很遠的路，德布魯因先生。」她平靜地說。「拜託，我們可以跟米莉談談嗎？」

他看著她一會兒。「她去接我們的女兒了。」

「她什麼時候會回來？」

「要一會兒。」他不情願地打開前門。「那你們就先進來吧。有些事情我得先跟你們說清楚。」

他們跟著他進入那棟農場住宅，珍看到寬木條鋪的地板和巨大的屋樑。這個家有根深柢固的久遠歷史，從手劈的欄杆到壁爐前的古董荷蘭瓷磚。德布魯因沒給他們茶或咖啡，只是揮手示意他們坐在一張沙發上。他自己則坐在對面的扶手椅。

「米莉在這裡覺得安全，」他說。「我們在這個農場過得很好。我們有個女兒。她才四歲。現在你們卻想改變一切。」

「她對我們的調查很重要。」珍說。

「你們不曉得自己的要求有多過分。自從你打了第一通電話之後，她就沒睡好過，老是尖叫著醒來。她本來連離開這個谷地都不願意，而你們還指望她大老遠跑去波士頓？」

「波士頓警察局會照顧她的，我保證。她在那邊一定會很安全。」

「安全？你知道就連住在這裡，要讓她覺得安全都是很困難的事情嗎？」他冷哼一聲。「你們當然不知道了。你們不曉得她在那片荒野受過什麼罪。」

「我們看過她的供述。」

「供述？那幾頁打字的內容，怎麼可能說出全盤的故事？她走出荒野那天，我就在現場。我當時住在三角洲的一個打獵旅館，假日去看大象。我們每天下午就坐在遊廊上喝下午茶，從那裡可以看到動物到河邊喝水。那一天，我看到一個從沒見過的生物走出荒野。好瘦，看起來就像一東小樹枝綁起來似的，上頭黏著乾掉的泥巴。我們看著，不敢相信自己的眼睛，那生物走過草坪，爬上階梯。而我們就在那裡，拿著考究的瓷杯和碟子，吃著我們精緻的小餅乾和三明治。這個生物就走向我，直直看著我的眼睛說：『你是真的嗎？或者我是在天堂？』我告訴她，如果這裡是天堂，那那們一定是把我送錯地方了。這時她才跪下來開始哭。因為她知道她的夢魘結束了。她知道自己安全了。」德布魯因凌厲的眼光狠狠看了珍一眼。「我跟她發過誓，我會不惜一切代價，保護她的安全。」

「波士頓警察局也會的，」珍說。「如果我們能說服你讓她——」

「你們要說服的不是我，而是我太太。」他看向窗外，此時一輛車停在車道上。「她回來了。」

他們在沉默中等待著，聽到鑰匙插入鎖孔的聲音，接著是輕快的腳步聲進入房子，一個小女孩跑進客廳。她跟父親一樣是金髮，身材結實，有那種天天曬太陽的小孩所特有的健康粉紅臉頰。她匆忙看了兩名訪客一眼，就奔入父親的懷抱。

「你回來了，凡麗特！」德布魯因說，把小孩抱到膝上。「今天的騎馬課怎麼樣？」

「牠咬我。」

「那匹小馬？」

「我給牠蘋果吃，牠咬了我的手指。」

「我相信牠不是故意的。所以我才老是告訴你，餵牠吃東西的時候，手掌要放平。」

「我再也不要給牠蘋果了。」

「是啊，這樣可以好好讓那匹小馬上一課，嗯？」他抬頭，咧嘴笑著，然後看到他太太站在門口，忽然全身僵住。

不同於丈夫和女兒，米莉一頭深色的頭髮，往後紮成馬尾，讓她的臉看起來格外瘦削而有稜角。她的雙頰凹陷，藍色眼珠在陰影中顯得模糊。她朝訪客擠出微笑，但掩飾不了雙眼中的憂慮。

「米莉，這兩位是波士頓來的，」德布魯因說。

珍和嘉柏瑞都站起來自我介紹。米莉的手握起來就像握著一把垂冰，那些手指僵硬又寒冷。

「謝謝你願意跟我們見面，」珍說，大家都坐了下來。

「你們來過非洲嗎？」米莉問。

「我們兩個都是第一次來。這裡很美。你家裡也是。」

「這個農場是克里斯家裡好幾代傳下來的。他晚一點應該帶你們去參觀一下。」米莉暫停，好像就連寒暄閒聊都令她筋疲力盡。她的目光落到空蕩的茶几上，皺起眉頭。「你沒請他們喝茶嗎，克里斯？」

德布魯因忽然跳起來。「啊對了，抱歉。我完全忘了。」他牽起女兒的手。「凡麗特，來幫一下你的笨老爸。」

在沉默中，米莉看著丈夫和女兒離開。直到茶壺的模糊匡噹聲和廚房的流水聲傳來，她才又開口：「有關去波士頓的問題，我沒有改變想法。我想克里斯已經告訴過你們了。」

「講得很清楚。」珍說。

「恐怕你們這是浪費時間。大老遠跑來，只是要聽我重複在電話裡面講過的。」

「我們得跟你碰面。」

「為什麼？好親眼看看我不是神經病？好確定我六年前所告訴警方的事情真的發生過？」米莉看了嘉柏瑞一眼，然後目光回到珍的身上。之前兩個女人通過幾通電話，因此感覺上已經有些熟悉，嘉柏瑞保持沉默，讓珍引導談話。

「對於發生在你身上的事情，我們一點也不懷疑。」珍說。

米莉低頭看著自己交疊在膝上的雙手，輕聲說：「六年前，警方不相信我。至少一開始是這樣。我在醫院的病床上，把我的故事告訴他們，當時我看得出他們眼中的懷疑。愚蠢的城市小姐，獨自在非洲荒野度過兩星期？他們認為我是從其他打獵旅館跑出來，迷路了，又被熱昏了頭。他們說我吃的瘧疾藥丸有可能害我精神錯亂或腦袋不清，說這種狀況在遊客身上很常見。他們說我的故事聽起來不像真的，因為換了其他人都會餓死，或是被獅子或鬣狗吃掉，或是被大象踩死。而且我怎麼曉得可以吃莎草保命？只有當地人才曉得的。他們無法相信我能倖存下來，純粹是因為幸運。但當時的狀況就是這樣。我很幸運選擇往河流的下游走，最後來到那家打獵旅館。我很幸運沒吃什麼野莓或樹皮而中毒，而是吃了最營養的莎草。我很幸運在荒野度過兩星期後，居然能活著走出來。警方說那是不可能的。」她深吸一口氣。「但是我做到了。」

「我想你錯了，米莉，」珍說。「那不是幸運，而是因為你。我們看過你所敘述的種種遭遇。你每天晚上睡在樹上。你沿著河流持續往前走，就算再累也還是走下去。你設法找到了活下去的意志，換了其他任何人，大概都會放棄的。」

「不，」米莉輕聲說。「是那片荒野選擇放過我。」她望著窗外的一棵大樹，上頭的樹枝像保護的手臂般伸展開來，擁抱著樹下的一切。「那片大地是一種會呼吸的活物。它決定了你該死掉還是活著。到了夜晚，在黑暗裡，我可以聽到它的心跳，就像嬰兒聽到母親的心跳那樣。每天早上，我醒來時都不曉得這片土地會不會讓我活過這一天。我能活著走出來，只因為它決定讓我活著。它保護了我。」她望著珍。「沒讓我被他抓到。」

「強尼・波司圖穆斯。」

米莉點點頭。「等到他們終於開始找強尼，已經太遲了。他有很多時間可以消失。幾個星期後，他們發現他的貨車停在約翰尼斯堡。」

「就是在荒野中無法發動的那輛貨車。」

「沒錯，有個技工後來跟我解釋過要怎麼暫時讓一輛車沒法發動，而且其他人完全看不出問題在哪裡。是有關保險絲盒和繼電器的。」

珍看著嘉柏瑞，他點點頭。「拔掉啟動繼電器或燃油幫浦繼電器的線，」他說。「這樣就很難發現車子哪裡出問題，而且事後只要把線接回去，就可以恢復原狀。」

「他讓我們以為自己被困在那裡了，」米莉說。「其實是他設的陷阱，這樣他就可以把我們一個接一個殺掉。頭一個是克萊倫斯，接著是伊佐夫。艾列特應該是下一個。他先殺掉男人，把女人留到最後。我們以為自己是去參加狩獵旅行，但那其實是強尼的獵殺之旅，我們都是獵物。」米莉吸了口氣，然後打了個寒噤吐出來。「他殺掉其他人的那一夜，我跑掉了。我根本不曉得會走到哪裡，那邊離最近的道路和飛機跑道都很遠。他知道我沒有活命的機會，於是收拾營地，開車走掉。他把屍體留給野獸，其他的一切都帶走，包括我們的皮夾、相機、護照。警方說他用過理查的信用卡在馬翁買汽油。還用艾列特的信用卡在嘉柏隆里買補給品。然後他越過邊境，進入南非，接下來就消失了。誰曉得他接下來去哪裡。他有我們的護照和信用卡，他可以把頭髮染成褐色，冒充理查。他可能飛到倫敦，輕鬆通過海關。」她抱著自己。「他也可能出現在我家門口。」

嘉柏瑞說：「英國沒有理查．倫威克回國的紀錄。」

「那如果他又殺了其他人，冒用他們的身分呢？他有可能假扮成任何人，跑去任何地方。」

「你確定你們的嚮導確實是強尼．波司圖穆斯本人嗎？」

「警方把他的護照相片給我看過，是在當時的兩年前拍的。那是同一個人沒錯。」

「他的照片非常少。你只看過那張。」

「你認為我搞錯了？」

「你知道一個人在不同的照片裡，有可能看起來就不一樣，有時候兩張照片看起來完全不同。」

「如果他不是強尼，那會是誰？」

「一個冒充的人。」

她瞪著嘉柏瑞，被這個可能性嚇呆了。

他們聽到瓷器碰撞的叮噹聲，克里斯．德布魯因從廚房端著托盤回到客廳。他注意到在場一片沉默，於是安靜地把托盤放在茶几上，詢問的目光看著他太太。

「可以讓我倒茶嗎，媽咪？」凡麗特問。「我保證不會灑出來。」

「不，親愛的。這回得媽咪來倒。或許你和爹地可以去看電視吧。」她懇求地看著丈夫。

德布魯因牽起女兒的手。「我們去看有什麼節目，好嗎？」然後帶著女兒出去。

過了一會兒，他們聽到隔壁房間的電視打開了，發出一陣吵雜的歡樂音樂。雖然托盤就放在米莉面前的茶几上，但她沒動手倒茶，而是雙臂交抱著自己，被新出現的那個不確定性搞得全身發冷。

「國際刑警組織的韓克．安吉森告訴過我們，說警方拿照片給你看的時候，你還在住院。當時你還很虛弱，還沒恢復健康。而且離你看到兇手已經好幾個星期了。」

「你認為我搞錯了，」她輕聲說。

「目擊證人常常會搞錯，」嘉柏瑞說。「他們會記錯細節，或是忘了嫌犯的長相。」

珍想起過往所碰到過那些幫倒忙的好心目擊證人，有些會信心十足地指認錯誤的嫌犯，有的提供的外型描述事後證明一點也不正確。人類的腦子很擅長填補遺失的細節，然後信心十足地把這些變成事實，即使那些事實其實是想像出來的。

「你們想讓我懷疑自己，」米莉說。「但他們給我看的那張照片確實是強尼。我記得他臉上的每個細節。」她的目光來回看著珍和嘉柏瑞。「或許他現在用的是不同的名字。但無論他人在哪裡，無論他自稱是誰，我知道他也不會忘記我的。」

他們聽到凡麗特尖叫著大笑，同時電視仍不停播放著歡樂的音樂。但是在這裡，一股寒意深深籠罩著這個房間，就連照進窗內的午後陽光，都無法驅散那股寒意。

「這就是為什麼你沒回倫敦，」珍說。

「強尼知道我住在哪裡，知道我在哪裡工作。他知道怎麼找到我。我不能回去。」米莉望向女兒發出笑聲的方向。「而且也因為克里斯。」

「他說過你們是怎麼認識的。」

「我走出荒野後，他就一直陪著我。每天都坐在我的醫院病床邊。他讓我覺得安全。只有他。」她看著珍。「我為什麼還要回倫敦呢？」

「你姊姊不是在那邊嗎？」

「但現在這裡是我的家，是我有歸屬感的地方。」她望著雙外那棵樹枝伸展廣闊的大樹。「非洲改變了我。就在那裡，在那片荒野間，我一點一滴失去了自己。那片土地像是一塊石磨，磨掉你不需要的一切。它逼你面對真正的自己。剛到非洲時，我只是個愚蠢的年輕小姐，會為了鞋子和皮包和面霜而大驚小怪。當時我浪費了好多年，等著理查娶我。我以為只需要一個結婚戒指，就能讓我快樂。但後來，就在我以為自己快死掉的時候，我發現了自己，真正的自己。我把舊的米莉留在那裡，而且我不想念她。現在我的人生就在這裡，在陶斯河鎮。」

「但是你在這裡，還是會做惡夢。」

米莉眨著眼睛。「克里斯告訴你們了？」

「他告訴我們，你老是尖叫著醒來。」

「那是因為你打電話給我。害我又開始做惡夢，因為你把惡夢帶回來了。」

「這表示你還困在過去，米莉。你沒有真正拋開。」

「我好得很。」

「是嗎？」珍四下看了一圈，書架上整齊排列的書，放在壁爐台正中央的那瓶鮮花。「或者你只是躲在這裡，不去面對外面的世界？」

「在發生了我那些事情之後，換了你不會躲起來嗎？」

「我會想要再度感到安全。而唯一的方法，就是找出這個人，把他抓去關起來。」

「那是你的工作，警探。不是我的。我會盡可能幫助你。我會看你們帶來的所有照片。我會回答你所有的問題。但是我不會去波士頓。我不會離開我的家。」

「我們有辦法讓你改變心意嗎？」

米莉直視著她。「無論如何都不可能。」

27

他們今晚睡在我們的客房裡。要是有什麼能讓我感覺安全，那應該就是有一個女警探和一個美國聯邦調查局的探員住在我們家，但我卻再度無法入眠。克里斯呼吸均勻地躺在我旁邊，那溫暖的巨大身軀在黑暗中令人感覺安心。每天晚上都能這樣酣然入睡，真是奢華的享受，每天醒來都活力十足，不會受到惡夢連連的侵擾。

我爬下床時，完全沒驚動他，然後拿了睡袍，溜出臥室。

我沿著走廊往前，經過了瑞卓利警探和她丈夫暫住的客房。說來奇怪，我跟他們相處了一下午，但一開始竟然沒想到他們是夫妻。他們打開筆電，讓我看了一張又一張可能嫌犯的照片。這麼多臉，這麼多男人。等到晚餐時間時，那些照片都開始混淆不清了。我揉揉疲倦的雙眼，等到再度張開時，我看到狄恩探員一手放在瑞卓利警探的肩膀上。那不是純友誼的輕拍，而是一個關懷男子的撫摩。這時我才把其他細節也湊到一起：成對的結婚戒指。他們彼此接話的默契。他不必問就幫她的咖啡加一匙糖，然後才遞給她。

表面上，他們完全公事公辦，尤其是冷漠而嚴肅的嘉柏瑞·狄恩。但在晚餐桌上，喝了幾杯葡萄酒之後，他們開始談起兩人的婚姻和女兒，以及他們在波士頓的生活。那樣的生活很辛苦，我心想，尤其他們的工作性質要求很嚴苛。而現在，工作又讓他們大老遠來到了西開普省這個偏遠的角落。

我躡手躡腳經過他們關起的房門外，進入廚房，拿了玻璃杯，倒了些蘇格蘭威士忌進去。剛好夠讓我昏昏欲睡，但還不會喝醉。我憑經驗知道，雖然一點威士忌可以幫助我入睡，但喝太多就會害我在幾個小時後做惡夢醒來。我坐在餐桌前的一張椅子上，在牆上響亮的時鐘滴答聲中慢吞吞喝著酒。如果克里斯沒睡，我們就會拿著酒到外頭花園去，一起坐在月光下享受夜來香的芬芳。我從來沒在晚上獨自出門過。克里斯總說我是他所認識最勇敢的女人，但當初在波札那，讓我活下去的不是勇氣。就連最低等的生物都不想死，都會奮戰求生；因此，我並不比任何兔子或麻雀更勇敢。

背後的一個聲響讓我驚跳起來。我趕緊回頭，看到瑞卓利警探赤腳走進廚房。她沒梳的頭髮像個黑荊棘編成的亂七八糟頭冠，身上穿著太大的T恤和男式短褲。

「抱歉嚇到你了，」她說。「我只是出來喝杯水。」

「如果你想要的話，我可以給你喝點更猛的。」

她看著我那杯蘇格蘭威士忌。「唔，我可不想讓你自己一個人喝酒。」她自己倒了一杯，加了同份量的水，然後坐在我對面的椅子上。「所以你常常這樣嗎？」

「怎樣？」

「獨自喝酒。」

「喝酒能幫助我入睡。」

「睡不著，嗯？」

「這個你本來就知道的。」我又喝了一口，但沒有因此放鬆，因為她探究的深色眼珠觀察著我。「那你呢，為什麼睡不著？」我問。

「時差。現在波士頓是下午六點，我的身體不肯被愚弄。」她喝了一口，蘇格蘭威士忌的濃烈滋味一點都沒有讓她皺眉。「再謝一次，讓我們住在你們家客房。」

「我們不能讓你們連夜開車回開普敦，尤其我們已經相處了好幾個小時。希望你們不必馬上飛回美國，如果沒機會看看這個國家，那就太可惜了。」

「我們還有明天一個晚上會留在開普敦。」

「只有一天？」

「光是說服我的上司批准這趟出差，就已經很困難了。這陣子到處都在刪減預算，局裡絕對不可能讓我們花公家的錢出來玩。」

我低頭看著自己的蘇格蘭威士忌，像流動的琥珀般發出微光。「你喜歡你的工作嗎？」

「我一直就想當警察。」

「去抓兇手？」我搖搖頭。「我恐怕沒那個膽量。去看那些你平常看到的事情，每天要面對人類兇殘的一面。」

「這種事情你已經第一手看過了。」

「而且我再也不想看到了。」我把剩下的威士忌一口吞下。忽然間，我覺得喝得不夠，完全無法平撫我的焦躁。我站起來，打算再倒一杯。

「我以前也常做惡夢。」她說。

「也難怪，因為你的工作。」

「我克服了，你也可以的。」

「怎麼克服？」

「跟我的方法一樣。斬殺惡魔，把他關起來，讓他再也不能傷害你或任何人。」

我笑了一聲，打開酒瓶塞。「我看起來像警察嗎？」

「你看起來像個連睡覺都害怕的人。」

我把酒瓶放在流理台上，轉身面對著她。「你沒經歷過我所經歷的。你可能常在追獵兇手，但他們不會追獵你。」

「你錯了，米莉，」她平靜地說。「我非常清楚你經歷過什麼。因為我也被追獵過。」她堅定的目光看著我坐回椅子上。

「發生了什麼事？」我問。

「那是幾年前了，大概就在我認識我先生的時候。當時我在尋找一個殺害了幾個女人的兇手。鑑於他對那些被害人所做的事情，我不確定他算是人類。他從被害人的驚恐中獲得滿足。你愈害怕，他就愈渴望你。」她舉起杯子，喝了一大口。「而且他知道我很害怕。」

我很驚訝她承認這一點，這個看起來一無畏懼的女人。晚餐時，她描述她工作時如何第一次踢開門，如何追著兇手跑過屋頂、進入暗巷。而現在，她穿著T恤和短褲坐在那兒，滿頭深色亂髮，看起來就跟其他女人沒兩樣。渺小，脆弱，可以擊敗。

「你是他的目標？」我問。

「沒錯。好幸運。」

「為什麼挑你？」

「因為他之前設陷阱逮住我一次。就在他希望我去的地方。」她舉起兩手，讓我看她手掌上的疤痕。「這就是他弄的，用手術刀。」

今天稍早，我曾注意到那兩個位置很奇怪的疤痕，就像遭受過釘刑而癒合的傷口。現在我驚駭地看著那兩個疤，終於明白那些傷口是怎麼來的了。

「他被關進監獄之後，即使我知道他沒法來找我了，我還是會做惡夢，夢到他差點對我做的那些事情。怎麼可能忘記呢？我手上就有這兩個永遠的疤，會一再讓我想到他。不過惡夢的確開始減少。一年後，我就很少再夢到他了，事情應該就到此為止。本來應該是這樣收場的。」

「那為什麼不是？」

「因為他逃獄了。」她迎視我的目光，我在她眼中看到了跟自己同樣的恐懼。我看到一個女人，她明白活在兇手的十字瞄準線中、完全不曉得扳機什麼時候會扣下的滋味。「於是我又開始做惡夢了。」

我站起來，拿了那瓶蘇格蘭威士忌，放在我們兩個人中間的餐桌上。「敬惡夢？」我說。

「靠喝酒是沒辦法趕走惡夢的，米莉。無論你喝多少瓶都沒用。」

「那你建議我該怎麼做？」

「跟我做過的一樣。抓到那個在夢中追逐你的惡魔，把他碎屍萬段、埋葬掉。只有這樣，你才能睡得好。」

「那你現在睡得好嗎？」

「沒錯。但是只因為我選擇不要逃走躲起來。我知道只要他還在那兒，還在繞著我打轉，我就沒辦法輕易放鬆。於是我變成了獵人。嘉柏瑞知道我這樣是在冒險，也試著不讓我加入這個案子。但是我非參與不可。為了不發瘋，我必須加入奮戰，而不是躲在鎖起來的門後，等著他來攻擊。」

「你丈夫沒設法阻止你？」

「啊，當時我們還沒結婚，所以他沒辦法阻止我。」她大笑。「就算換了現在，他也沒辦法阻止我啦。不過他盡全力不讓我冒險。」

我想到克里斯，在床上平靜地打鼾。他當初幫我收拾一切，帶我到這個農場，保護我的安全。「我丈夫做的也是這樣。」

「把你關在鎖起來的門後面？」

「他是要保護我。」

「但是你並不覺得安全。即使事情已經過了六年。」

「我在這裡覺得很安全。至少本來是這樣。直到你重新提起，讓整件事又回到我的生活中。」

「我只是在盡我的職責，米莉。別怪我。我沒把那些惡夢塞到你腦袋裡。我不是害你變成囚犯的人。」

「我不是囚犯。」

「是嗎？」

我們隔著餐桌凝視彼此。她發亮的深色眼珠很危險，可以穿透我的腦殼，直達我腦袋最深處的縐褶，看到我暗自隱藏的驚恐。她說的一切我都無法否認。我的確是個囚犯。我不光是避開外面的世界，還一想到就膽怯。

「你不必這樣過日子的，」她說。

我一開始沒回答，只是低頭看著握在雙手裡的玻璃杯。我想再喝，但心知那只能平撫恐懼幾小時。就像麻醉劑，最終藥效還是會退去的。

「告訴我，你是怎麼辦到的，」我說。「你是怎麼反擊的。」

她聳聳肩。「到頭來，我沒有別的選擇。」

「你選擇反擊。」

「不，我的意思是，我真的沒有其他選擇。你要知道，他逃獄之後，我就知道我必須追捕他。嘉柏瑞、我波士頓警局的同事，全都叫我不要管，但是我沒辦法置身事外。我比任何人都熟悉那個兇手。我曾看著他的眼睛，看到的是一頭野獸。我了解他，知道什麼讓他興奮、什麼讓他渴望，也知道他是怎麼跟蹤他的獵物。要讓我晚上能睡得好的唯一方法，就是獵捕到他。問題是，他也在追獵我。我們是兩個被關起來作殊死鬥的敵人，其中一個非死不可。」她暫停，喝了一口威士忌。「他先攻擊。」

「發生了什麼事？」

「我在最沒防備的時候，落入了他的圈套。被帶到一個沒人會發現我的地方。最糟糕的是，他不是一個人，他旁邊還有個朋友。」

她的聲音好輕，輕得我得湊近才能聽到。在外頭，昆蟲在夜晚的花園中鳴唱，但在我的廚房裡，卻是一片安靜。我想著把我的恐懼乘以二。兩個強尼追獵我。我不曉得這個女人怎麼有辦法坐在這裡，如此冷靜地說著她的故事。

「他們把我帶到他們想要的地方，」她說。「沒有人會來救我，沒有人會忽然衝進來扭轉局面。只有我一個人對抗他們。」她吸了口氣，在椅子上坐直身子。「而我贏了。就像你也可以的，米莉。你可以殺死那個惡魔。」

「你就是這樣，殺死了惡魔？」

「他倒還不如死了呢。我的子彈切斷了他的脊椎神經，現在他被困在一個永遠逃不掉的地方——他自己的身體。脖子以下都癱瘓了。而他的朋友則在墳墓裡爛掉了。」她的微笑跟她剛剛所描述的一切好不協調，但是當你戰勝一個惡魔，你的確有資格露出勝利的笑容。「然後那天夜裡，我一整年來頭一次睡得那麼安穩過。」

我弓身面對餐桌，什麼都沒說。我當然知道她為什麼告訴我她的故事，但是對我沒有用。你沒有辦法硬逼一個人勇敢起來，除非他心裡本來就有勇氣。我能活著，純粹是因為我太怕死了，所以我其實很懦弱。這個一直走一直走、經過大象和鱷魚的女人，是天生擁有一雙健壯的腿和太多的幸運。

她打了個呵欠站起來。「我想我要回去睡了。希望明天可以再跟你多談談這件事。」

「我不會改變心意的。我不能去波士頓。」

「即使你可以做出改變？你比其他任何人都了解這個兇手。」

「他也很了解我。我是唯一逃走的，是他一直在尋找的。我是他的獨角獸，是註定要被獵殺到滅絕的。」

「我們會保護你的安全。我保證。」

「六年前，在荒野裡，我明白了死亡是什麼滋味。」我搖搖頭。「別要求我再死一次。」

儘管喝了那麼多蘇格蘭威士忌，也可能就是因為喝了太多，反正我又夢到了強尼。他站在我面前，雙手伸向我，求我奔向他。我們周圍有好多獅子，逐步逼近要獵殺我們，我必須做出決定。我多麼想信賴強尼，就像我以前曾信賴過他！我從來不相信他真的會殺人，現在他站在我面前，寬闊的肩膀和滿頭金髮。來吧，米莉。我會保護你的安全。我開心地奔向他，渴望他的碰觸。但我一走進他的懷抱，他的嘴巴忽然變成獸嘴，張得好大，露出森森白牙，準備要吞沒我。

我尖叫著，忽然驚醒。

我坐在床邊，雙手掩著臉。克里斯撫摩著我的背，想讓我平靜下來。即使汗水冷卻，讓我的皮膚發涼，我的心臟還是跳得好厲害。他喃喃說：「你很好，米莉，你很安全。」但我知道我不好。我是個有裂痕的瓷玩偶，只要輕輕一碰就隨時會碎掉。六年沒讓我的裂痕癒合，現在我很清楚，我永遠不可能恢復完整。除非強尼進了監獄——或是死掉。

我抬起頭看著克里斯。「我不能再繼續這樣下去了。我們都不能。」

他深深歎了口氣。「我知道。」

「我不想做，但我非得去做不可。」

「那我們都跟你一起去波士頓。你不會孤單的。」

「不。不行。我不希望凡麗特靠近他。我要她留下，我知道這裡很安全。而你是我唯一信任可以照顧好她的人。」

「但是誰來照顧你呢？」

「他們會照顧我的。你也聽到他們一再說過了，他們不會讓我發生任何事的。」

「你信任他們？」

「為什麼不？」

「因為你對他們只是個工具，一個結束案子的手段而已。他們不在乎你。他們只想抓到他。」

「我也想抓到他。我可以幫他們辦到。」

「但是這麼一來，他就有機會找到你了。要是他們抓不到他呢？要是他扭轉局勢，跟著你回到這裡呢？」

我從沒想到有這個可能性。我想到剛剛做過的惡夢，強尼誘人地承諾會保證我的安全，然後忽然張開大口。那是我的潛意識在警告我要遠離危險。但如果我遠離了，什麼都不會改變，什麼都不會癒合。我永遠會是那個有裂痕的瓷玩偶。

「我沒有選擇，」我說。「只能信任他們了。」

「你可以選擇不要去。」

我握住他的手。那是農夫的手，大大的，長了繭，強壯得可以把綿羊壓在地上，又溫柔得可以幫小女孩梳頭髮。「我得結束這件事，親愛的。我要去波士頓。」

克里斯開出了一連串要求，目光兇惡地向瑞卓利警探和狄恩探員提出。

「你們每天要跟我報告，讓我知道她沒事，」他命令道。「我要知道她健康又平安。我要知道她是不是想家。我要知道她是不是打了噴嚏。」

「拜託，克里斯。」我歎了口氣。「我又不是要上月球。」

「上月球可能都安全點。」

「我跟你保證，我們會照顧她的，德布魯因先生，」瑞卓利警探說。「我們並不是要求她帶著槍去當警察，她只不過是要接受我的警探同事和我們的犯罪心理學家諮詢而已。她去一個星期，或許頂多延到兩個星期。」

「我不希望她自己待在哪個旅館房間裡。我要她有個人可以一起住。有個像樣的家，讓她不覺得一個人孤零零的。」

瑞卓利看了丈夫一眼。「我想我們可以安排一下。」

「哪裡？」

「我得先打個電話。問一下那個地方行不行。」

「誰的家？」

「我信任的人。一個朋友。」

「米莉上飛機前，我要你先確認這件事。」

「我們離開開普敦之前，會把所有細節都安排好的。」

克里斯審視著他們的臉好一會兒，尋找不該相信他們的跡象。他天生對人多疑；那是源自一個不可靠的父親和一個在他七歲就拋棄他的母親。他總是害怕會失去自己所愛的人，而現在他很怕失去我。

「一切都會沒事的，親愛的。」我說，講得信心十足，但我心底其實沒那麼有把握。「他們很專業，知道自己在做什麼的。」

28 波士頓

莫拉把一瓶黃玫瑰放在五斗櫥上，轉身看了她家客房最後一圈。白色羽絨被是剛洗好的，地上的土耳其地毯用吸塵器徹底吸過，浴室裡放了柔軟蓬鬆的白色毛巾。這個房間上回有人住是在八月，十七歲的朱利安·柏金斯暑假來訪。自從他離開之後，莫拉就很少走進這個房間。現在她挑剔地又四下看了一會兒，以確定一切都準備好要迎接她的客人了。窗外可以看到後花園，但在這個十一月下旬的午後，她看到的是一片枯萎的宿根植物和褐色草皮所構成的無趣風景。至少床上方那幅絢麗的粉紅色牡丹畫作，帶來了一點明亮的春天色彩，五斗櫥上還有那瓶黃玫瑰。對於來參與一項冷酷任務的訪客來說，是個令人愉快的歡迎。

珍已經發了電子郵件解釋整個狀況，莫拉也閱讀過米莉的檔案，所以她已經有了心理準備。但當門鈴響起，她第一次親眼見到米莉時，還是被那個憔悴模樣嚇了一跳。從開普敦飛過來是一段漫長的旅程，珍看起來也很狼狽，但米莉的模樣脆弱得就像一縷遊魂，她的雙眼空洞，瘦小的骨架幾乎淹沒在身上那件太大的毛衣裡。

「歡迎來到波士頓，」莫拉說，領著她們進屋，珍拿著米莉的行李箱。「我為天氣道歉。」

米莉擠出一個虛弱的笑容。「我沒想到會這麼冷。」她害羞地低頭看著自己的大毛衣。「這件是在機場買的。我想裡頭可以再塞一個女人。」

「你一定累壞了，要不要喝杯茶？」

「那就太好了，不過我想先去一下洗手間。」

「你的房間就沿著走廊往前，右手邊，裡頭有專屬的浴室。慢慢來沒關係。茶隨時可以喝。」

「謝謝。」米莉拿了她的行李箱。「我幾分鐘就好。」

莫拉和珍在外面等待著，聽到米莉關上浴室門的聲音。然後珍說：「你確定這樣沒問題？我本來想找別的解決辦法，但是我家公寓太小了。」

「完全沒問題，珍。你說只有一星期，而且你不能把那個可憐的女人塞到旅館裡。」

「唔，那就謝謝你了。另一個辦法就是我媽那裡，但最近那裡是個瘋人院，因為我爸快把她逼瘋了。」

「你母親現在還好吧？」

「除了她有憂鬱症的狀況？」珍搖搖頭。「我在等著她鼓起勇氣把他趕走。問題是，她很努力要讓其他每個人快樂，忘了重點在於她自己。」珍嘆氣。「我老媽是個聖人。」

我母親就永遠不可能，莫拉心想。她想到上回她在監獄裡看到艾曼爾提亞。想起那女人沒有靈魂的雙眼，以及算計的目光。即使在當時，癌細胞想必已經在艾曼爾提亞體內滋長了，邪惡裡頭包藏著邪惡，就像有毒的俄羅斯娃娃。現在她被癌症逐步蠶食，會開始覺得自責嗎？這樣的一個惡魔，有可能贖罪嗎？再過幾個月，頂多六個月，那對眼睛就會永遠變暗了。而我將永遠不明白。

珍看了一眼手錶。「我得走了。麻煩你跟米莉說一聲，我明天早上大約十點會來接她去局裡開會。我已經拜託布魯克萊警局的人有空就派輛巡邏車過來看看，幫忙注意一下。」

「有這個必要嗎？沒有人曉得她在這裡啊。」莫拉說。

「主要是讓她覺得安全。光是要把她弄來這裡，就費了好大一番工夫。照她的想法，我們是把她直接帶到野獸的巢穴裡了。」

「說不定真的是這樣。」

「但是我們需要她。所以我們得讓她安心，免得她跳上飛機跑回家。」

「我不介意家裡有個借住的客人，」莫拉說。她低頭看了那隻貓一眼，那貓偏挑這個時候跳上茶几。「不過這個客人呢，我倒是很想擺脫掉。」她抓起那隻貓，扔回地上。

「你們兩個好像還沒培養出感情，嗯？」

「啊，牠培養出感情了，跟我的開罐器。」莫拉厭惡地拍掉手上的貓毛。「所以你對她有什麼了解？」

珍看了走廊一眼，然後低聲說：「她很害怕，也難怪。她是唯一活著逃出來的人，唯一可以在法庭上指認他的人。雖然已經過了六年，但是他還是會害她做惡夢。」

「這也不難理解。你和我都曾經有過同樣的處境。」她不必多說，兩人都曉得被追獵是什麼樣的狀況，夜裡躺在床上睡不著，等著聽到窗子被砸破，等著聽到門鈕轉動。她們都曾有被殺人兇手跟蹤的不幸經驗。

「她明天要面對很多提問，會被要求重新談起某些痛苦的回憶。」珍說。「務必讓她好好睡一覺。」她走出前門要離開時，手機響了，她在門廊上暫停一下接聽。「嘿，譚，我們才到。我馬上回局裡報告……」她走到一半站住了。「什麼？你確定？」

莫拉看著珍掛掉電話，站在那裡瞪著手機，好像那手機剛剛背叛了她。「怎麼了？」

珍轉身面對著她。「我們有個麻煩了。還記得無名氏小姐嗎？」

「那具後院挖出來的骸骨？」

「你讓我相信她是被豹人殺害的。」

「我到現在還是相信。她頭骨上的爪痕。切除內臟的跡象。尼龍繩。全都符合這樣的判斷。」

「麻煩的是，她的身分剛剛查出來了，而且是DNA鑑定的。她的名字是納塔麗·圖姆斯，二十歲。庫利學院的學生。白人女性，身高一六〇公分。」

「這些全都符合我所檢驗的那具骸骨。出了什麼問題？」

「納塔麗是在十四年前失蹤的。」

莫拉瞪著她。「十四年？我們知道當時強尼·波司圖穆斯人在哪裡嗎？」

「在南非的一家打獵旅館工作。」珍搖著頭。「納塔麗不可能是他殺的。」

「這把你那套全能豹人的理論全都搞砸了，瑞卓利，」達倫·克羅說。「十四年前，納塔麗．圖姆斯在波士頓失蹤的時候，這傢伙正在南非的薩比桑茲保留區工作。國際刑警組織的報告裡都有文件。包括他在那家旅館的雇用紀錄，還有他的出勤登記表和薪水收據。顯然地，他沒殺納塔麗。這表示你大老遠把那位目擊證人從南非帶過來，根本是白忙一場。」

珍因為前一夜沒睡好而全身無力，眼前正試圖把注意力放在她的筆電上。今天早上她醒來時覺得昏昏沉沉的，開會前連忙灌了兩杯咖啡好叫醒腦袋，但大量出現的新事實讓她來不及應付。她感覺到其他三個警探都盯著她，同時她趕緊查閱螢幕上的那份報告，裡頭確認了譚昨天電話裡告訴她的。納塔麗．圖姆斯，二十歲，生前是庫利學院主修英語的學生，這所學校離她的埋骨處才兩哩遠。當年納塔麗跟另外兩個大學生在校外租了一棟房子，室友形容她是外向的體育健將，喜歡大自然。最後一次有人看到她，是一個星期六的下午，她背包裡裝滿了書，出門去赴一個溫書約會，跟一個叫泰德的男子。她的兩個室友都沒見過泰德。

次日，她的室友就報案說她失蹤了。

十四年來，這個案子就放在全國失蹤人口的資料庫裡，裡頭總共有幾千宗沒解決的失蹤案。她的母親（後來過世了）當初曾提供她的DNA檢體給聯邦調查局，以備萬一她女兒的遺體出現。就是這份DNA，確認了那個後院工地挖出來的遺骸的確是納塔麗。

珍看著佛斯特，他歉意地搖搖頭。「我們很難反駁這些事實，」他說，口氣很痛苦。要承認克羅是對的，總是會很難受。

「你浪費了一筆波士頓警局的經費，把那位目擊證人接來波士頓。」克羅說。「幹得好啊，瑞卓利。」

「但是有一個實質證據，把至少一樁謀殺案連到波札那，」珍指出。「就是那個香菸打火機。我們知道那個打火機原來是理查・倫威克的，要不是兇手帶來，怎麼會從非洲跑到緬因州呢？」

「誰曉得那個打火機過去六年間經過了多少人的手？有可能是另一個完全無關的遊客不曉得在哪裡得到的，然後帶來美國。不管你怎麼看，顯然納塔麗・圖姆斯都不是強尼・波司圖穆斯殺的。她遇害的時間比其他案子都要早了將近十年。我看我們就放棄聯合調查吧。瑞卓利，你們繼續去找你們的豹人，我們則去查我們的兇手。因為我不認為我們的案子有任何關聯。」他轉向自己的搭檔。「走吧，譚。」

「米莉・德布魯因大老遠從開普敦飛過來，」珍說。「她現在就在外頭跟札克醫師一起等著。至少聽聽她的說法吧。」

「為什麼？」

「要是其實只有一個兇手呢？要是他假冒別人的身分，在各州犯案，甚至跨國犯案呢？」

「慢著。這是你的新理論嗎？」克羅大笑。「一個冒牌貨用別人的名字殺人？」

「第一個提出這個可能性的，是我們在國際刑警組織的聯絡人韓克・安吉森。韓克很在乎強尼・波司圖穆斯沒有犯罪前科、沒有暴力紀錄的事實。他說強尼是個聲譽良好的狩獵旅行一流嚮導，很受同業尊敬。要是在荒野裡殺了七個遊客的兇手不是強尼呢？這些遊客以前都沒見過他。那個非洲追蹤師之前也沒跟他合作過。有可能是另一個人冒充強尼的。」

「冒牌貨？那真正的強尼跑去哪裡了？」

「一定就是死了。」

其他三個警探忙著思索這個新的可能性，當場大家沉默了一會兒。

「那這麼一來，你們又回到原點了。」克羅說。「尋找一個沒有名字、不知身分的兇手。祝你們好運了。」

「也許我們沒有兇手的名字，」珍說。「不過我們有他的臉。而且還有人看過那張臉。」

「你的目擊證人已經指認強尼．波司圖穆斯就是兇手。」

「她指認的唯一根據，就是一張護照的照片。我們都曉得照片不可靠的。」

「目擊證人也不可靠。」

「米莉不會撒謊的，」珍反擊。「她經歷過那麼悲慘的遭遇，這回根本就不想來。但她現在就跟札克醫師坐在外頭等。你們至少可以聽聽她的說法。」

「好吧。」克羅歎氣。往後靠坐在椅子上。「我就暫時配合一下。先聽聽她有什麼要說的。」

珍走向對講機。「札克醫師，麻煩你帶米莉進來好嗎？」

過了一會兒，札克帶著米莉走進會議室。她穿著成套的羊毛料裙裝，裡面是牛津襯衫。但衣服都太大了，好像最近才剛瘦下來，看起來比較像個偷穿母親衣服的年輕女子。她溫順地坐在札克醫師幫她拉開的椅子上，但雙眼始終盯著桌面，好像害怕得不敢抬頭看那些正在觀察她的警探。

「這幾位是我兇殺組的同事，」珍說。「克羅警探、譚警探，還有佛斯特警探。他們已經看過了檔案，知道你在奧卡萬戈三角洲發生的事情。不過他們想知道更多。」

米莉皺眉看著她。「更多？」

「關於強尼，或者該說，據你所知是強尼的人。」

「把你剛剛告訴我的說出來吧，關於強尼的。」札克醫師提議道。「我之前說過，每個兇手都有自己的技巧、自己的簽名，還記得嗎？這些警探想知道強尼有什麼獨特的地方。他怎麼做事、怎麼思考。你所告訴他們的細節，說不定就會成為他們抓到他的關鍵。」

米莉想了一會兒。「我們信任他，」她輕聲說。「一切都可以歸結到這一點。我們——我——相信他會照顧我們。在奧卡萬戈三角洲，有太多不同的死法。每回你走下車，每回你踏出帳篷，都會有生物等著要殺掉你。在那樣的地方，你必須信任的人，就是你的荒野嚮導。這個人有經驗，有步槍。我們有充分的理由信任他。在報名參加這趟旅行之前，理查做了一些研究。他說強尼有十八年的經驗。他說有來自世界各地的遊客所寫的讚美。」

「這些他都是在網路上查到的？」克羅說，雙眉挑高。

「是的，」米莉承認，臉紅了。「但是我們到了三角洲以後，一切似乎都完全沒問題。他來飛機跑道接我們。帳篷很陽春，但是很舒適。而且三角洲很美。真正的原始地帶，你無法相信世上還有這樣的地方存在。」她暫停，雙眼矇矓，迷失在那個地方的回憶中。然後她吸了口氣。「頭兩天晚上，所有的事情就像原先保證的那樣。露營、吃飯，開車去看獵物。然後……一切都改變了。」

「在你們的追蹤師被殺害之後。」珍說。

米莉點點頭。「天亮時，我們發現克萊倫斯的屍體。或者該說……其中的一部分。鬣狗吃過了，留下的屍骨好少，我們不曉得發生了什麼事。此時我們已經深入荒野地帶，沒辦法用無線電。總之是不能用。接著，有貨車也無法發動。」她吞嚥了一口。「我們被困在那裡。」

房間裡一片死寂。就連克羅也沒說平常那些自作聰明的評語。米莉故事中愈來愈令人驚駭的情節，完全吸引住他們所有人了。

「當初我想要相信，我們只是碰巧遇上了接二連三的壞運氣而已。克萊倫斯被殺害。貨車沒法發動。理查還覺得那是一趟很棒的歷險，以後可以拿來寫小說。他書裡的主角英雄傑克曼・崔普，困在荒野中，在種種不利的狀況下，卻倖存下來。我們知道到最後會獲救，那架飛機會來找我們。所以我們決定要盡力享受這段荒野經驗。」她吞嚥著。「然後松永先生也死了，那就再也不是一趟歷險，而是夢魘。」

「你們當時懷疑過強尼嗎？」佛斯特問。

「還沒有。至少我沒有。我們發現伊佐夫的屍體在一棵樹上，就像典型被豹殺死的獵物。那件事看起來似乎又是一個意外，另一次運氣不好。但其他人開始偷偷議論強尼。懷疑是他暗地裡下手的。」米莉低頭看著桌面。「我該聽他們的話。我該幫他們擊敗強尼，但當時我沒辦法相信。我拒絕相信，因為……」她停下來。

「為什麼？」札克醫師柔聲問。

米莉眨掉淚水。「因為我有點愛上他了。」她低聲說。

愛上那個想殺她的男人，珍看著其他同事震驚的表情，但她對米莉的這番坦白卻一點也不驚訝。有多少女人是被丈夫或男友殺害的?戀愛中的女人並不擅長看人。難怪米莉這麼難以忘記:她不單是被強尼背叛,也被自己的心給背叛了。

「這件事我從來沒承認過,連對自己都不肯承認。」米莉說。「但是在那裡,在非洲的原始荒野中,一切都好不一樣。美麗又奇異。夜裡的動物叫聲,空氣的氣味。每天早上你醒來,都覺得有點害怕,有點緊張。覺得自己活著。」她看著札克。「那就是強尼的世界。他讓我覺得在那裡很安全。」

最極致的催情藥。面對著危險,最有魅力的莫過於保護者,珍心想。這就是為什麼很多女人會愛上警察或保鏢,為什麼歌手會唱著某個守護我的人。在非洲荒野,最迷人的男人就是可以保住你性命的。

「其他人都在討論要制伏強尼,把他的槍搶過來。我沒參與,因為我覺得他們太多疑了。而且理查在慫恿他們,想當英雄,因為他嫉妒強尼。我們在那裡,周圍環繞著可能吃掉我們的野獸,但真正的戰爭卻發生在我們的營地裡。我和強尼對抗其他人。他們不再信任我,不再告訴我他們的計畫。我以為我們可以平安度過,獲得救援,然後他們就會明白他們有多荒謬。我以為我們只要冷靜下來,設法熬過這段期間。然後……」她吞嚥著。「他想殺艾列特。」

「帳篷裡的蛇。」珍說。

米莉點點頭。「那時候我知道自己必須選邊站了。但即使在當時,我還是不太能相信會是強尼。我不願意相信。」

「因為他讓你信任他。」札克說。

米莉擦擦眼睛，聲音沙啞。「一點也沒錯。他讓你信任他。他選擇了那個想要相信他的。或許他一向都會尋找壁花，完全不起眼的女人，或是男朋友要分手的女人。啊，他知道該找哪一個。他會對她微笑，而她生平第一次覺得真正活著。」她又擦擦眼睛。「我是一群瞪羚中最軟弱的那隻。他一看就知道了。」

「才不是最軟弱的呢，」譚柔聲說。「你是唯一活下來的。」

「而且她成了可以指認他的那一個。」珍說。「無論他的真實姓名是什麼。我們有了他的外貌描述。我們知道他身高大約一八八到一九〇公分，肌肉發達。金髮，藍眼珠。他或許改變了頭髮的顏色，但身高是沒辦法偽裝的。」

「也沒辦法偽裝眼睛。」米莉說。「那種看著你的眼神。」

「描述一下吧。」

「好像他看穿你的靈魂。看到了你的夢想、你的恐懼。好像他可以看透你是個什麼樣的人。」

珍想到了另一個男人的眼睛，她一度在瀕臨死亡前認真看過的，然後她手臂冒起了雞皮疙瘩。我們都體驗過兇手的眼神，她心想。但我看到時就知道對方是兇手。米莉沒看出來，她的羞愧顯示在垂下的雙肩、低著的頭。

珍的手機響了起來，尖銳而嚇人。她站起來離開會議室去接聽。

打來的是鑑識人員艾琳・沃許科。「你知道他們在裘蒂・昂得伍德的藍色睡袍上發現的那些動物毛？」

「貓毛。」珍說。

「是啊，有兩根絕對是家貓的。但還有第三根我之前沒辦法鑑定出來，就送去奧勒岡州的野生動物實驗室。我們剛剛拿到了檢驗結果。」

「雪豹毛？」

「不，恐怕不是。是出自一種學名叫 *Panthera tigris tigris* 的物種。」

「聽起來像是老虎。」

「更精確地說，是孟加拉虎。我完全沒想到。或許你可以解釋，為什麼一根老虎毛會跑到被害人的藍色睡袍上。」

珍已經有了答案。「里昂．勾特家裡是一個動物標本的大本營。我記得他牆上好像有個老虎頭，不過我不曉得那是不是孟加拉虎。」

「你能不能去那個標本頭上拔幾根來給我？要是比對結果符合這根老虎毛，那就曉得是從里昂．勾特的家裡轉移到裘蒂．昂得伍德的睡袍上的。」

「兩個被害人，同一個兇手。」

「看起來愈來愈像是這樣了。」

29

他在這裡，就在這個城市中。當我們困在午後的擁擠車陣裡之時，我望著車窗外的行人低頭迎著竄過高樓之間的大風，艱難地往前行走。我在農場住得太久，早已忘了置身城市是什麼滋味了。我不喜歡波士頓。我不喜歡這裡好冷又好灰，還有那些遮蔽天空的高樓，把我永遠困在陰影中。我不喜歡這裡的人那種直率的作風，好直接又好嚴厲。瑞卓利警探開車時若有所思，也沒找我講話，於是我們沉默坐著。外頭是一片按喇叭、遠處警笛所混合的刺耳雜音，還有人，好多人。就像非洲原始荒野，眼前這裡也是蠻荒地帶，只要做錯一個動作——不小心跌下人行道、跟一個生氣的人多吵兩句——就可能因此喪命。

在這個城市的巨大迷宮中，強尼躲在哪裡？

不管看哪裡，我都想像自己看到了他。我瞥見一個高大的金髮腦袋和一對寬闊的肩膀，心裡就猛跳一下。然後那人轉身，我看到了那不是他。下一個抓住我視線的高個子金髮男也不是他。強尼無所不在，也同時根本不在。

我們在另一個紅燈前停了下來，夾在兩排停滿車的車道間。瑞卓利警探看著我。「我得在一個地方稍微停一下，然後再送你去莫拉家。這樣可以嗎？」

「沒問題。要去哪裡？」

「一棟房子。勾特的命案現場。」

她講得好輕鬆，但這就是她的職業，所以她常去發現屍體的地方。她就像我們在奧卡萬戈三角洲的追蹤師克萊倫斯，總是尋找獵物的蹤跡。只不過瑞卓利警探要找的獵物是殺人兇手。

最後我們終於脫離嚴重塞車的市區，進入一個充滿獨棟住宅、安靜許多的地帶。這裡有很多樹，不過十一月的枝頭一片光禿，落葉像褐色的遊行五彩碎紙在街道上翻滾。我們停在一棟房子前，屋裡的窗簾緊閉，一條警方膠帶在一棵樹上拍動，成了這個昏暗秋日裡僅有的一抹鮮豔。

「我進去幾分鐘就好，」她說。「你可以在車上等。」

我看了一圈空蕩的街道，看到有棟房子的正面窗戶裡有個剪影，顯然那個人在屋裡觀察我們。當然人們會留意。有個兇手來過這一帶，他們擔心他還會再來。

「我跟你一起進去，」我說。「我不想自己一個人待在這裡。」

跟著她走上前廊時，我好緊張，不曉得接下來會看到什麼。我從來沒見過謀殺現場，於是想像起濺血的牆壁、地板上有粉筆畫出的人形。但進屋後，我沒看到血，也沒看到暴力的痕跡——除非那一大堆展示的動物頭也算在內。牆上有好幾打動物頭部標本，那些眼睛活生生的，彷彿往下瞪著我。那是被害者的控訴展示館。漂白水的氣味好重，害我的眼睛泛淚，鼻子刺痛。

她注意到我皺起臉，於是說：「清潔人員一定是在整棟屋子裡用了大量漂白水。不過比原先的氣味好多了。」

「事情是發生在……在這個房間嗎？」

「不，是在車庫。我不必進去那裡。」

「我們來這裡到底是要做什麼？」

「找一隻老虎，」她看著牆上展示的戰利品獸頭。「找到了。我就知道我在這裡看過。」

她拖了一把椅子過來，爬上去好搆到那隻老虎，此時我想像著這些死亡動物的靈魂彼此交頭接耳，批判著我們。那隻老虎看起來好真實，我簡直害怕走近牠，但牠像個磁鐵般吸引我。我想到自己曾在奧卡萬戈三角洲看過活生生的獅子，想到牠們的肌肉在黃褐色的毛皮下起伏。我還想到了強尼，一頭金髮，同樣強壯有力，然後我想像著他的腦袋往下瞪著我。這面牆上最危險的動物。

「強尼說過，他寧可殺一個人，也不會朝一隻大貓開槍。」

瑞卓利正伸手要拔那隻標本虎的毛，中途停下來看著我。「那這棟房子一定會讓他生氣。這麼多大貓，為了娛樂而獵殺。而且里昂・勾特還在一本雜誌上吹噓過。」她指著一批掛在對面牆上的照片。「那就是艾列特的老爸。」

所有的照片裡都有同一個中年男子，拿著步槍，旁邊是各式各樣的獵獲物。另外還有一張裱框的雜誌文章：〈戰利品大師：專訪波士頓的動物標本剝製師〉。

「我都不曉得艾列特的父親是獵人。」

「艾列特沒告訴過你們？」

「一個字都沒提過。他完全沒提過他父親。」

「大概是因為他以父親為恥吧。艾列特和他父親很多年前鬧翻了。里昂喜歡射殺動物。艾列特想要援救海豚、狼，和田鼠。」

「唔，我知道他喜歡鳥類。在狩獵旅行時，他老是指給我們看，想認出是哪種鳥。」我看著里昂．勾特和他征服的死亡動物合影的那些照片，搖著頭。「可憐的艾列特。他是每個人的拳擊沙袋。」

「什麼意思？」

「理查老是奚落他，拿他當笑柄。男人和他們的罣固酮，老是想贏過對方。理查非得當國王不可，於是就逼著艾列特低頭。一切都是為了討好那些金髮女郎。」

「就是那兩個南非女孩？」

「席維雅和薇薇安。艾列特迷她們迷得半死，而且理查總是不放過任何機會，炫耀他自己更有男性氣概。」

「你講起來口氣還是很氣憤，米莉，」她輕聲評論道。

我很驚訝自己氣到現在。都已經過了六年了，但想起圍著營火的那些夜晚，想到理查的注意力都放在那兩位小姐身上，我還是覺得很受傷。

「那在這場爭奪男性優勢的戰爭中，強尼在哪裡？」她問。

「說來奇怪，但他好像並不在乎。他只是站在後頭看好戲。我們的瑣碎爭鬥和嫉妒——他好像都無所謂。」

「或許因為他有別的事情要想。比方計畫要怎麼對付你們。」

那一夜圍著營火時，他坐在我旁邊，心裡就在想著那些計畫嗎？當時他正在想像著讓我流血、看著生命從我眼中逐漸消失時，會是什麼感受嗎？我忽然覺得好冷，環抱著自己，看著里昂．勾特和他戰利品的照片。

瑞卓利過來站在我旁邊。「我聽說他是個混蛋，」他說，看著勾特的照片。「不過即使是混蛋，也應該幫他伸張正義。」

「難怪艾列特從來不提起他。」

「他談過他的女朋友嗎？」

我看著她。「女朋友？」

「裘蒂・昂得伍德。她和艾列特在一起兩年了。」

我很驚訝。「當時他成天繞著那兩個金髮女郎打轉，從來沒提到過任何女朋友。你見過她嗎？是個什麼樣的人？」

她沒立刻回答，似乎覺得苦惱，因而猶豫著，一時沒有回答。

「裘蒂・昂得伍德死了。跟里昂在同一夜被殺害。」

我瞪著她。「你都沒跟我說過。為什麼你都不提？」

「那是正在進行的調查，所以有些事情我不能告訴你，米莉。」

「你大老遠帶我來幫你，但是你卻有事情瞞著我不說。而且是很重要的事情。你早該告訴我的。」

「我們不曉得他們兩個人的死是不是有關聯。裘蒂的謀殺看起來是竊盜案，殺人的手法也跟里昂的完全不同。所以我才來這裡找這些毛髮樣本。我們正在尋找物證，看能不能把這兩樁攻擊連結起來。」

「這不是很明顯嗎？兩個案子之間的連結點就是艾列特。」我恍然大悟，一時之間震驚得無法言語，甚至無法呼吸。我低聲說：「連結點就是我。」

「什麼意思？」

「你為什麼跟我聯絡？為什麼你認為我能幫你？」

「因為我們追蹤這些連結，查到了波札那的謀殺案，還有你。」

「一點也沒錯。那些連結引導你找到我。六年來我都躲在陶斯河鎮，用我婚後的姓。我遠離倫敦，因為我怕強尼會去找我。你認為他在這裡，在波士頓。而現在，我也在波士頓了。」我艱難地吞嚥著。「他就是希望我來這裡。」

我看到她眼中的警戒。她低聲說：「我們走吧。我帶你回莫拉家。」

走出房子時，我感覺自己脆弱得就像一隻身在空曠草原上的瞪羚。我想像著到處都有眼睛，隨時觀察著我走出屋子，或爬下汽車。我想起昨天我們降落時擁擠的機場，想到所有可能看到我在波士頓警察局大廳或自助餐廳或在等電梯的人。要是強尼在那裡，我會看到他嗎？

或者我就像瞪羚，對於逼近的獅子渾然不覺，直到他撲過來的那一刻？

30

「在她心目中，他已經變成神話式的大惡魔了，」莫拉說。「六年來，她都一直忘不掉那種恐懼。所以她會認為這場獵殺完全是針對她，也是很自然的事情。」

站在莫拉家的客廳裡，珍聽得到客房浴室裡傳來的蓮蓬頭水流聲。趁著米莉聽不到，她們趕緊私下討論她的狀況，莫拉很快就提出了她的意見。

「你想想她的念頭有多荒謬，珍。她認為超人強尼殺了艾列特的父親，殺了艾列特的女朋友，然後又有奇蹟式的先見之明，早在五年前就安排了一個純銀打火機當成線索？這一切，都是為了引誘她出來？」莫拉搖搖頭。「就算是一個下棋高手，也沒辦法算計到那個地步的。」

「但是有可能一切都是為了她。」

「裘蒂．昂得伍德和里昂的兇手是同一個人？證據呢？里昂被吊起來、開膛剖腹。裘蒂則是在一次迅速、有效率的閃電攻擊行動中被勒死。除非那些貓毛的DNA比對符合——」

「那根虎毛相當有說服力。」

「什麼虎毛？」

「我們離開辦公室要過來這裡之前，鑑識實驗室剛好打電話給我。裘蒂的藍色睡袍上不是有一根鑑定不出來的毛髮？結果是孟加拉虎的毛。」珍掏出口袋裡的證物袋。「里昂．勾特家的牆上碰巧就有一個老虎頭的標本。兩個不同的殺手剛好都接觸到老虎的機率有多大？」

莫拉皺眉看著證物袋裡的毛。「唔，這麼一來，你那個觀點的可信度的確就增加很多。除了動物園之外，你不會發現太多……」她暫停，看著珍。「蘇福克動物園有一隻孟加拉虎。如果那根毛是來自活的老虎呢？」

動物園。

一段記憶忽然湧現在珍的腦海。豹籠裡。黛比・羅培茲，被襲擊後躺在她腳邊流血。還有那個獸醫，歐伯林醫師，蹲在黛比的屍體上方，雙手按壓著她的胸部，拚命想讓她恢復心跳。高個子，金髮，藍色眼珠。就像強尼・波司圖穆斯。

珍掏出她的手機。

半個小時後，阿倫・羅茲博士回電了。「我不確定你為什麼想要這個，不過我找到了一張葛瑞格・歐伯林的照片。不是很好的照片。是幾個星期前在我們的募款餐會上拍的。不過這到底是怎麼回事？」

「你沒把這事情告訴歐伯林醫師吧？」珍問。

「你交代過我不要告訴他的。坦白說，背著他做這件事讓我很不安。這事情跟警方調查有關嗎？」

「我不能透露細節，羅茲博士。這件事情是機密。你能不能把那張照片e-mail過來？」

「你的意思是，馬上？」

「對，馬上。」珍喊道：「莫拉，我得借用一下你的電腦。他要把照片發過來。」

「在我書房裡。」

等到珍坐在莫拉的書桌前，登入電子郵件信箱，那張照片已經發到她的收件匣了。羅茲說照片是在動物園的募款餐會上拍的，顯然是很正式的餐會。她看到六個賓客在一個跳舞廳裡對著鏡頭微笑，手裡拿著葡萄酒杯。歐伯林醫師在照片的邊緣，正稍微轉身去拿托盤上的開胃小點心。

「好，我現在看著那張照片，」她對著電話裡的羅茲說。「不過不太清楚。你還有其他照片嗎？」

「我得四處去問問看。或者我可以直接跟他要一張。」

「不行。不要去問他。」

「這到底是怎麼回事，可不可以麻煩你告訴我？你們該不會在調查葛瑞格吧，因為他這個人老實得不得了。」

「你知道他是不是去過非洲嗎？」

「去過又怎樣？」

「你知道他去過非洲嗎？」

「我相信他去過。他母親就是約翰尼斯堡人。聽我說，你得自己去問葛瑞格。這件事搞得我很為難。」

珍聽到腳步聲，轉身看到米莉站在她後方。「你覺得呢？」珍問。「是他嗎？」

米莉沒回答，只是站在那裡，雙眼直盯著照片，兩手抓緊珍的椅背。她沉默了好久，電腦螢幕都休眠變黑了，珍還得喚醒螢幕。

「那是強尼嗎？」她又問了一次。

「有……有可能，」米莉低聲說。「我不確定。」

「羅茲，」珍對著電話說。「我需要一張更好的照片。」

她聽到他歎氣。「我會去問密科維茲博士。也或許找他的秘書，看公關室那邊有沒有。」

「不要，這樣會有太多人曉得。」

「聽我說，我不知道還有什麼辦法能弄到。除非你自己帶著照相機過來這裡。」

珍看著米莉，而米莉的雙眼還瞪著螢幕上葛瑞格·歐伯林醫師的照片。然後珍說：「我就是打算這麼做。」

31

她一直保證我會很安全。她說我永遠不必直接面對他，因為我只要看錄影的影片，而且那裡會有好幾個警察在場。我跟佛斯特警探坐在動物園停車場裡，從他的車子上，我看著許多家庭和小孩穿過動物園入口，看起來很開心又興奮。這是星期六，終於出了太陽，一切看起來都好不同——乾淨明亮又清爽。我也覺得自己變得很不一樣了。沒錯，我很緊張，而且非常害怕，但六年來頭一回，我覺得自己人生中的太陽就要升起，很快地，所有的陰影都將被陽光洗去。

佛斯特警探接起他發出鈴聲的手機。「對，我們還在停車場。我現在就帶她進去。」他看著我。「瑞卓利正在動物醫療區詢問歐伯林醫師。那是在動物園的南端，我們不會接近那邊的。你完全不必擔心。」他打開車門。「來吧，米莉。」

他陪著我走向入口。收票員都不曉得有個警方行動正在進行，我們就像其他遊客那樣，把門票遞給收票員，然後往前通過十字旋轉門。我看到的第一個展區是火鶴池，因此想到我女兒凡麗特曾在野外親眼看到幾千隻火鶴的奇景。我替這些城市小孩覺得遺憾，對他們來說，火鶴永遠就只代表著一打無精打采的鳥置身在一片水泥池裡。我沒有機會看到其他動物，因為佛斯特警探帶著我直奔行政大樓。

我們在一間會議室裡等待，裡頭有一張柚木長桌、一打舒適的椅子，還有一台放著錄影設備的推車。牆上有頒給蘇福克動物園及其員工的裱框獎章和獎狀。**多樣性優等獎。行銷優等獎。馬**

林・柏金斯獎。東北部最佳展覽。這是他們的誇耀室，好讓訪客看看這個動物園有多麼出色。

在對面牆上，我看到了有許多不同員工的履歷，我的目光立刻盯著歐伯林醫師的。四十四歲。佛蒙特大學科學學士。康乃爾大學獸醫學博士。上頭沒有照片。

「這可能要花點時間，所以我們得有耐心一點，」佛斯特警探說。

「我已經等了六年了，」我告訴他。「再多等一下也無妨。」

32

身高一九〇公分，金髮藍眼，葛瑞格．歐伯林醫師的長相跟強尼．波司圖穆斯的護照相片非常相似。他有同樣的方下巴和同樣的高額頭，這會兒那額頭疑惑地皺了起來，看著珍按下錄影機上的錄影鍵。

「你真的有必要錄下來嗎？」他問。

「我希望有一份精確的紀錄。而且這麼一來，我就不必記筆記，可以專心跟你談了。」珍．瑞卓利微笑著，在歐伯林醫師的辦公室裡坐下。背景裡有令人分心的噪音，是辦公室外頭那些關在獸醫籠裡的動物所發出的，不過也只能這樣了。珍希望他待在可以放輕鬆的熟悉環境裡。如果找他去波士頓警局問話，那就幾乎可以確定會引起他的戒心。

「我很高興你們進一步調查黛比的死亡，」他說。「因為我也一直想不透，非常心煩。」

「為什麼？有什麼特別的狀況嗎？」珍問。

「這樣的意外不該發生的。黛比和我同事好幾年了。她不是粗心的人，而且她很了解大貓。拴好過夜區這麼基本的事情，我無法想像她會忘記。」

「羅茲博士說，就算經驗豐富的動物飼育員，也會犯這樣的錯。」

「唔，沒錯。就算是很好的動物園，很資深的飼育員，也還是會出意外。可是黛比是那種離家前一定會檢查所有瓦斯爐、確保所有窗子都拴好的人。」

「那你覺得發生了什麼事？有其他人打開過夜區的門？」

「你們一定是這麼想的，對吧？所以才會想要找我談。」

「那天有任何原因，導致黛比粗心大意嗎？」珍問。「有什麼可能害她分心的事情？」

「我們幾個月前分手了，但她好像狀況還好。我不覺得她有什麼心煩的事情。」

「你跟我說過，是她提出分手的。」

「對。我想要小孩，但是她不想。兩個人都沒辦法妥協。我們分手時沒有什麼不愉快，我也一直還是很關心她。這就是為什麼我得搞清楚，查出我們是不是漏掉了什麼。」

「如果她沒有忘了拴上門，那你想會是誰把門打開的？」

「問題就出在這裡，我不知道！一般遊客看不到員工區，所以理論上，任何人都可能偷偷溜到後面來，沒有人看到。」

「她有敵人嗎？」

「新的男朋友呢？」

「沒有。」

停頓一下。「我不認為有。」

「你好像不是很確定。」

「我們最近很少聊天，大部分都只談工作的事。我知道我幫寇沃安樂死那天她很難過，但真的沒辦法，我們已經設法讓那隻大貓盡量活得久一點了。不過到最後，如果再讓牠受苦，那就太殘忍了。」

「所以黛比當時很難過。」

「對，同時也很火大，因為寇沃要被送去給某個有錢的混蛋做成標本。尤其當她發現那個混蛋就是傑瑞・歐布萊恩。」

「所以你不是他的忠實聽眾了。」

「那個人把非洲當成他的私人屠宰場，老在他的節目裡吹噓。所以沒錯，她很火大，我也很火大。我們在這裡的一部分任務，就是野生動物保育。我預定下個月要去約翰尼斯堡，參加一個稀有物種保護的會議。結果我們動物園居然跟魔鬼做交易，全都是為了錢。」

「所以你要去非洲，」珍說。「以前去過嗎？」

「去過。我母親的娘家就在約翰尼斯堡，我們有親戚在那邊。」

「那波札那呢？我在考慮要去玩，你去過嗎？」

「有。你絕對該去看看。」

「你是什麼時候去的？」

「不曉得，或許七八年前吧。那裡很美，全世界僅存的原始地帶之一。」

珍按下停止錄影的鍵。「謝謝你。我現在暫時就只需要這些資訊了。」

歐伯林皺起眉頭。「你想知道的就這些？」

「如果我有其他問題，會再跟你聯絡的。」

「你會持續追下去吧？」他說，看著珍收好錄影機。「之前這個案子被自動歸為意外事件，讓我覺得很心煩。」

「暫時是這樣，歐伯林醫師，除了歸為意外事件，也實在很難說是別的。每個人都一直跟我說那些大貓很危險。」

「唔，如果你還需要什麼資訊，隨時通知我。我會盡力幫忙的。」

你已經幫忙了，珍心想，拿著錄影機走出他的辦公室。今天是星期六，又是晴天，因而動物園的遊客特別多。她在擁擠的步道上左閃右閃，走向行政大樓。現在事情可以開始迅速進行了。四個便衣警察已經在動物園裡待命，等著她一聲令下，就要逮捕歐伯林。另外一組技術人員會衝進去沒收他的電腦和電子檔案，而莫拉已經去收集動物園裡那隻孟加拉虎的毛髮樣本，好送去毛髮與纖維實驗室比對。陷阱已經佈置妥當，現在珍唯一需要的，就是米莉指認歐伯林。

她走進行政大樓的會議室時，佛斯特和米莉正在等著她。珍覺得身上每根神經都像通了電。彷彿獵人看到獵物，她已經可以聞到空氣中獵物的血了。

珍把錄影機接上監視螢幕，轉向站在旁邊的米莉，她正抓著一張椅子的椅背，雙手緊繃，好像上頭的筋腱都要繃斷了。對珍來說，這只是一場打獵；但對米莉來說，這可能是她夢魘告終的一刻，此時她面對著視訊螢幕，像一個哀求暫緩執行死刑的囚犯。

「來吧，」珍說，然後按下播放鍵。

螢幕閃著亮起來，歐伯林醫師出現了，皺眉看著鏡頭。

你真的有必要錄下來嗎？

我希望有一份精確的紀錄。而且這麼一來，我就不必記筆記，可以專心跟你談了。

影片播放時，珍的雙眼盯著米莉。房間裡唯一的聲響就是錄影畫面裡珍的提問、歐伯林的回答。米莉全身僵硬，雙手還是抓著那張椅子，好像那是整個房間裡唯一穩固的船錨。她沒動，甚至連呼吸都似乎沒有。

「米莉？」珍說，按了暫停鍵，葛瑞格．歐伯林的臉在螢幕上凍結。「是他嗎？是強尼嗎？」

米莉看著他。「不是，」她低聲說。

「可是你昨天看過他的照片。你說有可能是他。」

「我搞錯了。那不是他。」米莉的雙腿一軟，跌坐在一張椅子上。「那不是強尼。」

她的答案彷彿吸光了房間裡的所有空氣。珍一直很確定他們已經把兇手誘入陷阱了。結果現在他們沒逮到豹人，而是抓到了小鹿斑比。誰叫她要把一切賭在一個記憶不可靠的證人身上，這就是她的下場。

「耶穌啊，」珍咕噥抱怨著。「所以我們又退回原點了。」

「拜託，瑞卓利，」佛斯特說。「她從來就沒有很確定啊。」

「馬凱特已經為了開普敦出差的事情唸了我好幾次。現在又是這個。」

「你期望什麼？」米莉說。她抬頭望著珍，忽然一股火冒上來。「對你來說，這只是個拼圖遊戲，你以為我有遺失的那片。可是如果我沒有呢？」

「聽我說，大家都累了，」佛斯特說，又如常扮演起和事佬。「我想我們應該做個深呼吸，或許去找點吃的。」

「我做了你要求我做的事，我不曉得還能再多做什麼了！」米莉說。「現在我想回家了。」

珍歎氣。「好吧，我知道今天對你來說很辛苦。我們會找個警察開車載你回莫拉家。」

「不，我指的是我家。我要回陶斯河鎮。」

「聽我說，我很抱歉剛剛講話那麼兇。明天，我們會重新檢討一切。或許有什麼——」

「這件事結束了。我想念我的家人。我要回家。」米莉把椅子往後一推，站了起來，明亮的雙眼帶著兇猛，那是珍從沒在她身上見過的。這個才是在非洲荒野裡克服萬難、生存下來的那個女人，才是拒絕跪下來等死的那個女人。「我明天就走。」

珍的手機響了起來。「我們晚一點再談吧。」

「沒什麼好談的了。如果你們不幫我訂機位，我就自己去訂。我受夠了。」她走出會議室。

「米莉，等一下，」佛斯特說，追著她進入走廊。「我找個人載你回去。」

珍拿起手機兇巴巴地說：「我是瑞卓利。」

「聽起來現在不是好時機啊，」鑑識專家艾琳・沃許科說。

「事實上呢，現在時機爛透了。不過你說吧，有什麼事？」

「這個事可能會讓你心情更好或更壞。是有關你從那個孟加拉虎標本上弄到的虎毛樣本。勾特家採集來的。」

「那些樣本怎麼了？」

「那些虎毛很脆，因為表皮層變薄又融合，已經開始遞降分解了。我懷疑那隻老虎是幾十年前被殺死並做成標本的，因為這些毛顯示出歲月和紫外線造成的改變。問題就出在這裡。」

「為什麼？」

「裘蒂・昂得伍德的睡袍上所採到的毛，並沒有遞降分解的跡象。是很新鮮的毛。」

「你的意思是，像是來自活的老虎？」珍歎了口氣。「可惜。我們才剛把那個動物園獸醫從我們的嫌犯清單上刪掉了。」

「你跟我說過，那天稍早，還有另外兩個動物園的員工去過勾特家。他們的衣服上大概有各種動物的毛。或許他們身上沾的毛掉在那棟房子裡，然後又被兇手沾到。轉移了三次，於是老虎毛就出現在裘蒂的睡袍上。」

「所以兩樁謀殺案還是有可能是同一個兇手幹的。」

「是啊。這是好消息還壞消息？」

「不曉得。」珍歎了一口氣，然後掛上電話。完全不曉得這一切要怎麼拼起來。她喪氣地拔掉連接到監視器的錄影機，捲起電線，然後把所有東西塞進錄影機的提包裡。她想著明天專案會議將要面對的種種提問，想著要怎麼為自己的決策辯護，更別說還有花掉的費用了。克羅會像個禿鷹似的攻擊她，到時候她要說什麼？

至少我撈到了一趟開普敦之旅。

她把推車推向會議室一側原先的位置，貼著牆放好。然後她暫停下來，雙眼被牆上的東西吸引了。牆上列出蘇福克動物園一些員工的姓名和學歷、資歷等。包括密科維茲博士，幾名獸醫，還有各式各樣鳥類、靈長類、兩棲類、大型哺乳類動物的專家。但她注意的是阿倫・羅茲的履歷。

阿倫・T・羅茲博士。

庫利學院科學博士。塔夫茨大學博士。

納塔麗・圖姆斯也曾就讀於庫利學院。

納塔麗失蹤那一年，阿倫・羅茲應該是四年級學生。她離家去赴一個溫書約會，跟一個叫泰德的男子，從此失蹤。直到十四年後，她包在防水布裡的骨骸被挖出來，腳踝綁著橘色尼龍繩。

珍急忙衝出會議室，跑上樓去動物園的行政辦公室。

那個秘書抬頭揚起一邊眉毛，看著珍衝進來。「如果你要找密科維茲博士，他已經離開，下午不會回來了。」

「羅茲博士在哪裡？」珍問。

「我可以把他的手機號碼給你，」那秘書打開抽屜，拿出動物園的通訊錄。「我查一下。」

「不，我要知道他現在人在哪裡。他還在上班嗎？」

「對。他大概正在老虎館。他們安排在那邊碰面。」

「碰面？」

「法醫處的那位女士。她想要老虎毛，說她有個研究要用到。」

「啊老天，」珍說。莫拉。

33

「牠真是太美了。」莫拉說，盯著展館裡面瞧。

在柵欄裡，那隻孟加拉虎也盯著他們，尾巴晃動。牠身上的斑紋是完美的偽裝，幾乎讓牠隱形，只有最機警的雙眼才能看出草叢間的形影，還有那條揮動的彎曲尾巴。

「這隻可是真正的食人動物，」阿倫・羅茲說。「全世界現在只剩幾千隻了。我們侵佔牠們的棲息地太嚴重，所以無可避免地，有時候牠們也會弄死幾個人。你仔細看看這隻大貓，就可以明白為什麼獵人這麼重視牠們。不光是為了毛皮，也是因為擊敗這麼一個可怕掠食動物的挑戰。真是沒道理，對吧？我們人類竟然想要殺掉我們最欣賞的動物。」

「我很樂意從遠處欣賞牠們就好。」

「啊，我們不必湊得更近了。這隻老虎跟所有的貓科動物一樣，很會掉毛。」他看著莫拉。「所以你為什麼需要牠的毛？」

「是鑑識分析要用到。實驗室需要孟加拉虎毛的樣本，而我碰巧認識某個人有管道取得。順便說一聲，謝謝你了。」

「是為了刑事案件嗎？不會是跟葛瑞格・歐伯林有關吧？」

「對不起，我不能透露。你知道的。」

「當然。我太好奇了，不過你有正事要辦。所以我們去員工入口吧。你應該可以在牠的過夜區發現很多毛，除非你想直接從牠背上拔。如果是這樣的話，醫師，那你就得自己動手，我沒辦法奉陪了。」

莫拉大笑。「不，最近掉的毛就行了。」

「那就好，因為你絕對不想接近這個傢伙。牠有將近兩百五十公斤重，渾身肌肉和牙齒。」羅茲帶著她走進一條標示著「員工專用」的小徑。外頭有茂密的灌木叢遮著，遊客看不到裡頭，這條員工通道像個峽谷般，介於老虎館與花豹館的圍牆之間。圍牆擋住了動物的視線，但莫拉幾乎可以感覺到牠們的力量穿透水泥牆，她很納悶那些大貓是否感覺到她在這裡，也好奇牠們是否此刻就在追蹤她。雖然羅茲似乎一點也不擔心，但她還是不斷抬頭看著牆頂，懷疑會有一對黃色的眼睛往下看著她。

他們來到老虎館的後方大門，羅茲打開柵門鎖。「我可以帶你進去，到過夜室。或者你可以在這邊等，我去幫你採樣。」

「我得自己採樣。因為證物保管鏈的關係。」

他走進館內，推開內柵門的門閂。「請吧。裡頭還沒清掃過，所以應該可以找到很多毛。我在外頭等你。」

莫拉走進過夜室，那是個室內空間，每邊的邊長大約三點七公尺，裡頭有個固定在地上的供水器，還有一片讓動物睡覺的水泥岩架。角落放著一根原木，上頭有老虎磨爪子的深深劃痕，清楚顯示出這隻老虎的力量。她在原木旁蹲下來，想到里昂．勾特屍體上的平行刮痕，跟這些痕跡好像。一簇虎毛黏在那根原木上，她從口袋裡掏出鑷子和證物袋。

她的手機響了。

她讓電話轉到語音信箱，專注在眼前的任務。她夾起第一批樣本，裝入袋中封好，然後審視這個房間，又看到水泥岩架上也有很多毛。

手機又響了。

就連她在採集第二批樣本時，手機還持續在響，尖銳而緊急，不肯放棄。她把那些毛裝入另一個證物袋，才掏出了手機。才剛說完「喂」，珍的聲音就傳過來。

「你在哪裡？」

「我正在收集老虎毛。」

「羅茲博士跟你在一起嗎？」

「他在籠子外頭等。你要找他嗎？」

「不。你仔細聽我說。我要你立刻離開他。」

「怎麼了？為什麼？」

「保持冷靜，保持友善。別讓他知道有什麼不對勁。」

「發生了什麼事？」

「我現在馬上趕過去，另外我已經叫全組人員去那邊會合。我們頂多幾分鐘就會趕到。你趕緊離開羅茲就是了。」

「珍——」

「快點照做，莫拉！」

「好吧，好吧。」她深吸一口氣，但完全沒法平撫自己。她切斷電話，雙手顫抖著，然後低頭看著自己手裡還握著的證物袋，想到裘蒂．昂得伍德和她睡袍上沾的那根毛，是從攻擊者轉移到她身上的。那個攻擊者的工作會碰到大貓，知道大貓如何捕食、如何獵殺。

「艾爾思醫師？一切都還好吧？」

羅茲的聲音近得讓她嚇了一跳。他已經悄悄進入過夜室，她完全沒發現他就站在自己背後。近得能聽到她和珍的對話。近得可以看到她的手在顫抖，把手機放回口袋裡。

「一切都沒問題。」她擠出微笑。「我都處理完了。」

他盯著她，專注得讓她可以感覺他的目光穿透她的腦殼，鑽進她的腦部。她作勢要離開，但他堅定站在她和籠門之間，她沒辦法從他旁邊擠過去。

「我已經拿到我要的樣本了，」她說。

「你確定？」

「麻煩你讓一下，我想離開了。」

一時之間，他似乎在斟酌自己的選項。然後他往旁邊稍微讓開，她趕緊往門走，經過他旁邊時，兩人接近得肩膀輕觸。他當然嗅得到她皮膚上發出的恐懼氣味。她沒看他的眼睛，出了展館後仍不敢回頭，只是一直沿著員工走道往前走，心臟跳到喉嚨。他跟著她嗎？他現在逼近她了嗎？

「莫拉！」是珍，在那排擋住視線的灌木叢外頭喊著。「你在哪裡？」

莫拉開始跑向那個聲音。她推開一叢灌木，來到外頭，然後看到珍和佛斯特，旁邊是幾個警察。所有人的武器都同時舉起來，莫拉站住了，看著半打槍管直直指著自己。

「莫拉，不要動！」珍命令道。

「你們到底在搞什麼？」

「走向我，慢慢來。不、要、跑。」

他們手上的槍還是指向她，但目光焦點並不在她身上，而是看著她身後。她脖子上的寒毛立刻全都豎了起來。

她轉身，看到一對琥珀色的眼睛。有幾秒鐘，她和那隻老虎打量對方，掠食者和獵物，四目相對。然後莫拉明白自己不是唯一面對她的人。珍已經走上前來，甚至經過她身邊，擋在莫拉和老虎之間。

那隻老虎被這個新的挑釁者搞得糊塗了，於是往後退一步。

「快動手，歐伯林！」珍喊道。「快點！」

啪地一聲脆響。鎮靜劑飛鏢刺入那老虎的肩膀，牠瑟縮了一下，但是沒後退，照樣站在那裡，雙眼盯著珍。

「再射一槍！」珍命令道。

「不，」歐伯林說。「我不想害死牠！先等一下，讓藥效發揮作用吧。」

那老虎往旁邊歪了一下，又穩住自己。然後開始搖搖晃晃繞圈走，像是喝醉了似的。

「你看，牠快要倒下了！」歐伯林說。「再等幾秒鐘，牠就會——」歐伯林停下來，因為公共步道忽然傳來一陣尖叫聲。人們奔跑經過他們旁邊，恐慌地驚逃四散。

「美洲獅！」有人尖叫道。「美洲獅跑出來了！」

「他媽的怎麼回事？」珍問。

「是羅茲。」莫拉說。「牠把那些大貓放出來了。」

這回不必勸導遊客疏散了，成群歇斯底里的家長和尖叫的小孩已經往出口逃。那隻孟加拉虎倒下了，但美洲獅——那隻美洲獅在哪裡？

「去出口，莫拉。」珍命令道。

「那你呢？」

「我要陪著歐伯林在一起，我們得找到那隻大貓。你快點離開。」

莫拉加入了往出口湧去的人潮，同時不斷回頭看。她還記得上回來動物園時，那隻美洲獅有多麼熱切看著她，而且牠現在可能就在追蹤她，追蹤任何人。一個倒在路上尖叫的學步期兒童差點絆倒她。她把那小孩一把抱起來，四下尋找他的母親，然後看到一名年輕女子正拚命張望周圍的人群，同時一手抱著嬰兒，另一手提著尿布袋。

「我找到他了！」莫拉喊道。

「上帝啊，原來你在這裡！上帝啊……」

「我會抱著他。我們趕緊走吧！」

出口擠滿了人，紛紛推過十字旋轉門，或是跳過票口。然後一名動物園員工拉開一道大柵門，人群湧出去，像一陣大浪般撲入停車場。莫拉把那個小男孩還給他母親，站在十字旋轉門旁邊，等著珍的消息。

半個小時後，她的手機響了。

「你還好吧？」珍問。

「我現在站在出口。那隻美洲獅呢？」

「牠倒下了。歐伯林不得不對牠射了兩槍，但那隻大貓已經送回籠子裡了。耶穌啊，真是一場大災難。」她暫停。「羅茲跑掉了。他趁著動物園一片混亂的時候，跟著人群溜出去了。」

「你怎麼知道是他？」

「十四年前，他跟納塔麗．圖姆斯就讀同一所學校。我還沒有證據，但是我猜想納塔麗是他最早殺害的人之一，說不定還是第一個。你早就看出來了，莫拉。」

「我唯一看到的是——」

「你看到的是整體形態，是全景。關鍵就在於他殺人的模式。里昂．勾特。納塔麗．圖姆斯。老天，我早該聽你的話。」

莫拉搖搖頭，很困惑。「那波札那的謀殺案呢？羅茲看起來一點也不像強尼．波司圖穆斯。這些案子跟波札那的關聯在哪裡？」

「我不認為有關聯。」

「還有米莉呢？她能放進這個全景裡頭嗎？」

她聽到珍在電話另一頭歎了口氣。「或許不行吧。或許整件事我一直都搞錯了。」

34

「打破吧，」珍跟佛斯特說。

玻璃破了，碎片飛進屋裡，撒在瓷磚地板上。幾秒之後，她和佛斯特走進門，來到了阿倫·羅茲家的廚房。槍拿在手裡，珍快速地看了一圈，碗盤堆在瀝水架上，嶄新的流理台，一台不鏽鋼冰箱。一切看起來都整齊而乾淨——太乾淨了。

她和佛斯特沿著走廊往前，進入客廳，珍帶頭。她看看左邊，再看看右邊，沒看到動靜，沒有人的跡象。她看到幾個書架、一張沙發和茶几。沒有一樣不在恰當的位置，連一本亂放的雜誌都沒有。這是一個強迫症單身漢的家。

從樓梯腳，她往上看著二樓，在自己怦怦的心跳聲中試圖傾聽。樓上很安靜，安靜得像墳墓。

佛斯特帶頭爬上樓梯。儘管屋裡很冷，但珍的襯衫已經被汗水沁得潮溼。受困的動物是最危險的，而現在，羅茲一定明白一切即將告終了。他們來到二樓的樓梯頂。前方有三個房間。她匆匆看過第一間，是臥室，家具稀少。沒有灰塵，沒有凌亂。這棟房子裡真的有人住嗎？她走向衣櫃，猛地拉開。幾個衣架在橫槓上搖晃。

回到走廊，經過一間浴室，來到最後一扇門前。

還沒走進去，珍就知道羅茲不在裡頭。他大概根本沒回來過。站在他的臥室裡，她環視著空蕩的牆壁。那張加寬的雙人床上頭罩著死白的床單。五斗櫥裡面空蕩蕩的，沒有灰塵。她想到自己家裡的五斗櫥，像個磁石般吸附著鑰匙和硬幣、襪子和胸罩。只要看看一個人五斗櫥和流理台放的東西，你就可以對他有很多了解。而珍從阿倫・羅茲的五斗櫥裡面看到的，就是一個沒有身分的人。你是誰？

她從臥室的窗子往下看，門前馬路上有一輛丹佛斯鎮警局的巡邏車剛靠邊停下來。這一帶位於波士頓警察局的轄區之外，但之前因為急著要抓到羅茲，她和佛斯特沒浪費時間等丹佛斯的警探來協助。現在他們得處理一堆官僚政治的麻煩了。

「上頭那裡有個活板門。」佛斯特說，站在衣櫃前。

她擠到他旁邊，往上看著天花板的鑲板，那裡垂下一根拉繩。上頭大概是閣樓的儲存空間，一般家庭都會在裡頭堆著從沒打開的箱子，裡頭裝著他們捨不得丟掉的東西。佛斯特拉了一下那根繩子，鑲板往下打開，掉出一架落下式梯子，上頭是陰暗的空間。他們緊張地彼此看一眼，然後佛斯特爬上梯子。

「沒問題了！」他往下喊。「只有一些雜物。」

她跟著爬上去，打開袖珍手電筒。在昏暗中，她看到一排紙箱。這裡跟其他人的閣樓沒兩樣，放著一堆凌亂雜物，以及成疊的報稅文件和財務報表，以備哪天國稅局來找你，你可能會需要。他們繼續察看，發現了一些《生物多樣性與保育》雜誌，舊床單和舊毛巾。還有很多書。這裡沒有任何東西能把羅茲和任何犯罪事件連起來，更別說扯上謀殺案了。

我們又搞錯了嗎？

珍爬下梯子，來到那個牆壁空蕩、床罩乾淨無瑕的臥室。此時她聽到外頭有另外一輛車停下來，心中更加不安了。然後她聽到克羅警探爬下車，大步走向屋裡，覺得自己的血壓忽然飆高。幾秒鐘之後，有個人用力敲著前門。她下樓，發現克羅站在前廊上朝她咧嘴笑著。

「所以，瑞卓利，我聽說波士頓市對你來說還不夠大。你現在還跑到郊區來破門而入了？」

他走進門，在客廳裡緩緩走著。「對這個羅茲，你查到了什麼？」

「我們還在追查。」

「好笑了，因為他的紀錄乾乾淨淨。沒被逮捕過，沒被定罪過。你確定你們找對人了？」

「他跑掉了，克羅。他為了掩護自己，還把兩隻大貓放出來，從此再也沒人看到他。這讓黛比・羅培茲的死亡看起來愈來愈不像是意外了。」

「用豹謀殺她？」克羅懷疑地看了她一眼。「他為什麼要殺掉一個動物飼育員？」

「我不知道。」

「為什麼他要殺掉勾特？還有裘蒂・昂得伍德？」

「我不知道。」

「你不知道的事情可真多。」

「有微物跡證把他連到裘蒂・昂得伍德。就是她睡袍上的那根老虎毛。我們還知道，在納塔麗・圖姆斯失蹤的那一年，羅斯正在庫利學院就讀，所以他和納塔麗之間也有連結。還記得納塔麗生前最後一次被看到，是要離家去赴一個溫書約會、跟一個叫泰德（Ted）的男人嗎？羅茲的中間名是錫奧多（Theodore），暱稱就是泰德。根據他在動物園的簡歷，他上大學之前，曾在坦尚尼亞待過一年。或許他就是在那裡接觸到崇拜豹的異教團體。」

「好多情況證據，」克羅對著乾淨無瑕的客廳手一揮。「我得說，我在這裡看不出有任何東西能顯示豹人的存在。」

「或許這就是重點。這裡簡直什麼都沒有。沒有照片，沒有圖畫，就連一片能顯示他個人品味的DVD或CD都沒有。這裡的書和雜誌全都是跟工作有關的。他浴室醫藥櫃裡唯一的藥物是阿斯匹靈。而且你知道這裡還缺了什麼嗎？」

「什麼？」

「鏡子。只有樓上浴室裡有一面小小的剃鬍鏡。」

「或許他不在乎自己的外貌。或者你要告訴我他是吸血鬼？」

珍對他的嘲笑置之不理。「一大塊空白，這就是他的房子。就好像他想把這裡保持成一個無菌區，只是要展示給別人看的。」

「或者他就是這樣的人。完全無趣，沒有什麼好隱藏的。」

「這裡一定有什麼。只是我們還沒找到而已。」

「那如果你們找不到呢？」

她拒絕考慮這個可能性，因為她知道自己是對的。必須是對的。

但是當下午逐漸轉為晚上，一整組鑑識人員找遍屋內想尋找證據時，她心裡愈來愈不確定，胃裡的結也愈來愈緊。她不敢相信自己又搞錯了，但看起來似乎真是如此。他們侵入了一個沒有犯罪前科的人家裡。他們打破了一扇窗，把他家翻得亂七八糟，結果沒發現任何能扯上那些謀殺案的證據，連一根尼龍繩都沒有。他們也引起了鄰居的強烈好奇心，那些鄰居對於阿倫・羅茲都沒什麼好說的，不過也沒人承認跟他很熟。他很安靜又有禮貌。好像都沒有女朋友。喜歡園藝，老是把一包包護根物載回家。

最後一句評論讓珍走出屋子，再去看看羅茲的後院。這整片產業她之前已經走過一遍了，總面積大約是零點七英畝，緊臨著一片長滿樹木的保留地。在黑暗中，她用手電筒檢視著地面，光線掃過灌木和草地。她走到這塊土地最遠那一頭的籬笆旁。這裡有一片陡坡小丘，上頭種滿了玫瑰，細長的玫瑰藤此時葉子落盡，一片光禿。她站在那裡，皺眉看著這個奇怪的小丘，覺得想不透。後院其他地方都很平坦，這個小丘就像平原上拔起的一座火山。她太專心看著那座奇怪的土丘，因而沒注意到莫拉走過來，直到手電筒的光線照到她的眼睛。

「有什麼發現嗎？」莫拉問。

「反正沒有屍體讓你檢查。」她皺眉看著莫拉。「你來這裡做什麼？」

「我沒辦法置身事外。」

「你得多經營一下你的社交生活。」

「這個就是我的社交生活。」莫拉暫停一下。「真的好慘。」

「唔，反正這裡沒事，」珍不高興地說。「就像克羅不斷告訴我的那樣。」

「一定是羅茲，珍。我知道就是他。」

「根據什麼？你又要講什麼整體形態了嗎？因為我一件實質證據都找不到。」

「他殺害納塔麗・圖姆斯的時候，應該只有二十歲。她可能是他唯一的波士頓被害人，直到他又殺了勾特。我們之前一直沒看出模式的原因，就是因為他太聰明了，不會在同一個地方出獵。反之，他拓展他的領域，到緬因州。到內華達州和蒙大拿州。於是大家幾乎不會發現他的簽名。」

「那我們要怎麼解釋里昂．勾特和裘蒂．昂得伍德？那兩樁殺人案太鹵莽了，發生在同一天，而且彼此距離只有十哩。」

「或許他正在加速。失去控制了。」

「我在這棟房子裡沒有看到這樣的跡象。你看過裡面嗎？一切都太有條理了。完全看不出惡魔的存在。」

「那麼他應該有另一個地方，那裡才是惡魔居住的巢穴。」

「羅茲名下的產業只有這裡，而且我們連一根繩子都找不到。」珍挫敗地朝護根層踢了一腳，然後皺眉看著她剛剛踢歪的玫瑰叢。她輕輕拉了一下那些禿枝，發現根部很鬆。「這是最近才種的。」

「怪了，這堆泥土。」莫拉的手電筒照著後院各處，光線掠過草地和灌木及碎石走道。「其他地方好像最近都沒有種過東西。只有這裡。」

珍瞪著那個土丘，忽然覺得一股寒意襲來，明白了這個土丘代表了什麼。泥土。這些泥土是哪裡來的？「就是這裡，在我們的腳下，」她說。「他的巢穴，」她在草坪上走來走去，想找出一個開口，一個裂縫，什麼都行，只要能藉此發現通往地下的小門。但天黑後的庭院裡一片陰暗。要整個挖遍可能要花上好幾天，而且如果什麼都沒找到呢？她可以想像克羅又會怎麼奚落她了。

「透地雷達，」莫拉說。「如果底下有個地下室，要找出確切位置的最快辦法，就是用透地雷達。」

「我先跟犯罪現場小組問一聲。看他們明天早上能不能弄一台透地雷達過來這裡。」珍回頭往屋子走，正要進去時，忽然聽到自己的手機發出了收到簡訊的鈴聲。

是嘉柏瑞傳來的，他人在華府，要到明天才會回來。去看你的電子郵件。有國際刑警組織的報告。

她之前一直專注在搜索羅茲的房子，一整個下午都沒察看電子郵件。現在她打開信箱，看到裡頭塞滿了瑣碎煩人的郵件，最後終於找到那則訊息。是三個小時前收到的，寄件人是韓克・安吉森。

她瞇起眼睛看著螢幕上密密麻麻的文字，瀏覽到一半，幾個字忽然跳出來。在開普敦郊區發現骸骨化遺體。白人男性，頭骨有數道裂痕。DNA符合。

她瞪著那個剛鑑定出來的死者姓名。沒道理啊，她心想。這不可能是真的。

她的手機響了。又是嘉柏瑞。

「你看了報告嗎？」他問。

「我不明白，這一定是搞錯了。」

「那具男性遺骸是兩年前發現的。已經完全骨骼化了，所以屍體有可能被丟在那裡更久。他們拖了一些時間，才終於進行DNA比對，不過現在死者身分沒有疑問了。艾列特・勾特不是在狩獵旅行中死亡的，珍。他是被謀殺的，在開普敦。」

35

那些警察不再對我有興趣了。他們要找的兇手不是強尼，而是一個定居在波士頓的男子阿倫・羅茲。艾爾思醫師今天傍晚離家前是這麼告訴我的，她還說她要去一個犯罪現場，跟瑞卓利警探會合。這些人生活的世界真是跟我太不同了，那個扭曲的宇宙，我們一般人總是渾然未覺，直到我們在報紙上、或在電視新聞上看到。當我們大部分人過著自己的日常生活之時，卻有人在某個地方做出不堪的勾當。

於是，瑞卓利和艾爾思就要開始工作了。

我很高興自己就要逃離他們的世界了。他們需要我提供一些東西，但我沒辦法，所以明天我要回家了。回到陶斯河鎮，回到家人身邊，回到我的夢魘裡。

我開始為明天早上的班機打包，把鞋子塞進行李箱的角落，把我在開普敦降落時不需要的毛衣摺好。我好想念家裡的鮮豔色彩和花香。在這裡度過的幾天，感覺上就像是冬眠，裹在毛衣和大衣裡對抗寒冷與昏暗。我把一件長褲放在毛衣上，正要摺第二件時，那隻灰貓忽然跳進我的行李箱。我在這裡住的期間，這隻貓從頭到尾都不理我。現在牠卻跑來，在我的衣服裡面打滾，一邊打著呼嚕。我把牠抓起來，扔到地上。但牠又爬回行李箱，開始喵喵叫。

「你餓了嗎？你想吃東西嗎？」當然了。艾爾思醫師匆忙回來又出去，沒有機會餵牠。

我走進廚房時，那隻貓就一路黏著我，不斷磨蹭著我的腳，同時我打開一個貓罐頭，倒進牠的碗裡。看著牠呼嚕吃著醬汁裡的雞肉塊時，我才發現自己也餓了。艾爾思要我可以隨意使用她家中的設備，所以我就進入她的食品儲藏室，看她架上有什麼快速又能吃飽的東西。我找到一盒義大利乾麵條，而且我記得看到過冰箱裡有培根、雞蛋，和一塊帕瑪森乳酪。於是我決定做培根蛋汁義大利麵，在這個寒冷的夜晚最完美了。

我才剛拿出架上的那盒義大利乾麵條，那隻貓就忽然發出一個響亮的嘶嘶聲。隔著半開的食品室門縫，我看到牠瞪著某個我看不到的東西。牠的背部弓起，全身的毛好像通了電般豎起。我不曉得是什麼讓牠警覺起來，只知道自己後頸的寒毛也忽然全都豎直了。

窗玻璃破掉，像冰雹般撒落在地板上。其中一塊碎玻璃就落在食品儲藏室的門外，明亮閃耀，像一滴淚。

我立刻關掉食品室的燈，站在黑暗裡全身顫抖。

那隻貓嚎叫著跑得不見蹤影。我想跟著牠溜掉，卻聽到門砰地一聲打開，接著是沉重的腳步聲踩過碎玻璃。

有個人進入廚房，我被困住了。

36

珍忽然覺得整個房間繞著她旋轉。她從中午以後就沒吃過東西，又站了好幾個小時，眼前的這個新發現讓她全身發軟，只好靠在牆上。「這個報告不對，」她堅持道。

「DNA不會撒謊的，」嘉柏瑞說。「在開普敦附近發現的那具骸骨，結果符合國際刑警組織資料庫的DNA。六年前里昂．勾特在兒子失蹤後，把DNA樣本交給國際刑警組織。那些骨頭是艾列特的沒錯。根據骨頭上的創傷，他的死亡被列為兇殺。」

「而這具骸骨是兩年前發現的？」

「在開普敦市郊的一片公用綠地。他們無法推斷精確的死亡時間，所以他有可能是六年前被殺害的。」

「但是我們知道他那時還活著。米莉跟他都在波札那參加狩獵旅行。」

「你百分之百確定這一點嗎？」嘉柏瑞冷靜地說。

這句話讓她無言了。我們百分之百確定米莉說的是實話嗎？她一手按著太陽穴，同時思緒像是一陣暴風般在腦袋裡旋轉。米莉不可能撒謊，因為種種已知事實都符合她的說法。有個飛行員的確載了七名旅客到三角洲的一條降落跑道上，其中一位乘客的身分是艾列特．勾特。幾個星期後，米莉的確踉蹌走出荒野，說出了一個駭人的大屠殺故事。食腐動物把死者的遺骸散佈到各處，其中四個被害人的骨頭始終沒有找到過，包括理查、席維雅、慶子、艾列特。

因為真正的艾列特·勾特已經死了。在那場狩獵旅行開始前就被謀殺了。

「珍？」嘉柏瑞說。

「米莉沒撒謊。她是搞錯了。她以為強尼是兇手，但其實強尼跟其他人一樣是被害人，被那個冒用艾列特身分參加狩獵旅行的男子殺害。而且等到一切結束後，等到這個人享受過最極致的荒野獵殺後，他就回家了。也回到他真正的身分。」

「阿倫·羅茲。」

「因為他用艾列特的身分旅行，所以不會有他進入波札那的紀錄，也就完全不會和那場狩獵旅行扯上關係。」珍專注看著自己置身的客廳。空蕩的牆壁，沒有個人特色的藏書。「他是個空殼，就像他的房子，」她輕聲說。「他絕對不能讓他惡魔的真面目曝光，所以他就偷走別人的身分，變成另外一個人。」

「這樣就不會留下自己的紀錄了。」嘉柏瑞說。

「可是在波札那，他犯了錯。他的一個被害人逃掉了，她可以指認他……」珍忽然轉身，看著剛剛走進來、雙眼充滿疑問的莫拉。「米莉現在是一個人。」

「是啊。她在打包準備回南非。」莫拉說。

「啊老天，我們讓她落單了。」

「有什麼關係？」莫拉問。「她現在跟我們的案子不是無關了嗎？」

「不，結果她才是整個案子的關鍵。她是唯一可以指認阿倫·羅茲的人。」

莫拉困惑地搖著頭。「可是她從來沒見過羅茲啊。」

「她見過，在非洲。」

37

腳步聲更近了。我縮在食品儲藏室的門後，心跳聲大得像打鼓似的。我看不到剛剛破門而入的人是誰；只聽得到他的聲音，正在廚房裡逗留。我忽然想起我放在流理台上的皮包，然後聽到他拉開皮包拉鍊的聲音，聽到硬幣嘩啦啦掉到地上。啊老天，拜託讓他只是個小偷。讓他拿了我的錢包離開。

他一定是發現了他想要的，因為我聽到皮包砰地一聲放在流理台上。拜託離開，拜託你離開吧。

但他沒離開，而是走到廚房另一頭。要到屋裡的其他地方，就得經過食品儲藏室外面。我全身僵硬站在陰影裡，不敢呼吸。我看到一眼他的背部，還有深色的捲髮，厚厚的肩膀，方方的頭。他整個人有種驚人的熟悉感，但不可能啊。不，那個人死了，骨頭四散在奧卡萬戈三角洲。然後他朝門縫轉身，我看到了他的臉。過去六年來我所相信的一切，我以為自己曉得的一切，全都徹底翻轉了。

艾列特還活著。可憐的、笨拙的艾列特，成天跟在兩個金髮女郎後頭，在非洲荒野裡跌跌撞撞的，老是成為理查的笑柄。艾列特，他宣稱在他的帳篷裡發現一條毒蛇，其他人都沒見到的毒蛇。我回想同伴們還活著的最後一夜。我想到黑暗、恐慌、槍聲。然後一個女人的最後尖叫：啊老天，他拿著槍！

不是強尼。從來就不是強尼。

他繼續走過食品室門外，腳步聲逐漸遠去。他在哪裡？他是不是停了下來，站在我看不到的地方，等著我自己現身？如果我走出食品室，想溜出廚房門，他會看到我嗎？我拚命回想著門外的後院是什麼樣子。有籬笆圍著，但柵門在哪裡？我不記得了。我可能會被那道籬笆困住，在那裡被殺掉。

或者我可以留在食品室裡，等著他找到我。

我伸手去拿架上的一個玻璃瓶。覆盆子果醬。在手裡的感覺扎實又沉重；雖然不多，但這是我擁有的唯一武器了。我身子朝外稍稍移動，往外窺看。

外頭沒有人。

我悄悄走出食品儲藏室，進入燈光明亮的廚房，很不情願地暴露在那片炫亮中。後門或許有十步遠，中間是一片散落著破玻璃的地板。

電話響了，響亮得像尖叫。我僵在當地，然後來電轉入答錄機。我聽到瑞卓利警探的聲音：米莉，麻煩接電話。米莉，你在嗎？這件事很重要……

在她著急的說話聲中，我設法傾聽房間裡的其他聲音，但是沒聽到他的動靜。

快，快走。

我深怕洩漏自己的行蹤，於是躡手躡腳繞過那些破玻璃。再差九步就到門邊了。八步。我才走到一半，那隻貓忽然衝進來，爪子擦過光滑的瓷磚，撞得那些碎片嘩啦響。

那聲音驚動了他，沉重的腳步聲走向我。我四周一片空蕩，沒有地方可以躲。我衝向門，才剛握住門鈕，就有兩隻手抓住了我的毛衣，把我往後拽。

我猛地轉身，盲目地把那瓶果醬揮向他。瓶子砸中了他頭部的側面，碎掉了，覆盆子果醬噴出來，鮮紅如血。

他憤怒地嚎叫，鬆開了手。我暫時脫身了，立刻衝向門。再一次，我差點衝出去了。然後他撲向我，我們兩個人倒在地上，滑過了滿地碎玻璃和覆盆子果醬。垃圾桶被我們撞倒了，髒兮兮的包裝紙和咖啡渣散落出來。我掙扎著跪起身，拚命爬過滿地的垃圾。

一個繩圈套住我的脖子，收緊，把我的頭往後拉。

我伸手去抓，摳著那條繩子，但繩子好緊，緊得像一把刀切進我的肉裡。我聽到他用力的悶哼聲，我沒法拉鬆那繩子。我沒法呼吸。燈光開始變暗。我的雙腳不動了。所以我就是這樣死的，遠離我的家，遠離我深愛的每個人。

我身子往後垮下去時，一手壓到一個鋒利的東西。我手指收緊，握住那東西，但幾乎沒感覺，因為我全身變得麻木無感。*凡麗特。克里斯。我根本就不該離開你們的。*

我手臂往後揮，劃向他的臉。

即使眼前一片灰暗的濛霧，但我還是聽得到他的尖叫。忽然間，環繞我脖子的繩索鬆了。房間變亮了。我又咳又喘，鬆開我握在手上的東西，那東西嘩啦掉在地板上。是打開的貓罐頭，蓋子邊緣就像剃刀般鋒利。

我掙扎起身，流理台上的刀架就在我面前。他逼近我，我轉身面對他。血從他劃破的眉毛湧出來，流個不停，滲進他的眼睛。他往前撲，伸出雙手要來掐我的脖子。但他被自己的血搞得半瞎，沒看到我手上拿著什麼，就撞上我的身體。

那把切肉刀刺進他的腹部。

抓住我脖子的雙手無力垂下。他跪下去，一時間還挺著身子，雙眼睜著，血淋淋的臉上好驚訝。然後他的身體往旁邊歪斜，我閉上眼睛，聽到他的身體撞擊地面。

忽然間，我自己也搖搖欲倒。我踉蹌走過鮮血和玻璃，跌坐在一張椅子上。我頭埋進雙手裡，隔著耳朵裡的怦怦心跳聲，我聽到了另一個聲音。是警笛。我實在沒有力氣抬頭，只聽到有人在敲前門，然後一個聲音大喊：警察！但我好像動不了。直到我聽見他們從後門走進來，其中一個驚訝地咒罵一句，我才終於抬頭看。

兩個警察站在我面前，兩個人都瞪著這個房間裡宛如大屠殺的景象。「你是米莉嗎？」其中一個問。「米莉．德布魯因？」

我點頭。

他朝著他的無線電說：「瑞卓利警探，她在這裡。她還活著。但是你一定不會相信我現在看到的。」

38

一天後，他們發現了他的巢穴。

透地雷達偵測到阿倫・羅茲家後院裡的地下室之後，他們只花幾分鐘用鏟子挖一下，就找到了入口，那是一個木板蓋，藏在護根層的一吋之下。

珍帶頭爬下樓梯，往下進入一片寒冷黑暗、瀰漫著潮溼泥土氣味的空間。她來到底部的水泥地，瞪著手電筒照出來的：雪豹毛皮，掛在牆上。旁邊一個鉤子上吊著一副鋼爪，鋒利的爪尖磨得發亮。她想到里昂・勾特軀體上那三道平行的劃傷。她想到納塔麗・圖姆斯和她頭骨上的三道刻痕。這就是在那些肉和骨頭上留下痕跡的工具。

「你在底下看到了什麼？」佛斯特喊道。

「豹人，」她輕聲說。

佛斯特也下了樓梯，兩個人站在一起，手電筒的光線像軍刀般劃過那片黑暗。

「耶穌啊，」他說，燈光停在對面牆上。那裡有兩打駕照和護照相片，釘在一塊軟木塞板子上。「這些是來自內華達。緬因。蒙大拿……」

「這是他的戰利品牆，」珍說。就像里昂・勾特和傑瑞・歐布萊恩，阿倫・羅茲也會展示他的獵獲物，但這面牆只有他自己能看到。珍的目光集中在一張從護照上撕下來的紙：米莉・傑可布森，羅茲以為自己已經贏得這個戰利品，但其實並沒有。米莉的照片旁邊是其他的臉，其他的名字。松永伊佐夫和松永慶子。理查・倫威克。席維雅・范奧夫維根。薇薇安・克勞斯維克。艾列特・勾特。

還有強尼・波司圖穆斯，曾經為了保住他們的性命而奮戰的那位荒野嚮導。在強尼直率的目光中，珍看到了一個隨時準備好要採取任何必要手段的男人，沒有畏懼，沒有猶豫。他準備好要面對荒野中的任何野獸。但強尼不明白，他這輩子所遇見最危險的動物，就是那個朝他微笑的顧客。

「這裡有一台筆記型電腦，」佛斯特說，在一個紙箱旁蹲下。「是MacBook Air。你想這會是裘蒂・昂得伍德的嗎？」

「打開吧。」珍說。

佛斯特戴著手套的雙手拿起那台筆電，按了開機鍵。「電池沒電了。」

「有沒有電源線？」

他伸手在紙箱裡面找。「沒看到。這裡有些破玻璃。」

「哪裡來的？」

「是一張相片。」他拿出一個相框，上頭的保護玻璃碎了。他拿著手電筒照著裡頭的相片，一時之間，他們兩個人都說不出話來，明白了這張照片的重大意義。

兩名男子站在一起，明亮的陽光照在他們的臉上，照得五官清清楚楚。他們外表很像，說是兄弟也沒問題，兩人都有深色頭髮，都有一張方臉。左邊的那個朝鏡頭微笑，但右邊那個顯然沒想到要拍照，頭才剛轉過來面對鏡頭，就被拍下了。

「這是什麼時候拍的？」佛斯特問。

「六年前。」

「你怎麼知道？」

「因為我知道這是什麼地方。我去過那裡。那是開普敦的桌山。」她看著佛斯特。「艾列特・勾特和阿倫・羅茲。他們彼此認識。」

39

瑞卓利站在艾爾思醫師家的前門，手裡拿著一個筆電包。「這是拼圖的最後一塊，米莉，」她說。「我覺得你會想看看的。」

自從我熬過阿倫．羅茲的攻擊之後，至今已經過了快一個星期。雖然屋裡的血和碎玻璃都已經清理掉，破掉的玻璃窗也換新了，但我還是不願意進廚房。那段回憶太鮮明了，我脖子上的瘀血也還太新鮮，所以我們走進了客廳。我坐在沙發上，兩邊是艾爾思醫師和瑞卓利警探，這兩個女人一直在追獵那個惡魔，也一直設法保護我不受他的傷害。但是到最後，我是那個必須救我自己的人。我是那個必須死掉兩次、才能重生的人。

那隻灰色虎斑貓蹲伏在茶几上，用一種令人不安的智慧眼神看著瑞卓利打開她的筆電，插入一個隨身碟。「這些照片原先存在裘蒂．昂得伍德的筆電裡，」她說。「這也是阿倫．羅茲殺掉她的原因。因為這些照片說出了一個故事，而他絕對不能讓任何人看見這些照片。不能是里昂．勾特。不能是國際刑警組織。更尤其不能讓你看到。」

螢幕上充滿了一塊塊小瓷磚似的縮圖，全都小得看不出任何細節。她點了第一張，照片在螢幕上放大。那是一個深色頭髮的微笑男子，年約三十，穿著牛仔褲和攝影背心。一邊肩膀上揹著一個背包。他站在機場裡辦理登機的櫃檯行列中。他前額方方的，雙眼柔和，而且身上有一種快樂的純真，像一頭小羊不曉得自己就要被宰掉的那種純真。

「這是艾列特．勾特，」瑞卓利說。「真正的艾列特．勾特。這張是六年前拍的，就在他從波士頓搭上飛機前。」

我審視著他的五官，還有捲捲的頭髮，以及他的臉型。「他看起來好像……」

「好像阿倫．羅茲。這或許就是羅茲選擇殺掉他的原因。他挑了一個長得像他的被害人，這樣他就可以冒充艾列特．勾特。他在開普敦的夜店裡認識席維雅和薇薇安時，就是用勾特的名字。然後他用艾列特的護照和信用卡，訂了機票飛到波札那。」

我就是在波札那認識他的。我回想起第一次看到這個自稱艾列特的男子，那是在馬翁的衛星航廈，我們七個人正等著要飛到奧卡萬戈三角洲。我還記得要搭上那架小飛機前我好緊張。我還記得理查一直抱怨我沒有冒險精神，抱怨我為什麼不能高興一點，像旁邊椅子上那兩個咯咯笑的金髮女郎？關於第一次看到艾列特的情景，我幾乎完全不記得了，因為當時我的注意力都放在理查身上。滿心想著自己即將失去他。想著他好像對我很厭倦了。那趟狩獵旅行是我挽救這段感情的最後一搏，所以我幾乎沒注意到那個繞著兩位金髮女郎打轉的笨拙男子。

瑞卓利又點了下一張照片。那是一張飛機上的自拍照。真正的艾列特坐在靠走道的位子上咧嘴笑著，他右邊那位女乘客則對著鏡頭舉起葡萄酒杯。

「這些都是艾列特用e-mail寄給他女朋友裘蒂的手機照片。他每天都記錄自己看到什麼、認識什麼人，」瑞卓利說。「我們沒找到隨著照片寄出的文字，但這些照片記錄了他的旅程。而且他拍了很多。」她點了接下來幾張照片，他的飛機餐。飛機窗外的日出。還有另一張自拍照，裡頭的他咧嘴傻笑著，身子靠向走道，拍出後方的機艙。但這回，我注意的不是艾列特，而是坐在他後方座位的那名男子，他的臉可以清楚看到。

阿倫・羅茲。

「他們搭同一班飛機，」瑞卓利說。「或許他們就是這樣認識的，在飛機上。也或許他們稍早在波士頓就認識了。但我們知道的是，等到艾列特抵達開普敦，他就跟這個朋友一起到處玩了。」

她點了另一個縮圖，一張新照片放大。艾列特和羅茲，並肩站在桌山上。

「據我們所知，這是艾列特拍的最後一張照片。後來裘蒂・昂得伍德把照片印出來裱框，送給艾列特的父親。我們相信，阿倫・羅茲送雪豹皮去里昂家的時候，這張照片就掛在里昂的屋子裡。里昂認出羅茲就是照片中的人，大概問羅茲怎麼會認識艾列特，又怎麼剛好都會在開普敦。稍後，里昂打電話給裘蒂・昂得伍德，跟她要艾列特那趟旅行寄去的所有照片。又打給國際刑警組織，想聯絡韓克・安吉森。那張照片觸發了隨後的一切。里昂・勾特的謀殺。裘蒂・昂得伍德的謀殺。也許甚至還有那個動物飼育員黛比・羅培茲，因為她當時也去了勾特家，聽到了他們的對話。但羅茲最害怕的人，就是你。」

我瞪著筆電螢幕。「因為只有我知道，照片裡哪個人去參加了狩獵旅行。」

瑞卓利點頭。「他絕對不能讓你看到這張照片。」

忽然間，我無法再看羅茲的臉了，於是別開眼睛。「強尼，」我輕聲說。這是我唯一說出來的，只有強尼。一段記憶浮現腦海，那是他在陽光下，黃褐色的頭髮像獅子。我想起他站著的模樣，雙腳穩穩踩著地，像一棵樹扎根在原生的非洲土壤裡。我想起他要求我信任他，跟我說我一定也要學著信任自己。然後我想著我們坐在營火邊時，他望著我的眼神，火焰的光在他臉上閃現。要是當時我能傾聽自己的心就好了，要是我對自己想要信任的這個男人有信心就好了。

「所以，現在你知道真相了。」艾爾思醫師輕聲說。

「本來結果可以完全不同的，」我眨眨眼，一滴淚滑下我的臉頰。「他好努力想保住我們的命，結果我們全都翻臉對付他。」

「從某種意義上來說，米莉，他的確保住了你的命。」

「怎麼說？」

「因為強尼，因為你怕他，所以你一直躲在陶斯河鎮，讓阿倫．羅茲找不到。」艾爾思醫師看了瑞卓利一眼。「很可惜，直到我們把你帶來波士頓。」

「這是我們的錯，」瑞卓利承認，「我們完全搞錯對象了。」

我也搞錯對象了。我想起強尼曾如何在夢魘裡追殺我，但結果他從來不是我該害怕的那個人。那些噩夢如今退去了；昨天晚上是我六年來睡得最安穩的一夜。惡魔死了，而我是擊敗他的人。幾個星期前，瑞卓利警探告訴我，這是讓我再度能夠安眠的唯一方法，而我相信，很快地，我的夢魘就會完全消失了。

她闔上筆電。「所以明天你飛回家時，就知道一切真的結束了。我很確定你的丈夫會很高興你回去。」

我點頭。「克里斯每天打三次電話給我。他說這個消息在南非也成了新聞。」

「你會以英雄的姿態回家，米莉。」

「我只是很高興能回家而已。」

「在你回家之前，我想有個東西你可能會想要。」她伸手到電腦包裡，拿出一個大信封。「前幾天韓克・安吉森把這個e-mail給我。我幫你印了出來。」

我打開信封，拿出一張照片。我的喉嚨哽咽，一時之間發不出聲音，只能凝視著那張強尼的照片。他站在一片及膝的長草中，身側是一把步槍。他的頭髮被陽光鍍上一層金，雙眼笑得瞇起來。這就是當初我愛上的強尼，真正的強尼，儘管他曾經暫時被一個惡魔的陰影遮蔽。這是我必須記得他的模樣，在荒野中舒適自在。

「這是韓克能找到的少數好照片之一。是另一個荒野嚮導在大約八年前拍的。我想你應該會喜歡才對。」

「你怎麼知道？」

「因為我知道，當你發現你所相信有關強尼・波司圖穆斯的一切其實都搞錯了，那種內心的愧疚會是什麼滋味。他有資格以他真正的模樣被記住。」

「沒錯，」我低聲說，輕撫著照片中的那張笑臉。「我會這樣記得他的。」

40

克里斯會來機場接我。凡麗特也會來，幾乎可以確定她手裡會抱著一大束花。我會衝過去和他們擁抱，然後我們會開車回陶斯河鎮的家中，晚上那裡會有一個返鄉派對等著我。克里斯已經警告過我這件事了，因為他知道我不喜歡驚喜，也不太喜歡派對。但我覺得現在終於是慶祝的時候了，因為我再度贖回自己的人生，我要重新加入這個世界。

克里斯說半個鎮的人都會來參加派對，因為每個人都很好奇。在他們看到新聞之前，鎮上沒什麼人知道我的過去，也不明白我為什麼這麼隱遁。之前我從來不肯出頭露臉。現在他們全曉得了，我成了鎮上的新名人，那個平凡的媽媽去了美國，還擊敗了一個連續殺手。

「這裡會很瘋狂，」我登機前跟克里斯通電話，他這麼告訴我。「報社記者一直打電話來，還有電視台。我一直告訴他們別來煩我們，但是你得有點心理準備。」

再過半個小時，我的飛機就會降落了。在飛機上的最後這一小段時間，將是我獨處的最後機會了。當我們開始朝開普敦下降時，我最後一次拿出那張照片。

我最後一次看到他，已經是六年前了。每一年我都老一點，但強尼將永遠不老。他會永遠挺直高大站著，那些青草在他腳邊搖曳，陽光照著他的微笑。我想著如果事情的結果不是如此，一切將會是什麼樣子。我們現在會結婚，幸福地住在非洲荒野的鄉間小屋裡嗎？我們的子女會有他小麥色的頭髮，從小赤足奔跑、自由自在地長大嗎？我永遠不會知道了，因為真正的強尼長眠在奧卡萬戈三角洲的某處，他的屍骨粉碎後化為土壤，他的原子永遠融入了他深愛的這塊土地。他將永遠屬於那裡。我唯一擁有的，就是我對他的回憶，而且這段回憶會成為我守護的祕密，只屬於我一個人。

飛機觸地，緩緩滑向登機口。在外頭，天空一片亮藍，我知道空氣中將會帶著花朵和海洋的淡淡氣息。我把強尼的照片放回信封，塞進我的包包裡。沒人看得到，但永遠不會被遺忘。

我站起來。現在我該回到家人身邊了。

謝辭

我永遠忘不了第一次在野外看到豹的那種激動。為了那段珍貴的記憶，我要謝謝南非薩比桑茲（Sabi Sands）保留區Ulusaba Safari Lodge那群了不起的員工。另外我也要特別向國家公園巡邏員Greg Posthumus和追蹤師Dan Ndubane致謝，因為他們介紹我領略非洲荒野之美——也因為他們保住了外子的性命。

我要深深感激我的文學經紀人Meg Ruley，這些年來一直是我忠實的朋友和同盟，還有我的編輯Linda Marrow（美國）和Sarah Adams（英國）寶貴的協助，讓這本書更加出色。

我最感謝的，就是外子Jacob與我分享這段旅程。冒險仍在持續中。

Storytella 70

再死一次
Die Again

再死一次 / 泰絲.格里森作 ; 尤傳莉譯. -- 初版
. -- 臺北市 : 春天出版國際, 2017.10
面 ;　公分. -- (Storytella ; 70)
譯自 : Die Again
ISBN 978-986-95429-1-3(平裝)

874.57　　106015871

ISBN 978-986-95429-1-3
Printed in Taiwan

作　者　泰絲・格里森
譯　者　尤傳莉
總編輯　莊宜勳
主　編　鍾靈

出版者　春天出版國際文化有限公司
地　址　台北市大安區忠孝東路四段303號4樓之1
電　話　02-7733-4070
傳　眞　02-7733-4069
E－mail　frank.spring@msa.hinet.net
網　址　http://www.bookspring.com.tw
部落格　http://blog.pixnet.net/bookspring
郵政帳號　19705538
戶　名　春天出版國際文化有限公司
法律顧問　蕭顯忠律師事務所
出版日期　二〇一七年十月初版
　　　　　二〇二三年一月初版二十一刷

定　價　380元

總經銷　楨德圖書事業有限公司
地　址　新北市新店區中興路二段196號8樓
電　話　02-8919-3186
傳　眞　02-8914-5524
香港總代理　一代匯集
地　址　九龍旺角塘尾道64號 龍駒企業大廈10 B&D室
電　話　852-2783-8102
傳　眞　852-2396-0050